米袋福妻 1

浮碧 著

風文創 1016

目錄

序文

浮碧

我有一個夢，夢見我在文字的天空裡徜徉，編織一個個五彩繽紛的世界，講述人情冷暖，悲歡離合。

如今，這個夢實現了。

這次，我想寫一個憑實力隨心所欲、無憂無慮的女主角，一個知妳所需、解妳所憂，唯將妳放在心尖的男主角，以及一個充滿家國大義的繁華盛世，於是就有了《米袋福妻》。

動筆寫這本書的初衷，是奔著「爽」字去的，偶爾有人吐槽文筆，但現在是節奏快的時代，少有人能靜下心來讀冗長的文章，所以我想讓故事發展以快和爽為主，文筆盡可能簡練，讓情節推進得更快。

本書女主角從現代文明缺失的末世，來到一個有吃有喝的古代，成為一名公主，下嫁給即將戰死的男主角。但男主角臨死前夢見自己死後全家被公主害死，氣得又活過來，帶著重傷趕回家退婚，卻是遲了一步，兩人便開始了陰差陽錯的婚後生活。

女主角武力值爆表，憑金手指大殺四方，可能是因為精神力比較費腦子，養成了能動手絕不動腦的性子，完全不委屈自己，活得瀟灑恣意，向來是「她不找事，事找她」。因為有著強大精神力，常常讓事情往不可預料的方向發展，更因為對糧食有非同一般的執著，引發出一連串的有趣劇情，令人捧腹大笑。

原本該深沈黑化的男主角，發現女主角與夢中的表現差距太大，對她產生好奇和不解，最後卻被女主角直白護短的性子暖化，兩人攜手改變國家滅亡的命運，走向強大富裕。

希望這本書能在閒暇時光裡博君一笑，放下書，生活繼續，向著陽光；生命不止，夢想不歇。

第一章

楚攸寧剛睜開眼，就感覺脖子被勒得無法喘氣。

她被吊起來了！

難不成她和那十級喪屍同歸於盡是喪屍用精神力弄出來的幻境，乘機吊死她才是真？

楚攸寧立即凝聚出精神刃去斬斷白綾，白綾斷開的剎那，她因精神力枯竭而昏了過去，同時，一個女孩的前世今生記憶湧入她腦海。

「快來人啊，公主上吊了！」

一個時辰後，楚攸寧一邊啃著雞腿、一邊端詳手裡的玉珮。

鏤空精雕的和闐玉，呈扇形，是她穿越過來後，在原主身上發現的。

看到這玉珮，楚攸寧大概明白自己為什麼會穿越了。

她是末世後出生的孩子，被霸王花隊撿回去撫養長大，那時候連大人都難活，更別提小孩了。霸王花隊之所以叫霸王花隊，是因為裡面的隊員都是女人，把末世裡僅剩的母愛全給了她。

很萬幸地，她五歲就覺醒了精神系異能。

第一次出去殺喪屍時，隊長給她一塊玉珮，和她現在手裡拿的一模一樣，說是外出執行任務時隨便撿的，興許能打開隨身空間，裡面可能有農場。

那時，在末世前下載的小說成了人們打發時間的東西，最受歡迎的就是那些通天徹地的修仙末世小說，在那樣艱難求生的日子裡，看的人常常幻想自己撿到玉珮，然後開啟空間農場什麼的。

因為這是隊長送的，她沒把空間當真，卻也從沒讓玉珮離過身，直到隊長不幸戰死，隊員一致指著玉珮，騙她說那是下一任隊長的信物。明明她年紀最小，最懶得動腦，卻被趕鴨子上架，成了霸王花隊的新一任隊長。

要不是那次採集完異種植物回去的路上，遇到十級精神系喪屍，為了替隊友們爭取活路，她也不至於和喪屍拚精神力，最後同歸於盡。

誰都沒想到，那塊玉珮沒有什麼空間或農場，卻有穿越通道，讓她穿成一個古代公主。

公主名叫楚元熹，是皇后所生，年滿十六，長相、名字，都和楚攸寧不一樣。

這個世界四國鼎立，分別是越國、慶國、晏國、綏國。

五十年前，慶國還是四國之首，後來越國出現一位福王，得仙人託夢，派人遠航，帶回地瓜、玉米、馬鈴薯等高產糧食，還製出火藥，一下子將越國推上四國之首。反倒是慶國，到了景徽帝這一代，已經淪為四國之末。

楚攸寧可以肯定，越國那位福王要麼是穿越的，要麼有其他契機，才獲得現代知識。

身為末世後出生的孩子，她完全沒體驗過人類曾經繁華的時代，只能透過影片和書本的描繪，認識那個物資豐富、五彩繽紛的世界。

她懂事時，繁華的世界已經變成荒蕪，很多末世前的東西都斷絕消失。地球全面受到污染，土質變異，木系異能也有限，種出來的糧食產量不高。為了跟喪屍搏鬥，為了讓人類不滅絕，研究所研究出可飽腹的營養液，難吃卻能活命。

慶國雖然是古代國家，但因為福王的關係，很多只能在影片或書本裡看到的食物，都能在這裡吃到呢。

楚攸寧收起玉珮，將啃得不見一絲肉的雞骨頭放下，開始喝粥。

吸足高湯的米粒粒飽滿，入口軟爛香滑，大米和高湯的香味融合在一起，半點也不油膩。

這就是影片中形容的，加入多種食材，用煮了好幾個小時的高湯精心熬製出來的粥，她終於吃到了！

張嬤嬤看楚攸寧吃得一臉虔誠，回想東西剛端上來的時候，她整個人瞬間煥發光彩的樣子，明明都是尋常的吃食，好像一下子變成了無上珍饈，心裡總覺得怪怪的。

楚攸寧醒來，就叫了一大桌吃的，脖子上觸目驚心的勒痕，一點也沒影響她吃得飛快的動作，兩邊腮幫子不停嚼動，差點讓張嬤嬤以為平時餓著她了。

公主胃口這般好，還拿出皇后留下的玉珮來看，應是想通了吧？

「公主，您聽奴婢一句勸，明日就是成親的日子，若是不嫁，便得去越國和親了。」張嬤嬤開口道，生怕皇后一番苦心，最後便宜了四公主。

楚攸寧邊吃邊想，和親……原主記憶裡是有這段。

當年越國造出火藥後，第一個便拿慶國開刀，逼得慶國不得不割讓城池，年年進貢，越國儼然成了慶國的宗主國。此後，只要越國有意，舉凡慶國待嫁的公主，都得讓越國王侯優先挑選，沒挑上的才能自由婚嫁，可說是相當喪權辱國。

這個世界，大老婆和小老婆生的孩子區別很大，好像叫嫡庶之分？越國王侯要選，肯定先選原主這個嫡出公主。再說，原主長得也美，能萌能軟，且仙且甜。

八個月前，皇后產子血崩，為讓女兒逃開去越國和親的命運，臨終前拚著最後一口氣，求昏君景徽帝下旨賜婚，並且交代，只須為她守百日孝，意在讓原主儘早出嫁，因為越國要來挑公主去和親了。

越國人可不管守孝不守孝的，守孝還可以奪情呢，皇后只能利用遺願這個理由，先下手為強，到時越國再不滿，也已塵埃落定。

皇后幫原主挑的男人，是如今襲了鎮國將軍之位的沈無咎。

鎮國將軍府的開府先祖是農家出身，慶國定安人士，從百戶到一代名將，曾領兵破綏國防禦，拔五城，奪取平河流域，擴大慶國疆土，是慶國走上四國之首的開始，因此受封為一品鎮國將軍，世襲五代。

可惜，第二代鎮國將軍襲爵後，死於越國的炮火轟炸中。

第三代，也就是沈無咎的父親，於六年前同大兒子死於一場突發戰役。原本將軍的位置還輪不到沈無咎，但後來他二哥、三哥失蹤的失蹤，被暗殺的被暗殺，只剩他這個最小的嫡子和庶弟，爵位才落到他頭上。

鎮國將軍府的男丁幾乎都戰死沙場，如今滿門寡婦，有傳言道，嫁入鎮國將軍府必守寡。再加上昭貴妃故意讓人在原主背後嚼舌根，說皇后臨死前也要讓女兒成為剛出世兒子的助力，原主聽信謠言，氣惱皇后，更氣惱弟弟，覺得皇后為了兒子，推她入火坑。

但比起去越國和親，原主更願意嫁給慶國人，孰料昨天意外獲得前世記憶，知道在她嫁進沈家的第二天，沈無咎戰死的消息就會傳回來。更可怕的是，沈無咎去世沒兩年，越國揮軍直入，攻破慶國，她貪生怕死，獻出沈府寡嫂、幼妹，換得去越國投奔四公主的機會。

到了越國，原主發現四公主成了她羨慕嫉妒的存在，遂決定這一世要嫁去越國和親，才有了假裝上吊這齣戲。

原主本是假裝上吊，要讓人去稟報景徽帝，殊不知身邊的宮女早已背叛她，在凳子下的地板做了手腳。等原主一上吊，凳子滑開，就這麼把自己的命玩沒了。

這個世界的姑娘，不嫁人好像不行，還有抗旨誅九族的懲罰，而逃婚會害死一大批人，也不能隨便出宮。

「要是我嫁過去便直接守寡，是不是就沒人能管我了？」楚攸寧問。

「呸呸呸！公主可不能這般說，沈將軍洪福齊天，您別信了那些傳言。皇后娘娘為您選這門親，必然是極好的。」張嬤嬤趕緊連呸幾聲。

「可他的確已經涼了。」在交通不發達的古代，等沈無咎的死訊傳到將軍府，屍體早就涼了好幾天。

楚攸寧正在吃肉包子，皮薄餡多，口感鬆軟，又香又好吃，也是她收藏菜單裡最想吃的，簡直幸福得要冒泡，可惜霸王花隊的成員吃不到。

因為楚攸寧咬著包子，張嬤嬤沒聽清楚她說什麼，不然怕是要呸乾了嘴。

張嬤嬤以為楚攸寧怕嫁過去被人管著，道：「公主大可放心，如今鎮國將軍府的家主是沈將軍，等您嫁過去，管家權自是要交到您手上。就算沒有管家權，您貴為公主，也沒人敢管您。」

說得也是，這會兒沈無咎應該已經戰死了，她嫁過去直接守寡，既自由，又能當家做主，到時候看看異能還能不能修練起來，順便吃吃喝喝。比起滿目瘡痍的末世，守個寡真的不算什麼。

楚攸寧揉揉已經飽了的肚子，看著桌上沒吃完的美食，很是可惜。

失策了，現在這具身體消耗不大，精神力只能勉強割斷白綾，吃不了那麼多。

「先收起來，晚飯再吃。」末世的人很珍惜食物，吃不完就囤起來，已經是本能。

張嬤嬤呆了呆。「公主可是想要用殘羹冷炙來引起陛下的注意？」

「節儉是美德，不能浪費。」楚攸寧認真說完，起身道：「我出去走走。」

吃飽了，有力氣了，楚攸寧打算出去看看這個世界。

張嬤嬤沒接話，總覺得醒來的公主不太對勁啊。

第二章

原主是皇后所出，住的宮殿自然不會差，亭臺水榭，花木扶疏，步步皆景。

楚攸寧站在庭院裡，仰頭閉上眼，感受在末世從未有過的新鮮空氣。四周很安靜，對於曾活在末世、連覺都睡不安穩的人來說，靜得有些不習慣。

她張開手腳，活動筋骨，末世後出生的人，身體也有了變化，力氣增加，骨頭比較耐打。如今這副身體軟綿綿的，讓她很沒安全感。不過，吃飽後，力氣似乎有所恢復。

忽然，花臺後傳來動靜，楚攸寧立時凝聚精神力，攻擊過去。

瞧見爬出來的人，楚攸寧急忙將精神力打偏，幸好她現在僅能凝聚出一絲精神力，只足夠在地上吹起一縷微風，不然就要出人命了。

她忘了，這裡不是末世，不會有變異鼠這麼鬼祟的東西。

楚攸寧望著爬過來的小奶娃，末世越來越難有新生兒，此時看到一個爬行幼崽，相當於看到國寶了。

小奶娃大約八、九個月大，白白胖胖，粉嫩嫩的小嘴咿咿啞啞叫得歡，看見她後，一雙黑葡萄般的大眼更亮了，撅起屁股，飛快朝她爬來。

楚攸寧快步過去，盯著抓住她裙子、努力仰頭對她流口水的小奶娃，翻翻腦海裡的記憶，知道這是原主那還沒斷奶的弟弟。

皇后生下這個孩子後，便血崩去了，雖然對外說是大齡產子的緣故，其實皇后也才三十出頭，真正原因應該是被人陷害了。

皇后出自英國公府，但英國公府見她遲遲沒生下皇子，便轉而支持生下大皇子的昭貴妃。昭貴妃是皇后姑姑所生，兩人是表姊妹，也算是另類的娥皇、女英。

皇后知道，許多人不想讓她把孩子生下來，臨盆時，產房裡只留張嬤嬤和英國公夫人，可千防萬防，也沒料到會血崩。

或許，她猜到自己出事的原因，臨終前才不得不將嗷嗷待哺的幼子託付給貼身嬤嬤，至死都沒說要英國公府幫著照顧的話。

但原主前世記憶裡，小奶娃是在她出嫁前一天死的，因嫌晦氣，她還央求景徽帝不要聲張，悄悄埋了完事。

楚攸寧看看小奶娃爬過來的方向，到現在還沒人跟來，又看看不遠處的池塘，大概知道前世小奶娃是怎麼死的了。

因為皇后臨終前託張嬤嬤照顧孩子，小奶娃也搬到原主住的朝陽宮偏殿。偌大的宮殿，小奶娃獨自爬出門，且這麼久了也不見有人來尋，可想而知，小奶娃有多不受重視。

楚攸寧又挖掘出一段有關於玉珮的記憶。那玉珮是皇后幼年時，一位高僧所贈，本來是留給小奶娃的，卻被原主據為己有。

所以，她能穿越，算不算是這小奶娃的功勞？

看到小奶娃，楚攸寧就想到自己，當初要不是霸王花隊把她撿回去，她早被喪屍吃了。

「呀……」

小奶娃髒兮兮的小胖手抱住她的腿，借力站起來，張開手要抱抱，結果沒了支撐，一屁股往後倒。

楚攸寧眼疾手快拎起他。

「公主，不可！」一個嬤嬤帶著兩個宮女跑來，正是負責照顧小奶娃的人。

楚攸寧看看小奶娃，他因為被她拎住而騰空，乾脆把她當鞦韆，樂呵呵地盪來盪去。

她搜尋原主記憶，望向那個嬤嬤。「王嬤嬤？」

王嬤嬤是原主的奶娘，原主在昭貴妃有意挑撥下，認為皇后讓生前的貼身嬤嬤照顧小奶娃是偏心，就將張嬤嬤換過來，讓王嬤嬤去伺候小奶娃。

王嬤嬤心有不甘，伺候小奶娃並不盡心，底下人自然更疏忽，小奶娃「獨自出行」也不奇怪。

王嬤嬤聽到楚攸寧叫她，心裡莫名打了個顫，壓低聲音道：「公主，此刻不是對四殿下不利的時候，還是將四殿下交給奴婢抱著吧。」

「妳想多了。」原來小奶娃是老四，楚攸寧直接把他塞進懷裡。

小奶娃一被楚攸寧抱進懷裡，就格格笑著往她臉上塗口水，軟軟的觸感讓楚攸寧的心有了前所未有的柔軟。

幼崽果然是最能軟化人心的萌物。

王嬤嬤聽她這麼說，又見她和四皇子這般親近，心裡暗驚，總覺得哪裡不對勁。

「元熹。」一個穿著水藍色宮裝的女子款步走進了朝陽宮，正是只比原主大幾個月的四公主。

景徽帝昏庸歸昏庸，但還是有不少子嗣，活下來的皇子就有四個，除了她手裡抱的這個，均已成年。

公主也有四個，大公主幾年前嫁去越國，二公主嫁去晏國，三公主早夭，因有其他公主序齒在後，便保留排行。四公主就是眼前這位，原主排第五。

說來也怪，在原主之後，景徽帝再無子嗣，有人猜測他是不是被酒色掏空了身子，直到皇后再度懷上。

「元熹，聽說妳為了不嫁給沈將軍而輕生，我若知曉妳這般想不開，便早該答應妳。」

楚攸寧靜靜看著四公主演戲。

昨天原主忽然得了前世記憶後，要去見景徽帝，在朝陽宮外碰見四公主。四公主先恭喜她一番，然後說鎮國將軍府滿門寡婦，沈無咎是家主，嫁進去就能當家做主之類的話。

要是沒有前世的記憶，原主只覺得晦氣，覺得這話好像在說她嫁進去也會步後塵守寡似的，這會兒卻嚇得臉色發白，因為四公主說的話跟前世記憶裡的一字不差，便說願意讓四公主代替她嫁去鎮國將軍府，而她去越國和親。

昨天四公主聽到原主的提議，明明想嫁得不得了，還一副為難的樣子，想考慮一番。這時出現，大概是覺得原主輕生後，她再答應替嫁，不但不被指指點點，甚至會被讚為大義。

在原主的前世記憶裡，她去越國投奔四公主後，覺得這一切本該是她的，居然想勾引四公主的男人，最後被四公主設計送進一座地宮，不知看到什麼，竟活生生被嚇死了。

地宮裡的遭遇，是原主不願回想的，哪怕獲得前世記憶，也被選擇性遺忘。

再嚇人，還能有末世的喪屍和變異動植物嚇人？原主膽子這麼小，要是待在末世，肯定馬上被嚇死。

楚攸寧什麼也沒說，抱著四皇子去見景徽帝。

「元熹，妳去哪兒？」四公主見楚攸寧轉身就走，有點反應不過來。

「見皇……父皇。」楚攸寧頭也不回。

王嬤嬤等人臉色慘白，立時軟倒在地。

五公主這是要為四皇子出頭？等景徽帝看到四皇子身上髒成那樣，不用五公主開口，她們就是死罪了。

四公主則以為楚攸寧是去跟景徽帝說換人嫁進將軍府一事，笑著回宮等好消息。

楚攸寧不用人帶，按照記憶來到帝王勤政的宮殿，看到景徽帝身邊的太監劉正守在門外。大門緊閉的宮殿裡，隱隱傳出靡靡之音。

劉正看到楚攸寧來了，還抱著四皇子，不由驚訝，上前行禮。「奴才見過五公主。」

楚攸寧說要見景徽帝，劉正看看她脖子上的勒痕，和她懷中髒兮兮的小奶娃，轉身進去通稟。

楚攸寧抱著胖嘟嘟的四皇子，跟在他身後一塊兒進去。

到了景徽帝跟前，劉正剛要出聲稟報，就被站在身邊的楚攸寧嚇了一跳，四公主走路都沒聲音的嗎？

楚攸寧看著坐在花毯上、倚靠矮几的景徽帝。

景徽帝閉著眼，一手支著腦袋、一手放在膝蓋上，隨著絲竹聲打拍子，旁邊還有美人剝葡萄餵他，要多享受就有多享受。

景徽帝年近不惑，因為養尊處優，哪怕沈迷女色，也不像是被酒色掏空的樣子，看起來還是很有魅力。

美人正是昭貴妃，看到楚攸寧，頓住手上的動作。

景徽帝張嘴，沒吃到葡萄，皺了皺眉。

楚攸寧微抬下巴，讓劉正上前稟報。

人都跟進來了，劉正還能轟她出去不成？只能硬著頭皮過去。

「陛下，五公主和四殿下來了。」

「不見。」景徽帝覺得楚攸寧又是為悔婚而來，眼也沒睜，就拒絕見她。

昨日她已經來見過他，還滿口胡言亂語，說沈無咎戰死了，過兩天消息就會傳回來，簡直荒謬！雖然這些年綏國一直想把當年丟失的城池從沈家手裡奪回去，大小戰事不斷，但他沒得到綏國最近又進攻的消息。

「您不見，我也來了。」楚攸寧出聲，懷中的小奶娃也「啊」了一聲，表示存在。

景徽帝猛地坐起來，神色不豫地瞪向劉正。

劉正心裡苦，五公主走路跟貓步似的，他能怎麼辦？

景徽帝揮手，讓伶人和舞姬退下，看向楚攸寧，神情不悅。「元熹，妳難道不知道，要見朕須等通傳？」

楚攸寧換手抱小奶娃。「您有工夫跟妃嬪玩樂，沒工夫見自己的子女？」

昭貴妃的臉色瞬間不好了，說得好似她是供人玩樂的玩意兒。

景徽帝語塞，被當場抓個正著，又說不出什麼冠冕堂皇的理由，連發火都不好發。這丫頭鬧了回上吊，倒是長膽子了，還是豁出去了，敢這般同他說話。

「近日陛下為國事煩憂，公主莫要再鬧。婚事是皇后臨終前求陛下下的旨，是皇后的遺願，絕不可能更改，哪怕妳帶四皇子來也一樣。」昭貴妃肅著臉訓斥楚攸寧。

為國事煩憂？別以為她新來乍到就不知道這昏君不理國事，都交給內閣處置。還有昭貴妃，靠的就是知心姊姊那一套上位的，誰讓景徽帝缺愛呢。

景徽帝聽昭貴妃這般說，頓時沈下臉。「妳帶小四來，還弄得這樣髒，是為了博取朕的同情？」

楚攸寧覺得自己還是高估了昏君的昏庸程度。「您應該慶幸看到的只是他髒，而不是他的屍體。」

「五公主，妳這是要用四皇子來威脅陛下不成？」昭貴妃疾言厲色。

「元熹，妳反了！」景徽帝的思緒瞬間被昭貴妃牽著走。

「您的腦子是不是都用到下半身去了？」楚攸寧鄙視地打量景徽帝的褲襠。

景徽帝不由捂住被看的地方，然後反應過來，他捂什麼啊?!

「混帳！妳怎麼跟朕說話的，禮數都學到哪兒去了？」景徽帝火冒三丈，這是一個姑娘該說的話？還是對他這個父親說的。

景徽帝昏庸歸昏庸，帝王威嚴還是有的，但對於擁有精神系異能，又是曾在末世和喪屍搏鬥的楚攸寧來說，完全不受影響。

「我用我弟弟來威脅您？說得好像他很得寵似的。」

但凡這小奶娃遇上個可靠點的爹，為了講究正統，多少會看重他。但很明顯地，這昏君就是想亡國了。

她覺得，只要不是世界末日，亡就亡吧，國家在這樣的人統治下，也好不到哪裡去。

景徽帝氣結，他是該氣她頂嘴，還是該對她說的實話感到心虛？

正尷尬之際，景徽帝的目光回到髒兮兮的兒子身上，立即找回面子。「依妳之言，這是宮人沒盡心伺候了。給朕罰，狠狠地罰！」

楚攸寧不過是順道帶上小奶娃，既然景徽帝要面子，那正好，省得她回去還得費心解決那些人。

第三章

見小奶娃伸手想要葡萄，楚攸寧的目光落在那盤葡萄上。

大概是為了好看，沾了水的葡萄看起來格外水靈，剛才在朝陽宮只顧著填飽肚子，忘了還有水果這東西。

末世後就吃不到新鮮水果了，別說小奶娃想吃，她也想。

景徽帝大發龍威後，想瞧瞧楚攸寧的反應，然後就看到她和懷裡的四皇子一同垂涎桌上的葡萄，不由嘴角微抽。

「朕虧待妳了不成？堂堂公主對一串果子垂涎欲滴，平日裡是沒得吃嗎？」

楚攸寧很誠實地點頭。「是沒得吃。」

景徽帝一聽，誤會了，當場發怒。「混帳！劉正，好好發落那些狗膽包天的，將朝陽宮的人全換了！」

劉正看了眼沒說話的楚攸寧，應聲去辦。

以前五公主只知任性哭鬧，如今這般破罐破摔的做法，反倒能牽動景徽帝的心，不知道是哪位高人教的。

昭貴妃也沒想到，不過一串葡萄，就引發朝陽宮換下人的事。她不相信楚攸寧一夜之間換了腦子，倒是相信背後有人教她，應該是以前跟在皇后身邊的張嬤嬤，但楚攸寧不是不喜歡張嬤嬤嗎？

楚攸寧並不在意，朝陽宮那些人確實沒把原主放在眼裡，如今她也不需要那麼多人吃白飯，昏君這一罰，省得她回去裁員了。

看到矮几旁邊空盪盪的，楚攸寧把小奶娃放上去，拿起一串葡萄，摘了一顆扔進嘴裡。酸酸甜甜，果汁豐沛，連澀澀的皮都是美味。

她還小的時候，末世的植物尚未全面進化，幸運的話，還能摘到能吃的野果子。有一天，霸王花媽媽們帶回一串野葡萄，明明酸得掉牙，但她卻覺得那是世上最好吃的果子。哪怕現在吃到了甜的葡萄，在她心裡，那串野葡萄永遠是最甜的。

景徽帝看她這樣子，更覺得她被欺負了。堂堂公主居然饞果子饞到連皮都顧不上剝就吃，吃了還不吐皮，一顆接一顆！

「啊～～」小奶娃吞吞口水，爬向最後一串葡萄。

景徽帝怕他掉下來，嚇得把他撈進懷裡。雖然孩子不少，但他卻是頭一回抱孩子，還是這麼軟、這麼小的奶娃娃，整個人都僵硬了。偏偏小奶娃一個勁兒探出身子，想伸手去抓葡萄，讓他更是不敢動。

「貴妃，快幫小四剝葡萄。」景徽帝慌忙道。

昭貴妃氣得快端不住臉上的表情了，她的大皇子還是景徽帝的長子呢，都沒被景徽帝抱過，四皇子憑什麼！

昭貴妃認定，楚攸寧就是想帶四皇子來爭寵的，或者在她出嫁前讓四皇子入了景徽帝的眼，好讓景徽帝日後多護著四皇子。可是，一向沒腦子的楚攸寧會想那麼多？除非有人在她背後出謀劃策。

啪！小奶娃掙不開不讓他吃果果的壞人，小胖爪一揚，打在景徽帝身上，在象徵尊貴的衣服上，留下髒兮兮的爪印。

空氣瞬間凝結。

昭貴妃暗暗期待景徽帝大怒，可惜，楚攸寧不給她這個機會。

楚攸寧又把一顆葡萄扔進嘴裡，以末世過來人的經驗點點頭。「不錯。阻人吃東西，如同殺人父母。」

景徽帝臉色更難看了。「妳這是打哪兒學來的歪理？居然拿這點吃的跟父母比，朕還不如一串葡萄不成？」

楚攸寧看他一眼，低頭又塞一顆葡萄入嘴。這不明擺著的事嗎？

景徽帝無語。他發誓，他絕對看懂她的眼神了。

被硬邦邦抱著的小奶娃掙不開身，又吃不到葡萄，不依了，張嘴就哭。

景徽帝嚇得手忙腳亂，直接把四皇子塞給昭貴妃。「貴妃快哄哄小四，把他的手擦乾淨，剝葡萄餵他。」

昭貴妃懷裡冷不防被塞了敵人的兒子，演技再好，也呆住了。

她抱著的是皇后拚命生下來的骨肉，皇后要是知道，大概會氣得想從陵墓裡爬出來。

滿身的脂粉香讓小奶娃不喜，急著逃離。於是，在昭貴妃愣怔間，小奶娃一頭往下栽。

楚攸寧眼疾手快拎住他，也不說昭貴妃，直接望向景徽帝。「說您腦子都用到下半身了，您還不信，有誰會把自個兒的兒子塞給敵人的？」這話比直接指責昭貴妃還要嚴重。

昭貴妃在小奶娃往下栽的瞬間，已然回神，嚇得臉色發白。這會兒聽楚攸寧這麼說，自然不高興。

「五公主這是何意？」

楚攸寧對上她的眼神。「人話，是人都聽得懂。」

昭貴妃氣得胸脯直顫，這豈不是在說她不是人，五公主還會拐著彎罵人了。

「夠了！元熹，好好說話，什麼敵不敵人的，難道昭貴妃還會害小四不成？」景徽帝出聲喝止。

楚攸寧點頭。「會。」

景徽帝語塞。「妳這是不把朕放在眼裡了?!」

「您太偉大，我眼小，放不下。」

偉大這詞不錯，但這還是沒把他放在眼裡的意思。

景徽帝的腦子突突的疼，忽然有點懷念以前那個無理取鬧的五公主，至少被他喝斥後，就乖順了。

見兒子被拎在半空，被他姊姊用葡萄釣著玩，還抬手咿咿啞啞去搆，景徽帝生平第一次無比鬱悶，氣都氣不起來。

且不說他是皇帝，他還是父親呢，有跟父親頂完嘴，還繼續用葡萄釣弟弟玩的女兒嗎？

「元熹，把小四放下來。」他都覺得兒子可憐了。以前女兒不喜弟弟，就不聞不問，如今是換另一種不喜的法子了？

楚攸寧聽了，乾脆抱著小奶娃，在景徽帝面前坐下。

她先摘了顆葡萄扔進嘴裡，才幫小奶娃剝葡萄。剝完葡萄，見小奶娃嘴角淌著口水，巴巴的看著她，一臉嫌棄地替他擦掉口水，抹在他衣服上，這才餵他吃葡萄。

景徽帝先是被她這大膽的坐姿嚇住，見她如此擦口水，一陣無語。瞧瞧，這是公主能做出來的動作？皇后怕不是給她請了個假的教養嬤嬤吧？

雖是如此，景徽帝還是頭一回與子女如此席地而坐，感覺頗為新鮮，看姊弟倆相處起來還挺順眼，也就不說什麼了。

他瞧了眼楚攸寧頸上觸目驚心的勒痕，想起之前有人來稟報她上吊的事。

「妳是來讓朕為小四做主的吧？如今朕做主了，妳回去歇著，悔婚的事休要再提。」

楚攸寧想起了來這裡的目的，直接道：「哦，我是來告訴您，我願意嫁給沈無咎，婚期照舊。」
景徽帝說不出話。這就有點尷尬了，他方才還順著昭貴妃的話，認為楚攸寧是用四皇子來博取同情，威脅他，好達到不嫁的目的。
昭貴妃低下頭，不敢看景徽帝。
景徽帝瞪昭貴妃一眼，問楚攸寧。「元熹，妳可是傷還沒好？太醫沒說傷到腦子吧？」一個時辰之前還尋死覓活，不願嫁給沈無咎，怎麼鬼門關走一遭，反而想通了？
楚攸寧點頭。「把之前腦子裡進的水吊光了。」
景徽帝更無言了，但不管怎麼說，總算鬆了口氣。「妳想通了就好。沈家家風清正，沈無咎一表人才、文武雙全，是難得的好兒郎。妳嫁給他，朕放心。」
楚攸寧只默默看著他臨時扮演慈父形象。
看著這個乖順了許多的女兒，再想到之前對她的懷疑，景徽帝有了一絲心虛和愧疚。
「難得妳這般懂事，朕賜個封號給妳。」
楚攸寧不在乎這個，不過，據說公主有了封號後，都是喊封號，不喊名字。
她腦子一轉，說出兩個字。「攸寧。」
「妳說什麼？」景徽帝懷疑自己聽錯了。
「攸寧，我的封號。」楚攸寧聲音堅定。
景徽帝被她那理所應當的表情氣到了，收回方才說她乖順許多的話，這明明是不把他放在心上了啊。

「陛下，想來五公主是因為皇后娘娘的去世而悲傷過度，忘了應有的禮數。」昭貴妃輕聲細語地挑撥。舉凡封號，哪有自個兒取的。

楚攸寧慢慢把目光移過去。「我母后都死了，妳還想說她沒教好我呢。」別以為她沒在古代生活過，就聽不出話裡機鋒。這話傳出去，豈不是說她沒教養。

景徽帝正因方才的事下不了臺，這會兒又聽昭貴妃這麼說，第一次對昭貴妃動了怒。

「貴妃的話有點多了。」

「妾身知錯。」昭貴妃趕忙行禮請罪，心裡恨極了讓她栽跟頭的楚攸寧。「是妾身多想了。陛下是公主的父親，公主如此，也顯得與陛下親近。」

楚攸寧看了景徽帝一眼，別開臉，還不忘把小奶娃的臉轉過去。

景徽帝懷疑自己眼花了，怎麼從這丫頭的眼神裡看到了嫌棄？

被這麼一打岔，景徽帝忘了問為什麼是「攸寧」這兩個字，在嘴裡唸了一遍，覺得順口，寓意也不錯，便答應了。

「朕讓禮部準備，妳明日出嫁時受封。」

楚攸寧點頭，捏捏四皇子的小胖手。「我還想多帶一樣嫁妝。」

只要她不鬧，景徽帝覺得她想帶什麼都可以。「妳的嫁妝，朕早讓貴妃準備好了，還想帶什麼，跟貴妃說。」

「貴妃做不了主。」

昭貴妃暗暗握拳，五公主這是不把她放在眼裡啊。

景徽帝皺眉，心裡同時生出至高無上的虛榮感。「那朕允了。妳還想帶什麼，就帶吧。」

覺得她帶不走什麼出格的東西，諒她也沒那個膽子。

楚攸寧點點頭，抱著四皇子，起身就走。昂首闊步，裙子都掩不了她颯爽的步伐。

眾人傻了。這有點爺兒們的動作是怎麼回事？

直到看不到她身影了，景徽帝都未想起，楚攸寧從頭到尾都沒向他行禮。

而在明鸞宮期待好消息的四公主，卻等來楚攸寧決定下嫁沈無咎的結果，氣得砸了一屋子東西。

第四章

楚攸寧抱著四皇子回到朝陽宮，看到院裡站著一排排宮人，不由納悶。

「不是全打發走了嗎？」

「公主回來了。」張嬤嬤迎上去。「這些是內侍監送來讓公主挑的。明日公主就要嫁去鎮國將軍府，帶去的人一定要仔細挑好。」

方才見到內侍總管來把人押走，張嬤嬤才知道發生了什麼事，又聽說楚攸寧帶著四皇子去見陛下，急得不知如何是好。

現在，楚攸寧親自抱著四皇子回來，他的小胖手想抓她髮髻上的步搖，她側頭避開，步搖的晃動讓四皇子更覺得好玩，咿咿啞啞抓個不停。她的眉宇間明明顯露出不耐，卻一次次閃躲，逗著四皇子，等他抓不到了，又湊近些，讓他去抓。

如此和睦的一幕，張嬤嬤看了，險些喜極而泣。她就說吧，都是皇后生的孩子，怎麼會壞呢，之前一定是被人教唆了。

楚攸寧抓住小奶娃的小胖手，搖搖頭。「我不用人伺候。」

她有小奶娃要養，那張嬤嬤這個保姆肯定要帶上。至於其他人，她閒得慌才養那麼多白吃飯的。

張嬤嬤以為楚攸寧還是不願嫁去鎮國將軍府，見她聽到出嫁一事，沒有之前那麼抗拒了，便又試著勸上一勸。

「公主，皇后娘娘臨終前最放心不下的就是您，為此拚著最後一口氣，也要求陛下下旨賜婚，免了您去越國和親之苦。您就看在娘娘一番苦心上，好好嫁了吧。」

楚攸寧點頭。「我已經跟父皇說婚期照舊，嬤嬤看著準備吧。」

張嬤嬤一喜，應得分外響亮。「那奴婢可要為公主好好挑一挑帶去將軍府的人。」

「帶嬤嬤一個就行。」

張嬤嬤很歡喜得楚攸寧如此看重，但她不能這麼做。「公主，奴婢不放心四殿下，得留下來照看。」

張嬤嬤說完，小心翼翼地打量楚攸寧的臉色。

要不是公主之前不讓她靠近四皇子，哪能讓四皇子被忽視到獨自爬出來的地步。還好，公主及時醒悟了，就是不知公主願不願意讓她回到四皇子身邊伺候。

「小四當然是妳照顧。」楚攸寧可沒有養孩子的經驗。

張嬤嬤以為楚攸寧答應她留在宮裡了，暗鬆一口氣。「那奴婢這就幫您挑人？」

楚攸寧知道人是免不了了，點點頭。「兩個就夠了。」

張嬤嬤忙搖頭。「公主不用怕帶太多人會惹將軍府不快，一般世家小姐進門，至少會帶四個婢女、兩個嬤嬤。您貴為公主，起碼得帶六個宮女、兩個嬤嬤。」

楚攸寧眨眨眼。「費糧。」

張嬤嬤萬萬沒想到是這個答案，愣了愣。「公主，您的嫁妝裡有田產鋪子，每年還有食邑，再多的人，咱們都養得起。」

公主待在宮裡的時候，所有花銷都由宮裡出，嫁出去了，自己的人就得自個兒養著。難為公主想到這些，但眼界還是太窄，貴為公主，還養不起幾個奴僕？

楚攸寧暗暗搖頭，慶國過兩年就沒了，到時有再多的田產也白搭。

明天跟著她出嫁的人就是她的責任。也罷，反正這個世界不是末世，餓不死人，帶上就帶上吧。

楚攸寧看向一排宮人。「那嬤嬤看著挑，六個，不能再多了。」

「那王嬤嬤？」張嬤嬤遲疑地問。

公主一向信任王嬤嬤，要不是公主存著撒氣的心，把她換過來，如今王嬤嬤還好好跟在公主身邊，受公主重用。

「啊？嬤嬤要替王嬤嬤求情？」楚攸寧皺眉。

就算輕忽，也不可能輕忽到讓一個小奶娃爬到池塘邊都沒被發現的地步，分明是蓄意謀殺。怕是因為知道原主定會嫁到鎮國將軍府，王嬤嬤覺得在宮裡伺候一個不知能活幾天的小皇子沒出路，不如跟著原主嫁到將軍府繼續作威作福。所以，只要四皇子死了，身為奶娘，自然會回到原主身邊。

她可不要養這麼一個人。

張嬤嬤一怔，隨即笑了。「奴婢不是這個意思。公主放心吧，奴婢定會挑一個比王嬤嬤更得力的嬤嬤隨您出嫁。」心裡樂得不得了。那老貨還等著公主去撈她回來呢，這下算計要落空了。

翌日，朝陽宮滿宮掛上紅色，喜氣洋洋。

楚攸寧換好嫁衣，看向在床上撲騰的四皇子。因為是喜慶日子，今天小奶娃也是一身紅衣，像年畫娃娃，白胖滾圓，想捏。

楚攸寧這麼想著，也就上手捏了。

「啊呀……」小奶娃坐在大紅喜被上，歡快拍著小手。

「今天是公主的大喜之日，四殿下也歡喜呢。」張嬤嬤說著討喜話。

說來也奇了，以前四皇子見到楚攸寧都會哭鬧，楚攸寧見到四皇子也是滿臉厭惡，但昨天楚攸寧出去一趟，把四皇子抱回來後，四皇子就很依賴她，除了吃奶外，幾乎都要賴在她這邊。

楚攸寧沒說什麼，拿出那塊玉珮替四皇子戴上，物歸原主。

張嬤嬤看到，更震驚了，這是皇后臨終前留給四皇子的唯一遺物，當初公主氣不過，將玉珮搶走，沒想到還有歸還的一日。莫不是在鬼門關走一趟，遇到皇后了？

「往後有我一口吃的，就有你一口吃的。」楚攸寧捏了把四皇子的臉。

張嬤嬤欣慰不已，看著馬上就要嫁作人婦的楚攸寧，心裡不捨。她也是看著公主從一個小奶娃長成大姑娘的，這樁婚事算是皇后強求得來，新郎沈無咎遠在邊關，也不知對這樁婚事滿不滿意。沈家未出事時，他可是京中出了名的小霸王。

「公主，皇后娘娘在天上看到您出嫁，想來也能瞑目了。」張嬤嬤用袖子擦去眼角淚光，目光慈愛地落在四皇子身上。「您放心，奴婢就是拚了這條老命，也會護好四殿下的。」

楚攸寧一邊捏四皇子、一邊點頭。小奶娃真好玩，怎麼玩都不會哭。

很快，吉時在張嬤嬤的絮絮叨叨中到來。

楚攸寧起身，一手拿團扇擋臉、一手抱起小奶娃，往門外走。

所有人都看呆了，直到楚攸寧快邁出門檻才反應過來，一擁而上。

「公主，把四殿下交給奴婢抱吧。奴婢知道您捨不得四殿下，日後有機會，多入宮來看望就好。」張嬤嬤上前伸手。

楚攸寧沒給，腳也沒停，就這麼抱著小奶娃走了出去。

「張嬤嬤，跟我去將軍府。」

張嬤嬤頓住腳步，隨即以為楚攸寧是要四皇子去送親，便笑著跟上去了。

按照規矩，楚攸寧要先到太后、皇帝跟前行拜別禮。

景徽帝的皇位也是經過一番廝殺得來的，在勵精圖治兩年後，即沈溺於享樂，太后自覺愧對楚家列祖列宗，便長年在後宮閉門禮佛。

楚攸寧只在太后住的宮殿外行了禮，再到頤和殿拜別景徽帝。

景徽帝看到楚攸寧前來，心裡生出些許惆悵。

在四皇子出生之前，她是他最小的孩子，又是皇后所出，地位自是不一樣。如今她要嫁人了，他終於生出做父親的一絲不捨。

但看到楚攸寧抱著四皇子出現，景徽帝心中那點惆悵一掃而空，腦門突突的疼。

「攸寧，朕已經懲治那些宮人，也換了一批人伺候小四，可以放心將小四交給他們。」

小奶娃似乎知道有人要分開他和姊姊，轉身躲進楚攸寧的懷裡，用小屁股對著景徽帝。

「也不重。開始吧。」楚攸寧說。

景徽帝見她迫不及待的樣子，氣得說不出話。起初要抗旨的是她，現在急著要嫁出去的也是她。

接下來，楚攸寧當眾受了封號，拜別景徽帝，然後在禮部官員的引導下，去了正宮門。

正宮門外，鎮國將軍府迎親的隊伍已經候在那裡。

只是，大家看到一手拿團扇遮臉、一手抱著小奶娃大步走來的楚攸寧，表情一致懵了。

楚攸寧剛停下，最前頭一身紅袍、還梳著兩團髮髻的小豆丁站出來，對她拱手行禮。

「歸哥兒代四叔前來迎公主嬸嬸。」聲音還帶著奶味。

楚攸寧已經從原主的記憶裡了解要嫁入的將軍府是什麼樣子的，知道這是沈無咎的小姪子，只有六歲，是將軍府裡唯一在家的男丁，沒想到他會替他四叔來迎親，一板一眼的樣子真可愛。

楚攸寧空不出手來捏他髮髻，便點點頭。「帶路。」

歸哥兒愣愣點頭，幾乎是同手同腳地帶她走到大紅花轎前。這個公主嬸嬸好似和母親說的不太一樣，說話的口氣有點像他四叔。

等楚攸寧上了花轎，歸哥兒才由人抱上馬鞍，由專人牽著馬，走在花轎前頭。

楚攸寧看著坐在馬上的小豆丁，小手緊緊抓住馬鞍，明明害怕得很，還是挺直了背脊，是個小男子漢。

嫡公主出嫁，前有儀仗開道，兩邊是禁衛軍護送。十里紅妝，送親隊伍更是浩浩蕩蕩。

景徽帝站在宮門城牆上，負手目送迎親隊伍，心裡有些惆悵。

「還好，這是朕最後一次嫁女。」

昭貴妃無言，怕不是忘了還有一個四公主呢。果然，出自皇后的肚皮，就是不一樣。

「攸寧嫁進將軍府，應該不會被欺負吧？如今沈無咎在邊關鎮守，趕不回來，府裡的女眷都是寡婦，誰也別瞧不起誰。」景徽帝開始操著老父親的心。

昭貴妃直抽嘴角，這話若是被已故的幾位沈家男兒聽到，豈不得從地府爬回來。

「這門親事，皇后選得挺好的。沈無咎頭上無雙親，又是將軍府家主，攸寧嫁進去就是當家主母。就算不是當家主母也無妨，誰敢給公主氣受。」

昭貴妃已經無話可說，暗暗慶幸楚攸寧嫁出去了。再怎麼得寵，嫁出去的公主也等同潑出去的水，妨礙不了什麼。就算想要利用沈家軍幫四皇子，但四皇子還沒斷奶呢。

「朕有點捨不得。」景徽帝忽然道。

昭貴妃在心裡冷笑。前頭兩位公主遠赴他國和親，怎麼沒見他捨不得。她早看透了景徽帝的薄情，這樣心血來潮的情意，聽聽就算了。

「等等，攸寧為何抱著小四一塊兒走了?!」景徽帝終於發現不對勁。

你現在才發現？昭貴妃的表情瞬間不好看了。

楚攸寧一路抱著四皇子受封，拜別，這些都不合規矩，只是一國之君沒說什麼，大家自然也就不好說什麼了。連她抱著四皇子出嫁，也以為是景徽帝准許的。

「陛下莫急，許是四皇子和攸寧公主姊弟情深，要給公主送親呢。您瞧，他的幾位皇兄也都來送親了。」

說到這個，昭貴妃就氣，楚攸寧何德何能，居然讓幾位皇子送親，只因她得了封號，幾個皇子想表現給景徽帝看罷了。

景徽帝覺得有理，欣然感嘆。「這麼小就知道體貼姊姊了，是個好孩子。往後姊弟倆互相扶持，皇后在九泉之下也能瞑目了。」

一個連話都還不會說的奶娃娃知道什麼體貼?!

昭貴妃一點也不想聽景徽帝緬懷已故的皇后，又不得不陪著一塊兒緬懷。「皇后娘娘用性命生下四皇子，又在彌留之際安排好攸寧公主的親事，如今也算是圓滿了。」

景徽帝想起那個於微末時便陪在他身邊的髮妻，點點頭。「皇后是個好皇后。」

昭貴妃心累，她是暗諷四皇子生下來就剋死母親，楚攸寧的婚事更是皇后用生命威脅景徽帝得來的，好叫景徽帝聽了心生不悅。

怎奈何，她遇上的是個心思與人不一樣的皇帝。

第五章

鎮國將軍府位於永安坊，是唯一一座能用「將軍府」做牌匾的御賜宅第。

六年前，沈將軍與沈大爺戰死沙場，沒多久二爺沈無恙緊跟著在戰場上失蹤，消息傳回，正逢大婚的三爺沈無非連洞房都沒入，連夜策馬趕往邊關，卻在路上遭暗殺，屍骨無存。鎮國將軍府能頂事的，只剩一個被父兄寵上天的小霸王和一個庶子。

在所有人以為慶國最驍勇善戰的沈家軍就這般衰落的時候，小霸王沈無咎脫下錦袍玉冠，穿上戎裝，奔赴邊關，接任鎮國將軍之位，繼續鎮守雁回關，從此成了喜穿紅衣、名動天下的玉面將軍。

今日，將軍府的朱紅正門大開，賓客不絕。

將軍府大喜，哪怕如今沈家男丁凋零，哪怕新郎沒能趕回來，還是有許多文武老臣，以及以前和沈家交好的人都前來參加喜宴，整座將軍府高朋滿座，喜氣盈門。

因為新郎不在，便省去拜堂，直接將新娘子迎入新房。

慶國有唱嫁妝的習俗，公主的嫁妝也是賓客最期待的。一抬抬名貴稀有的嫁妝抬進將軍府，叫人大飽眼福，直到新娘被迎進新房，嫁妝也唱到了尾聲。

「四……」禮官高唱嫁妝的聲音好像被掐斷般，忽然停住，萬眾矚目下，顯得很突兀。

「四什麼？快唱快唱！」

「攸寧的嫁妝還能出了什麼紕漏不成，繼續唱！」三皇子知道楚攸寧的嫁妝是昭貴妃督辦的，巴不得嫁妝出事，所以帶頭起鬨，還挑釁地看了眼大皇子。

「三皇弟，攸寧的嫁妝是何等大事，自是不可能出紕漏。」大皇子笑著回答，一顆心卻提了起來。楚攸寧的嫁妝可是交給他母妃辦的，如今父皇隱隱對她另眼相看，連封號都賜了，這可是兩位去和親的公主都沒有的，若是這時候鬧出事來，可是不妙。

「唱吧，這是昭貴妃親自督辦的，想來不會有差錯。」二皇子溫文爾雅地幫禮官解圍。

大皇子心中冷笑，二皇子就知道在後面裝好人。

禮官還是支支吾吾不敢，三皇子眼眸一閃，上前把單子接過來。「給本皇子瞧瞧，這有何不好唱出口的。」

三皇子說完，看到單子上的字，也怔了下，然後故意驚呼出聲。「四皇子楚贏煥一個！這是不是搞錯了？」

「荒謬！皇子怎能當嫁妝呢？就算四皇弟沒了母親，也還有父皇，再不濟還有我等這些兄長，怎能當作嫁妝隨姊出嫁！」二皇子緊跟著義正詞嚴。

大皇子知道他們是故意的，為的正是把這事栽到他母妃頭上，若不然早在看清單子時，便壓下來了。雖然他母妃的確想除去四皇子，但那只是個沒人護著的奶娃娃，在宮裡有的是機會動手，沒必要在這樣的日子，用這樣的手段把人送出宮。

經三皇子一嚷嚷，現場頓時鴉雀無聲。

是他們聽錯嗎？這年頭，皇子都能當嫁妝了？

大夫人聽了，差點昏過去，直覺楚攸寧是被人陷害了，世上哪有把皇子當嫁妝的荒唐事，立即讓二夫人去新房向楚攸寧稟報。她記得，跟在楚攸寧身邊進門的張嬤嬤是皇后在世時的貼身嬤嬤，應該知道怎麼處理這種事。

「此事定是搞錯了，本皇子這就回宮稟明父皇，請父皇徹查。」大皇子從三皇子手裡拿過嫁妝單子，快步離去。

二皇子和三皇子相視一眼，也快步跟上。

新房裡，楚攸寧坐在喜床上，揀著床上的花生剝開來吃，坐在旁邊的是已經把了尿的小奶娃。

花生爆開的聲音和著小奶娃的咿啞聲，和諧得很。

「如今公主嫁進將軍府，只等駙馬回來，日子便能和和美美，奴婢放心了。」張嬤嬤親自送楚攸寧入新房，一切塵埃落定，再不用擔心越國來挑她家公主去和親，大大鬆了口氣。

楚攸寧咀嚼的動作一頓，只怕要讓她失望，這駙馬是回不來了。

「時辰不早，奴婢該帶四殿下回宮了，往後公主有不懂的地方，就問陪嫁的嬤嬤。」此時張嬤嬤依然認為，楚攸寧帶四皇子出宮是為了送親。

「嬤嬤去隔壁找間房住下吧。」楚攸寧搶走小奶娃手裡的花生，剝了殼，把花生仁扔進嘴裡嚼著吃了，瞥見小奶娃又揀了顆，繼續搶。

小奶娃眨巴眨巴眼看楚攸寧，楚攸寧也瞪著小奶娃。

張嬤嬤見楚攸寧盡欺負四皇子，突然覺得，之前楚攸寧不喜四皇子，或許是一種福氣？

「這哪行，四殿下來送親尚能說得過去，住下就不妥了。」

張嬤嬤正要上前哄四皇子，就見四皇子又揀了顆紅棗遞給楚攸寧，楚攸寧接過來，拋進嘴裡吃了，頓時無言。自家公主這般行徑，瞧著似乎也沒比四皇子大多少。

「不會，以後小四歸我養。」楚攸寧挖出小奶娃放進嘴裡的花生，見他終於癟嘴要哭，趕緊塞了顆紅棗給他。

小奶娃把紅棗放進嘴裡，用幾顆小乳牙磨了磨，隨即扔了，繼續找剝了會響的花生。

張嬤嬤只當楚攸寧說笑。「公主說了可不算。」

楚攸寧正要回答昏君已經答應了，一位嬤嬤進來稟報，說二夫人求見。

張嬤嬤看看楚攸寧，見她還在吃，嘆口氣，讓嬤嬤把二夫人迎進來。

二夫人進來後，瞧見坐在喜床上的楚攸寧。

楚攸寧正歪著頭打量她，圓臉杏眸，白嫩指頭上還捏著一顆花生，腮幫子一動一動的，清澈的眼眸似是帶著幾分不知事的天真，又好似有暗藏殺氣的鋒銳，瞧著矛盾又勾人。

二夫人長得端正秀麗，身上隱隱發出武者的氣息，應該有點身手。那個六年前在戰場上失蹤，據說已經死了的沈家老二是她丈夫，今天代叔叔去迎親的小豆丁就是她生的。

這裡的人長得就是白嫩，不像末世，風裡來、雨裡去的，連吃的都沒有，更別說護膚品，皮膚那叫一個糙。

二夫人看起來極具霸王花隊的氣質，楚攸寧對她很有好感，抓了把攏在一起的紅棗跟花生遞出去。

「吃嗎？」

剛想行禮的二夫人呆住，在新房裡吃喜床上的東西的新娘子，她還是頭一次見。

「皇后娘娘生前教公主不要吃獨食，二夫人別見怪。」張嬤嬤趕忙打圓場。

依照禮俗，有些婦人會拿一、兩顆沾沾喜氣，盼著早生貴子。但二夫人守寡多年，她家公主來這一齣，是盼著二夫人紅杏出牆嗎?!

「哈哈哈，多謝公主美意，我用不上了。公主倒是該多吃些，待四弟回來，便能如願。」

二夫人不覺得楚攸寧是故意戳人傷疤，望著那雙真誠的眼睛，曉得楚攸寧是真心想給她吃的。

楚攸寧立即把手收回來，繼續喀嚓吃個不停，末世可沒有這些東西吃。

二夫人看她吃幾顆花生吃得津津有味，彷彿無上美味一般，有些納罕。

瞥見坐在喜床上伸手跟楚攸寧搶花生的小奶娃，二夫人想起正事，忙道：「公主，嫁妝出了點紕漏，大嫂讓我過來問問。」

張嬤嬤聞言，神色一冷。「什麼紕漏？」公主的嫁妝是她一再確認過的，難不成還有人在她眼皮子底下動手腳？

「有人把四皇子當成嫁妝，寫進嫁妝單子裡了。」二夫人低頭，等著楚攸寧的盛怒。

「一定是昭貴妃做的！四殿下還是個沒斷奶的孩子，她就這般容不下嗎？竟如此折辱人！」張嬤嬤氣得渾身發抖。

楚攸寧眨眨眼，把小奶娃當嫁妝就是折辱人？

她想得很簡單，小奶娃身為皇子，不能出宮生活，那當成嫁妝跟她出來就行。所以，昭貴妃讓人拿嫁妝單子來請她過目時，便用殘餘的一絲精神力異能，模仿昭貴妃的字跡，把小奶娃寫上去。

看張嬤嬤氣得要撕人的樣子，楚攸寧突然有點怵。要不，這鍋還是讓昭貴妃揹了吧？

「對，一定是昭貴妃幹的！」楚攸寧捏碎花生殼，果斷附和張嬤嬤的話。

「公主別急，奴婢這就帶四殿下回宮找陛下做主。」張嬤嬤虎著臉，打定主意，若景徽帝仍包庇昭貴妃，定一頭撞死在他面前。哪怕是死，也要替她家公主和四皇子討個公道。

楚攸寧輕咳一聲。「既然小四都被這樣送出來，以後就是我的了。」不可能送回去。

張嬤嬤一聽，急了。「公主，這可不是兒戲的時候。古往今來，斷沒有皇子出宮跟公主過活的。」

「那現在有了。難道嬤嬤希望小四回去被昭貴妃弄死？」

張嬤嬤無話可說了，昭貴妃都敢在楚攸寧的大喜日子來這麼一齣，若四皇子回宮，哪怕她護得再緊，也不是掌管後宮的昭貴妃的對手。

「公主，大皇子已經趕回宮請示陛下，不如聽聽陛下怎麼說？」二夫人覺得，應該只有景徽帝才能決定四皇子的去留。為了皇家臉面，四皇子肯定要回宮。

張嬤嬤並不抱希望，景徽帝寵昭貴妃不是一天、兩天的事，保不准真會被說動。

「指望他還不如指望母豬上樹。」楚攸寧對愛聽昭貴妃吹耳邊風的昏君可沒什麼好感。

「公主，慎言。」張嬤嬤差點想上前捂住楚攸寧的嘴。這種話也是公主能說的？雖然，她也覺得這話說得妙極。

二夫人也覺得有些大逆不道，不過仔細想想，還挺對的。

攸寧公主……好似與傳言中的形象不符啊。

第六章

皇宮裡，景徽帝看著手中的嫁妝單子，差點懷疑自己不認識字了。

什麼叫四皇子楚贏煥一個?!

「父皇，堂堂公主出嫁，新郎不在也就罷了，嫁妝還出了這等差錯，您可要替攸寧做主啊。」三皇子一副替妹妹憤憤不平的樣子。

這話挑起景徽帝的怒火，把嫁妝單子拍在龍案上。「給朕查！朕倒要看看，是誰有這麼大的膽子，敢如此算計！」

「父皇，這事若不能給出個合理的解釋，不光是攸寧和四皇弟被人笑話，也有損皇家臉面。」二皇子皺著眉，憂心道。

「攸寧的嫁妝是母妃親自操辦，知道有唱嫁妝這習俗，怎會容得出錯，定是有人從中作梗。」大皇子特地點明唱嫁妝之舉。明知會唱嫁妝，還在嫁妝上動手腳，不是自尋死路嗎？

景徽帝看著面前的三個皇子，對他們打什麼心思，再明白不過，這都是他玩剩下的把戲。正要讓人去宣昭貴妃，昭貴妃就來求見了。

昭貴妃一進殿，便愧疚自責地請罪。「陛下，是妾身的錯。妾身疏忽，被人鑽了空子，愧對攸寧公主，愧對已逝的皇后娘娘。」

景徽帝原本滿腔怒火，等著責備昭貴妃，見昭貴妃自責得恨不得以死謝罪的樣子，心便軟了。

「那貴妃對這事有何看法？」景徽帝緩下語氣。

二皇子和三皇子暗暗相視一眼，看這樣就知道，想把這事栽在昭貴妃頭上，沒戲了。

昭貴妃由大皇子攙扶起身。「陛下，您忘了昨日攸寧公主前來見您的事？公主說想帶走一樣嫁妝，要您答應她。」

「荒唐！攸寧再不懂事，也斷不可能做出如此荒唐之舉！」

景徽帝心裡有點慌，藉怒色來掩飾，覺得昭貴妃很可能說對了。想想昨日楚攸寧的表現，可不就是膽大包天。

「父皇說得對，攸寧再任性，也不會把自己的弟弟當嫁妝帶進夫家，這讓夫家的人如何看待？哪怕攸寧是公主，也不能如此欺人。」二皇子覺得這事不會是楚攸寧幹的。

「沒錯，攸寧得有多蠢才會幹出這樣的事。貴妃，妳怎麼說？」景徽帝又有信心了，他閨女沒那麼蠢。

昭貴妃冷冷看了二皇子一眼，低頭道：「陛下，這事得問公主。妾身昨日仔細檢查過嫁妝單子，再給公主瞧過，就封起來了。」

景徽帝聽了，只能讓劉正去鎮國將軍府一趟，順便把四皇子帶回來。

劉正到鎮國將軍府時，夕陽已西下，賓客還沒散。他沒有驚動其他人，讓管家帶他去見楚攸寧。

此時，鎮國將軍府的新房裡，紅燭搖曳。

楚攸寧已經拆了頭冠，換下厚重的嫁衣，輕裝坐在桌子前，捋起袖子吃麵。旁邊放了張圈椅，讓小奶娃坐。

楚攸寧用腿攔住圈口，小奶娃手裡抓著一根雞腿骨頭磨牙。

張嬤嬤剛去察看嫁妝回來，瞧見的就是楚攸寧把啃乾淨的雞腿骨頭遞給四皇子的畫面，恨不得自戳雙目。

剛誇公主懂得疼愛弟弟了，可這樣的疼愛法，她寧可不要啊！堂堂皇子只能啃別人啃過的雞骨頭了嗎?!

「公主，四殿下還在喝奶。」張嬤嬤疾步上前。

楚攸寧吃了個丸子。「我知道，所以給他骨頭磨牙。妳瞧，他是不是啃得很開心？」

張嬤嬤看著確實啃得很認真、很起勁的四皇子，都不知道該說什麼好了。這讓她莫名想到搖尾巴的狗，是怎麼回事？

張嬤嬤趕緊甩開腦海裡大逆不道的畫面，掏出手帕，上前拿走四皇子手裡的雞腿骨。

「公主，快到宮門下鑰的時辰了，宮裡還沒有消息傳來，莫不是陛下真的被昭貴妃說動了？」

「啊！噠！」小奶娃見有人要搶他吃的，油膩膩的小手打在張嬤嬤手上，一臉奶凶奶凶的護食勁兒。

楚攸寧乾完最後一口麵湯，看向被小奶娃打了還樂呵呵的張嬤嬤。「那不正好嗎？難道嬤嬤覺得小四待在宮裡，比待在將軍府活得好？」

這話直戳張嬤嬤的心臟，一不小心就被四皇子搶回雞腿骨。

她抬頭看向楚攸寧，她是看著楚攸寧長大的，楚攸寧是什麼性子，她清楚得很。皇后逝去後，楚攸寧變得越發囂張乖戾，從沒有過像這樣縱觀大局的時候。

但昨日楚攸寧上吊醒來後，彷彿變了一個人，從高高在上變得平易近人了。不過，有時候她站在楚攸寧身邊，會覺得有股煞氣。

「可是，若四殿下以嫁妝的身分住在將軍府，等於葬送了未來。」張嬤嬤壓低聲音。

「怎樣才算未來？稱皇、稱霸才是嗎？」洗洗睡吧，過兩年就沒有慶國了。

張嬤嬤怔住，想起皇后臨死前拉著她的手一遍遍囑咐，一定要護好四殿下，只求四殿下能平安長大就好。

她以為那是皇后著了道後，心灰意冷之下說出來的話，原來楚攸寧看得比她還通透。

「公主果真長大了。」張嬤嬤欣慰地嘆息，愉快地接受了楚攸寧的變化。

經歷過生死後，大徹大悟的人不是沒有。許是皇后在天有靈，讓楚攸寧悟了。

張嬤嬤的懷疑，楚攸寧並不在意，也不打算保持原主人設。有公主這個身分在，只要昏君不發話，誰能燒了她不成？真要燒，她還可以逃跑呢。

這時，門外傳來其他嬤嬤的聲音。

「公主，劉公公來了。」

張嬤嬤立即搶走四皇子手裡的雞腿骨，擦手擦嘴，動作快得讓楚攸寧驚嘆。

雞腿骨頭被搶，小奶娃癟嘴要哭，楚攸寧塞了根調羹給他。小奶娃滴溜溜的大眼睛怎麼找也找不到雞腿骨，只能將就調羹了。

劉正進來，看到一桌光溜溜的碗碟，有些錯愕。

別告訴他，這都是攸寧公主吃的！可若不是她吃的，還能是四皇子吃的不成？攸寧公主的胃口何時這般好了？

張嬤嬤注意到劉正的神色，覺得要完蛋，有哪個新娘子會在新房裡吃一大桌子飯菜的，還每樣都吃光，傳回宮去，讓景徽帝怎麼想？

「劉公公，昨日公主傷了嗓子，吃不下東西，這會兒餓壞了。」張嬤嬤忙替自家公主描補描補。

劉正嘴角一抽，他可是特地打聽過，知道楚攸寧得了景徽帝青眼，且醒來後就吃了好些東西，還吃撐了。

不過，能混到皇帝身邊的都是人精，劉正笑咪咪點頭。「公主能吃下東西便好。」又看向楚攸寧。「公主，陛下讓奴才來問問嫁妝的事。貴妃娘娘說，昨日將嫁妝單子送給您過目後，便封起來了。」

「是，不過是在把四皇子加進去之後才封的。」張嬤嬤咬牙切齒。

劉正知道皇后的死多多少少與昭貴妃有點關係，張嬤嬤這麼恨昭貴妃，他也能理解。

「公主覺得呢？」

「嬤嬤說得對！」楚攸寧認真點頭，自家人說的話必須力挺。

劉正對楚攸寧的護短哭笑不得。

「貴妃說，昨日您向陛下多討要一件嫁妝，正是四皇子。唯恐生變，就將四皇子寫在嫁妝單子上。」

「哪有唯恐什麼生變，嫁妝不都要寫在單子上嗎？」楚攸寧看了嫁妝，才知道有這規矩，便把小奶娃寫上。

這話等於是承認了。

張嬤嬤心裡猛地一跳，回想楚攸寧出門時親自抱著四皇子，讓她跟來將軍府，還有方才要她找間屋子住下的事……這哪裡是送親，分明是早打算好了啊！

雖然知道真相了，但這事絕對不能認！

既然這鍋已經甩到昭貴妃頭上，張嬤嬤自然不會放過，還要替楚攸寧把這鍋扣得死死地，不然讓景徽帝知道楚攸寧說的嫁妝是四皇子，有事的就是楚攸寧了。

「公主承認昨日向陛下討的嫁妝是四殿下了？」劉正心裡震驚，面不改色。

張嬤嬤生怕楚攸寧又說錯話，搶在她前面開口。「劉公公，公主是說，如果她真把四殿下當成嫁妝，那肯定是要寫在單子上，而不是怕生變，畢竟君無戲言。但公主怎麼可能會將自己的弟弟當嫁妝一起嫁進將軍府，腦子壞了才會這般做。」

劉正看著張嬤嬤，似笑非笑。都是在宮裡混的，公主那話是什麼意思，他還能不清楚？

張嬤嬤見劉正不信，悄聲對楚攸寧說：「公主，這事不能認，且要扣到昭貴妃頭上。」

楚攸寧是不怕承認，但能坑昭貴妃一把，她還是樂意的。

她對劉正說：「你回去告訴昭貴妃，敢做就要敢當，別想栽贓給我。」

所以，公主您現在是敢做不敢當嗎？

「公主可有證據證明？」他可不能稀裡糊塗地回宮。

楚攸寧轉了轉眼珠子。「嫁妝單子不就是證據嗎，我還能模仿別人的字跡不成？」

劉正一怔。

對啊，事情一出，大家竟然都忘了這關鍵。可是在他看來，這事有九成是公主幹的，就是不知為何字跡能一樣。

張嬤嬤暗暗鬆口氣，不愧是被皇后在鬼門關點撥過的，公主變聰明了。

第七章

「那公主向陛下討的嫁妝是什麼？」劉正可沒忘這事，繼續追問。

張嬤嬤神色一緊，這下她上哪兒去弄個需要向陛下討的嫁妝?!

楚攸寧示意張嬤嬤看好小奶娃，轉身走向裡間，拎出一只從宮裡帶來的盒子，打開蓋子，裡面是三顆紅通通的蘋果。

古代的嫁妝，什麼盒啊、箱啊、桶啊就是多，藏吃的簡直太方便。

劉正看著楚攸寧拿出來的蘋果，莫不是欺負他書讀得少？書讀得少不代表沒腦子，特地向皇帝討的嫁妝，只是幾顆蘋果？就算這蘋果是從越國高價買來的，也不可能價值千金啊！

張嬤嬤也想捂臉，見楚攸寧神色自若，好似那蘋果真是討來的嫁妝，這心性，她服了。若是過去亦能這樣，也不至於讓皇后臨死都放不下心。

「劉公公，有問題嗎？」

楚攸寧拿起一顆蘋果，兩手一掰，蘋果瞬間被掰成兩半，看得劉正心驚肉跳。

這是威脅吧？公主的力氣何時這般大了？

不過事已至此，他回宮也有交代。

劉正看向正努力想扶著椅子站起來的小奶娃，低頭道：「事情已經問清楚了，至於結果如何，還得由陛下定奪。陛下命奴才帶四皇子回宮。」

「既然出現在嫁妝單子上，就是我的，不服便找負責嫁妝的人。」楚攸寧咬下一大塊蘋果分給小奶娃，剩下的吃得喀嚓響。別說她小氣，只給一塊，小奶娃也是磨牙玩而已。

張嬤嬤覺得自家公主太厲害了，比混了半輩子後宮的她還行，這下可不把昭貴妃坑得死死地。她可是知道，楚攸寧的嫁妝被昭貴妃替換掉不少，直到昨日楚攸寧去見了景徽帝後，才原封不動換回來。

劉正覺得楚攸寧不可理喻，無奈道：「公主，這是陛下的旨意。」

「給出去的嫁妝，還能要回？普通人家都不敢這麼做，皇家不要臉嗎？」楚攸寧不耐煩地擺擺手。「劉公公回去吧，以後小四由我養著了，反正他也不缺這一個兒子。」

這是什麼話？「他」是指陛下吧？公主是徹底放飛自我了啊！

劉正沒轍，總不能硬來，今兒還是攸寧公主的大喜日子呢，只能先回宮稟報了。

劉正一走，張嬤嬤就盯著楚攸寧。「公主，您是不是該好好跟奴婢說說四殿下的事？」

楚攸寧摸摸鼻子，張嬤嬤這樣有點像霸王花隊裡的媽媽們，每次她背著她們做了什麼事，被發現的時候，就是這個樣子。

「小四在宮裡活不長，我就把他帶出來了，昏……父皇答應的。」

張嬤嬤直抽嘴角，那是因為景徽帝不知道她說的嫁妝是四皇子。

「虧得您為四殿下如此謀劃，只是這事八成不行。」再怎麼樣，景徽帝都不會讓自己的皇子被當成嫁妝嫁出宮。

這會兒，張嬤嬤倒希望這事是昭貴妃幹的了。如果是昭貴妃幹的，她會努力促成。

「我說行就行。」楚攸寧不擔心，大不了她拚盡累積的一點異能，給昏君下精神暗示，讓他答應這件事。

劉正回到宮裡時，幾個皇子還沒離去。

他走到御前，躬身稟報楚攸寧的回話。

突然天降一口鍋，昭貴妃被砸得腦子嗡嗡作響。打死她也沒想到，楚攸寧會把鍋扣到她頭上，還扣得死死地。偏偏她為了表示親力親為，連嫁妝單子都是親手寫的，證據確鑿。

「難怪這字朕看著眼熟，原來是貴妃寫的。」景徽帝又看了單子一眼，問昭貴妃。「貴妃怎麼說？」

不知道多少次紅袖添香，手把手寫字，濃情密意，但景徽帝這會兒才認出她寫的字，昭貴妃只覺得好笑。

昭貴妃臉上露出自嘲的笑。「妾身也不知為何會這樣。妾身沒有女兒，又憐攸寧公主經歷喪母之痛，就當這份嫁妝是為自己女兒備的，盡心盡力，怎知到頭來還是討不了好。」

大皇子趁大家沒注意的時候，對昭貴妃的貼身宮女使了個眼色。

宮女忽然撲通一跪。「陛下，不關娘娘的事！是奴婢屢次見陛下教娘娘寫字，便生了不該有的心思，偷著臨摹娘娘的字。是奴婢自作主張，奴婢有罪！」

她說完，便一頭撞死在柱子上，死無對證。

「碧兒！」昭貴妃面容悲痛，作勢要上前，被大皇子攔住。

早料到昭貴妃沒那麼容易被扳倒，二皇子和三皇子並不意外，只是可惜了這一次機會。

昭貴妃泫然欲泣，彷彿一下子看破紅塵。「陛下，往後妾身再也不寫字，平惹孽債。」

她知道景徽帝是個心軟又有些自滿的男人，這話不但證明他的魅力，也能讓他心疼她遭了無妄之災。

不該被牽著走的時候，景徽帝的腦子還是很清醒的，問劉正。「昨日攸寧來跟朕說，還要帶走一樣嫁妝，那是什麼？」

劉正看了眼擺在御案上的蘋果。「回陛下，是……蘋果。」

所有人都懷疑自己聽錯了，心裡怎麼唸都唸不到有哪件寶物與蘋果同音。

景徽帝率先回過神來，乾笑道：「是蘋果啊。那是皇后臨終前為朕削的最後一樣水果，沒想到攸寧會討了去。攸寧果然對她母后愛得深沈，連她母后削的水果都要拿去收藏妥當，這的確是需要朕答應才能拿走的嫁妝。」

眾人無語。真難為您能編成這樣，恐怕是您對攸寧公主愛得深沈。

殿裡的人都是人精，知道景徽帝這是在替楚攸寧圓謊。沒想到，堂堂公主居然真能做出把皇子當嫁妝帶走的蠢事來。

問清楚了，關於四皇子被當成嫁妝之事，景徽帝有了決斷。

「貴妃，往後挑宮女得仔細點，有心思的趁早打發了。今日是攸寧大喜之日，不宜見血。此事雖是妳御下不嚴，但念在妳為攸寧的嫁妝勞心勞力的分上，朕便不罰妳了。」

昭貴妃算是明白了，景徽帝根本是心裡有數，最後這鍋還是扣在她頭上。楚攸寧悔婚不得，破罐子破摔，視宮規禮數如無物，反倒惹得景徽帝上心，真是好笑。

她很肯定，楚攸寧要的嫁妝是四皇子，只是不知是臨時想誣衊她，還是早有預謀。一切看起來，好像是精心策劃一般。若真如此，這樣的攸寧公主讓人不寒而慄。

「四皇子呢？」景徽帝問劉正。

劉正小心翼翼地看向景徽帝。「陛下，公主說了，送出去的嫁妝沒有要回來的道理，以後四皇子就由她養著。」

景徽帝眼睛一瞪。「什麼送出去？誰看見了？誰聽見了？」

現在應該整個京城都聽到了。大家有默契地低下頭，默不作聲。

「父皇息怒。兒臣覺得，既然攸寧不願，且讓四皇弟待在她身邊。王公貴族之中，也有將命格有礙的孩子送到別家養幾年再接回來的事。不如先讓四皇弟住在鎮國將軍府，待滿五歲，再接回宮。」大皇子打的主意好，既然四皇子不能當嫁妝，那就命格有礙吧，總不能白讓他母妃被誣衊一遭。

景徽帝看大皇子一眼，沈吟半晌，覺得這事可行。四皇子被當嫁妝送入將軍府之事，已經人盡皆知，不如直接換個說詞。

「劉正，你再去鎮國將軍府一趟，就說……小四和攸寧命格相合，得住在一起才好。等小四年滿五歲，再接回宮教養。」

大皇子心裡一跳，頭越發低了。命格有礙和命格相合的差別還是很大的，父皇這是看穿了他的心思。

鎮國將軍府宴散之時，劉正受命前來，傳了景徽帝的話，還把昨日剛派下來伺候四皇子的人帶過來。

眾人心想，這無疑是景徽帝徹底放棄四皇子的意思。幸好四皇子是個奶娃娃，也沒人想過要擁立他，除了一聲嘆息，就沒別的了。

有了景徽帝的旨意，大夫人立即在楚攸寧住的明暉院旁邊騰出一座院子，給四皇子住。張嬤嬤也安心了，雖然昭貴妃還是沒受到懲罰，但把皇子當嫁妝的事，外頭會默認是她一手造成，不是楚攸寧做的。

楚攸寧聽劉正說，景徽帝為她這份隨口扯來的蘋果嫁妝編了個感人肺腑的故事，堵住其他人的嘴，心裡有些異樣，好像孩子做事不管不顧，做父親的拚命在後面擦屁股的感覺。

既然景徽帝這麼上道，以後不叫他昏君好了。

翌日，天還未亮。

一陣慌亂的腳步聲由遠而近，楚攸寧猛地睜開眼，坐起的同時伸手摸刀，卻摸了個空。

她坐在床前，望著滿屋子的紅綢，以及快要燃盡的紅燭，有些恍惚。

她忘了，她已經不在隨時可能有喪屍攻城的末世。

「風兒姑娘，我是大夫人身邊的巧荷，我家夫人有事要急稟公主。」

昨天張嬤嬤選了六個宮女，楚攸寧懶得想，便按照異能屬性取名，風冰金木水火，後面帶兒字，風兒和冰兒便是貼身婢女。

「公主正歇著，何事非得這麼早來擾公主清夢？」張嬤嬤醒得早，剛去隔壁院看完四皇子過來。

她覺得現在的楚攸寧比四皇子更讓人操心，便把別的嬤嬤換到四皇子那邊當管事，自己跟在楚攸寧身邊提點一二。

「張嬤嬤，是我家四爺，四爺他……」

張嬤嬤見大夫人身邊的婢女這般神色，心裡猛地一跳。「駙馬怎麼了？」

這時，門從裡面打開了。

攸寧公主穿著紅色裡衣，站在門內，身形纖細柔美，長髮披散，一雙大大杏眼看起來沒有半分初醒的惺忪，反而清醒得有些凌厲。

「公主怎麼就這般出來了？」張嬤嬤忙上前，想拉她回去。「駙馬一定會沒事的，您別著急。」

「將府裡的紅色物事全換下，改用白的，準備設靈堂吧。」楚攸寧不用聽也知道是沈無咎的死訊傳回來了，這樣做應該沒錯吧？

院子裡瞬間寂靜無聲。

第八章

院門外，程安和程佑膽戰心驚地看向坐在抬椅上的男人。

主子剛醒來，該不會又要氣昏過去吧？

好不容易從鬼門關回來的沈無咎，不顧軍醫阻撓，一定要回京，就為了阻止這樁婚事。路上，他一直強撐著沒昏過去，沒想到還是遲了一步。更沒想到的是，對方竟像知道他會死似的。

「進去。」沈無咎有氣無力地說。

與此同時，巧荷也結結巴巴道：「回、回公主，率先趕回來報信的人只說四爺受了重傷，並不需要靈堂。」

嗯……好像有股尷尬的風靜靜吹過。

「那是還剩一口氣？」楚攸寧不確定地問。

原主的前世記憶裡，明明傳回來的只有死訊，一個月後，沈無咎的庶弟才扶柩回京。

「公主！」張嬤嬤和巧荷異口同聲道。前者覺得不妥，後者是氣的。就算是公主，也不能隨便詛咒別人死啊，如今將軍府就靠沈無咎撐著了。

這時，程安與程佑抬著沈無咎進來，打破了尷尬。

張嬤嬤眼皮子一跳，這時候能進來的，只有這個院裡的男主人。剛才公主說的話，駙馬該不會都聽到了吧？

楚攸寧倒不覺得有什麼，她在末世早看慣生死。原主的前世記憶告訴她，沈無咎必死，她那話只是對於變數的不確定罷了。

她看著坐在抬椅上的沈無咎，這個原本應該已經死得不能再死了的男人。

他穿著暗紅色衣袍，面如冠玉，長眉入鬢，直鼻薄唇。因為受了傷，臉上帶著脆弱的蒼白，虛弱得好像一根手指就能推倒他，眼神卻鋒利得像隨時會反撲的猛獸。

看慣了喪屍，末世又處處瀰漫硝煙，充斥腐味，人人為了活命，沒條件也沒心思打扮。楚攸寧從沒見過這麼帥的男人，彷彿占盡整個世界的風華，難怪人稱玉面將軍，光看著他，就可以洗去在末世刺眼的一幕幕。

但是再養眼，也改變不了沈無咎沒死對楚攸寧帶來的衝擊。

說好的戰死呢？她決定嫁進將軍府，可是奔著守寡來的。

「公主似乎篤定我會死？」沈無咎目光犀利地看向楚攸寧，心裡懷疑，她是不是也知道什麼？

「駙馬……」

張嬤嬤剛要開口解釋，沈無咎冷眼掃過去，目光又落回楚攸寧臉上。

儘管此時的她穿著紅色裡衣，看起來分外單薄柔弱，也有著一張純良無害的臉，可就是這樣一張臉，能眼也不眨地將沈家滿門女眷獻給敵軍糟蹋，連最小的姪女都不放過。

在邊關重傷臨死時，他作了個夢，夢見京城城破，只因景徽帝為一個美人與越國開戰，導致越國揮軍直搗京師。

這場仗，甚至連城都不用攻，便有人主動打開城門，迎入敵軍。他看到滿城狼藉，看到越國敵軍對沈家女眷污言穢語，看到貪生怕死的攸寧公主將沈家滿門獻給敵軍，看到八歲的姪兒給人當腳踏！

他還從路人嘴裡得知，他死後成了為救庶弟，貽誤軍機，因此丟失重要關隘的罪人。他一死，帶兵的弟弟沈無垢是庶子，沈家軍被有心人煽動，動搖軍心，威震天下的沈家軍四分五裂，沈無垢獨木難支，成了沈家最後一個戰死沙場的人！

若非醒來後聽到下屬上奏的戰報真和夢裡一樣，他還可以騙自己那只是一個夢。

楚攸寧自然能察覺到沈無咎眼裡的敵意，雖然一閃而逝，但想想他是被迫娶她，也就能理解了。

不知沈無咎為什麼沒死，但她是奔著守寡來的，現在出了變故，為了守寡大計，她是要弄死他，還是不弄死他呢？

楚攸寧這麼想著，帶出一絲靠殺喪屍殺出來的濃烈殺氣。

沈無咎馳騁沙場多年，發現不對勁，目光淩厲掃視過院子裡的每一張臉。在場的都是手無縛雞之力的女眷，連眼前有生殺大權的公主也是纖弱單薄，殺氣應不是來自於她們。

「都在院裡幹麼呢？程安，程佑，還不趕緊把老四抬進去，嫌你家主子傷得不夠重是不是？」大夫人帶著宮裡派來的陸太醫趕過來。

都說長嫂如母，大夫人嫁進來的時候，沈無咎還小呢，只差沒把他當兒子看了。後來沈家出了變故，看小小的少年郎撐起整個沈家，她們這些嫂子更是心疼，平日裡相處便沒那麼拘謹。

楚攸寧看到大夫人進來，立即放鬆精神。算了算了，看在那麼多寡婦還需要靠這個男人的分上，她就先不弄死他了。

那絲殺氣來得突然，去得也突然。

沈無咎察覺到了，對程安使眼色，讓他去查。

沈無咎被抬進新房裡，躺在床上，解開衣裳，腰上纏著的層層紗布已經被血染紅。

大夫人看了，心疼得不得了。「你說你，陛下也沒勒令你必須趕回來，保重好身子才是要緊事。若你有個好歹，你讓公主步嫂子們的後塵嗎？」

大夫人這話，是故意說給楚攸寧聽的，好讓楚攸寧認為，沈無咎就算受傷也盡力趕回來跟她拜堂成親，是極有誠意的。

可惜，楚攸寧的心思完全沒在這上面。她拿著一顆蘋果，正喀嚓喀嚓啃得香甜。

沈無咎看楚攸寧一眼，再望向大夫人，面色一鬆，身上的凌厲悉數褪去，似長途跋涉，終於歸家的遊子，對家人露出安心的笑。

「是無咎讓嫂嫂們擔憂，傷養好就沒事了。」

楚攸寧用九牛一毛的精神力掃了沈無咎的傷一眼，不太妙啊。看完，繼續喀嚓喀嚓沈浸在蘋果的甜美裡。

沈無咎覺得她是故意的，饒是再虛弱，也被這聲音弄得精神不少。

陸太醫重新幫沈無咎上藥，沈無咎又用晦暗不明的目光望向楚攸寧。

此時，楚攸寧不再穿著單薄裡衣，而是繫上大紅披風，手裡拿著蘋果喀嚓喀嚓啃個不停。昏黃燭光裡，她的臉也跟那蘋果一般，紅通通的，小嘴飛快嚼動，一顆蘋果很快就去了大半。

沈無咎就這般看著，忘了傷口的疼痛。

陸太醫很快就幫沈無咎重新包紮好，接著靜心診脈。

這時候，楚攸寧啃蘋果的喀嚓聲便格外突兀了，大家忍不住齊齊看向她。

楚攸寧見狀，瞧瞧手裡快吃完的蘋果，在眾人無言的表情下，低頭加快動作。

「不吵了。」楚攸寧把剩下的果核舉給大家看。這可是她特地從皇宮打包出來的好東西，吃一顆、少一顆。

越國農產豐富，如地瓜、馬鈴薯、玉米、蘋果、花生等等，卻不願讓其他國家引進，若是想要，必須花重金向越國買，也不能偷偷種植，被發現就是火藥伺候。越國也因此扼住其他三國的發展，相當霸道。

當然，普通百姓不敢種，有勢力的人偷偷種，已經是一種默契。

不過，作為條件，在他國並非故意挑起戰爭的情況下，越國不能把火藥使用在戰場上。

其實，有火藥在手，這種約定沒什麼用，越國想一統天下是手到擒來的事。越國要的，是凌駕於其他國家之上的痛快。

眾人見狀，更是無語。怕聲音太大吵到太醫診脈才吃這麼快？分明是怕被人搶食。

大夫人再擔心沈無咎，也忍不住拿帕子掩飾笑意。這一幕像極了偷吃東西被發現的歸哥兒，聽聞攸寧公主囂張跋扈，怕只是孩子心性吧。

陸太醫捋著鬍鬚，收回手，隱晦地看楚攸寧一眼，不知該不該實話實說。

「太醫不用看我，反正他那裡，我也沒打算用。」楚攸寧又從旁邊的桂圓擺盤上摸了顆乾桂圓，剝開來吃。

眾人大驚，這是什麼虎狼之詞！他那裡是他們以為的那裡嗎?!

張嬤嬤嚇傻了，忙替自家公主描補。「公主的意思是，醫病治傷的事，找她也沒用。」

楚攸寧掃了眼沈無咎的傷。「還是有用的。」

腎臟被刺破，在古代沒有手術能縫合，這也是沈無咎的傷口為什麼又出血的原因。他能撐到現在，可見這個世界的醫術還是挺厲害的。

這樣的傷，如果她的精神異能恢復到一半，還是能治。當她精神系異能達到五級，就可以分出一縷精神力，像縫合線一樣把傷口縫好，待痊癒後，再將精神力收回。

前世她出任務的時候，有個隊友重傷大出血，命在旦夕，她靈機一動，死馬當活馬醫，用精神力嘗試縫合傷口止血。若是強大的木系異能，可直接讓傷口無痕癒合，但她只能耗費心神，用精神力縫好傷口，讓人慢慢痊癒。

但此時張嬤嬤只想大逆不道地捂住楚攸寧的嘴。她家公主上吊，真把自己吊出了另一個性子啊。

「原來公主深諳此道，沈某自嘆不如。」沈無咎臉色黑沈，不知是羞的，還是氣的，蒼白臉色硬是被逼出了幾分紅暈。

楚攸寧以為他說的是她會看病的事，點點頭。「不用自卑，這個無人能比。」

沈無咎氣笑了。「這還值得驕傲？」

「將軍別激動，於傷有礙。」陸太醫見沈無咎胸口劇烈起伏，趕忙出聲安撫。

「太醫，我家老四的傷勢到底如何？你如實說吧，好讓我們做嫂嫂的心裡有個底。」大夫人把話頭拉回來。

「有勞太醫走一趟，沈某心裡有數。」沈無咎早從軍醫那裡得知結果，並不想讓家人擔心他。

「老四啊，如今咱們家能頂門立戶的只有你，不管傷勢如何，只要能活著，都不算傷，無須瞞著我們。」大夫人從陸太醫的神色和楚攸寧的話中，已經猜出了一點端倪。

沈無咎想到死去的幾位兄長，不禁沈默。

陸太醫惋惜，嘆道：「將軍傷到了內臟，傷口能止血，就表示能養好，但往後怕是不能上戰場了。」

沈無咎早聽軍醫說過這結果，再次聽到，還是難以接受。戰場需要他，沈家軍需要他，當年二哥失蹤及三哥遭暗殺的事都還沒查出來，他自是不甘。可是，比起死，能活著回來保護沈家女眷不被公主欺負，也沒什麼好怨的了。

屋裡的氣氛一下子變得沈重。

大夫人紅了眼眶，卻笑著說：「老四，不能上戰場就不能上戰場，邊關那邊還有老五呢。正好，你留下來好好跟公主過日子。」

楚攸寧知道，軍人有軍魂，據說末世初時，都是軍人衝在最前頭，為百姓無私犧牲。所以，她最敬佩的也是軍人。

可惜了，這裡沒有可以恢復異能的晶核。

大夫人想起方才楚攸寧說的話，急著問陸太醫。「除了這個，可還有別的需要注意？」

沈無咎已經不能上戰場，可別連那事也不行了。

陸太醫小心翼翼地看楚攸寧一眼，道：「房事上須得悠著點，不能再像以前那樣勇猛。」

楚攸寧往某處瞥去。「就怕沒猛過喲。」尾音聽起來十足幸災樂禍，一下子沖散了所有的沈重。

沈無咎全身青筋直跳。這是皇家公主能說出來的話？

張嬤嬤面對大家質疑的目光，心裡哀嘆，她能有什麼辦法？哪怕可以回爐重造，皇后這座爐也不在了啊。

「咳，將軍好好臥床養著，老夫去配幾副藥。平時動作切莫過大，以免扯到傷口。」陸太醫也發現了，原來攸寧公主這麼猛，他還是趕緊溜吧。

「有勞太醫。」沈無咎頷首。

送走陸太醫，沈無咎連日強撐的體力用盡，沒等藥煎好，便昏睡過去。

「讓公主受委屈了，還請公主看在四弟不顧重傷趕回來的分上，莫要惱了四弟。」走到外間，大夫人少不得為沈無咎說情。

她看得出來，一打照面，沈無咎就不喜楚攸寧，楚攸寧想必也一樣，否則方才不會那般幸災樂禍。

新婚第二日就迎來重傷的夫君，公主不大發雷霆都是好的。

唉，等天一亮，這事傳出去，怕又要有不好聽的話了。

皇后臨終前讓景徽帝下旨賜婚，是為了讓攸寧公主擺脫去越國和親的命運，這是誰都知道的事，但誰也不知道為什麼會選擇沈家。畢竟，沈家死了好幾個爺，外頭都說嫁入沈家的人必守寡。

幸好，沈無咎只是重傷，而不是沒命。

「我不委屈啊。」楚攸寧搖搖頭。雖然沒守成寡，但她也不會委屈自己，委屈的只會是別人。

「公主能體諒就好。」大夫人放心了，公主還是很懂事的。

第九章

宮裡，景徽帝的御案上放著一份戰報。戰報是跟沈無咎負傷回京的消息一起到的，卻不是沈無咎寫的，可見沈無咎帶傷趕得有多急。

戰報上說，綏國突襲，沈無咎為救庶弟，貽誤軍機，導致回防不及，丟失崇關，並在大敵當前時殘害同袍。

崇關也是重要關隘，幸好最後阻止了敵軍兵臨城下的腳步。只是，失去崇關，邊關遲早守不住。

景徽帝覺得待會兒的早朝又要頭疼了，因為被沈無咎殘害的同袍，就是英國公世子，是皇后的娘家人。他是要偏袒女婿，還是不偏袒女婿呢？

這時，陸太醫回宮，過來稟報沈無咎的傷勢。

景徽帝得知沈無咎以後無法上戰場了，揮退陸太醫，惋嘆失去一名猛將的同時，又發起愁來。

「這下攸寧要怪朕了，現在悔婚還來得及嗎？」

劉正不敢接話。

「若是沈無咎真的不行，朕要不要准許攸寧養面首呢？」景徽帝來回踱步。

劉正更是無言。陛下，沈家幾代將軍的棺材板快要壓不住了。

景徽帝也不需要有人回應，負手望著外頭冉冉升起的旭日，心中嘆息。

當初先帝還擔心鎮國將軍世襲五代，足夠擁有一支強大忠勇的軍隊，怕沈家謀逆。如今，沈家的氣數已然將盡，就看沈無咎那個庶弟能不能鎮得住沈家軍了。

旭日東升。

楚攸寧任由風兒和冰兒打扮好，然後坐在外間享用豐富的早飯。

張嬤嬤帶人收拾新房一應物事，看到原本擺在屋裡的「早生貴子」一顆不剩，腦門突突直跳。

她往外走，問道：「公主，桌上的桂圓、紅棗跟花生呢？」

「不知道，可能被老鼠吃了吧。」楚攸寧把鬆軟的饅頭捏成一口，塞進嘴裡，腮幫子動了動，繼續進攻下一個。

張嬤嬤看得眼都直了。以前公主真不是這樣的啊，到底是哪裡出錯了？

「公主可知道那隻老鼠的洞在哪兒？」張嬤嬤真覺得，單是桂圓跟紅棗，配不上她家公主的嘴。可是楚攸寧上吊醒來後，但凡能吃的都不挑。

「不知道啊。」

楚攸寧舀起一口軟糯的米粥送進嘴裡，剛塞進去的饅頭浸入熱呼呼的米粥，軟化開來，別有一番美味。

張嬤嬤放棄，她知道了，公主護食，落入手裡的吃食，別指望她會乖乖交出來。就說公主昨日吃的蘋果，都沒人注意到她何時打包帶出宮的。

吃完美美的早飯，楚攸寧身為新嫁娘，新婚第二天需要去前堂認親。沈無咎還躺在床上昏睡，所以只有她一個人去。

楚攸寧帶著風兒、冰兒，還有張嬤嬤來到正堂。堂上兩個主位都是空的，兩邊分別坐著將軍府的幾位夫人。

楚攸寧一到，夫人們紛紛站起來迎接。

「公主來了，老四的事沒嚇著妳吧？」大夫人關切地問。

「他長得還行，嚇不著。」楚攸寧說。

幾個夫人聽了，均是一笑。

「老四可是幾兄弟裡長得最俊的兒郎，與公主恰是天上人間最配的一對。」二夫人是武官之女，性情最豪爽不過。

寒暄幾句，認親儀式便開始了。

楚攸寧在張嬤嬤的指引下，挨個兒向幾個嫂子見禮喊人，收下禮物。

昨天她就見過了大夫人和二夫人，三夫人是個斯文秀氣的女子，出自書香世家，看著就不一樣，渾身透著股墨香。
當年三夫人剛過門，還沒來得及洞房，新郎便披上戰袍趕往邊關。比起有孩子相伴的大夫人與二夫人，三夫人顯然更苦一點。
張嬤嬤說，沈無非離去時，已寫下和離書交給大夫人，若他一去不歸，便讓大夫人放三夫人歸家。只是，三夫人與沈無非是兩情相悅，寧可死守靈位，也不願另嫁。
不單是三夫人，昔年沈大爺與沈無恙出事，大夫人和二夫人年華正茂，沈無咎曾要代兄放妻另覓良人。但兩位夫人放了話，說此生生是沈家婦，死是沈家鬼，讓她們另嫁，就是逼她們去死。
因此，沈家的夫人們也得了文人騷客眼中的節婦美名。
楚攸寧心想，這些夫人個個忠貞不二，不為名節，只為深愛的那個人，值得點讚。
她見完幾個嫂子，就輪到小輩來見禮了。張嬤嬤早跟她介紹過，所以不太陌生。
站在三夫人下首的少女是沈無咎的庶妹沈思洛，秀眉彎彎，眼眸靈動，今年十八歲，已經訂親，本該在守完三年父孝後成婚，結果夫家有長輩去世，未婚夫又要守孝，至今沒能完婚。剛才她進來時，偷瞄了楚攸寧一眼，瞧著也是個膽大的。
「思洛見過四嫂。」沈思洛上前行禮。
原本沈思洛擔心楚攸寧嫁進來後會欺負她的幾位嫂嫂，已經做好要對著幹的準備，現在看來，楚攸寧好像還挺好的，沒有仗勢欺人。

「不錯。」楚攸寧把見面禮交給她，是宮廷繡娘繡的荷包。這些見面禮都是張嬤嬤準備的，她也不懂，照著送就行。

沈思洛接過荷包，別以為誇她，就能讓她放鬆戒備。可是，她的心因為得到楚攸寧的誇讚而有點小雀躍是怎麼回事？

楚攸寧可不知道沈思洛還在觀察她，轉身去看挨著大夫人的姊妹花。

兩個姑娘是大夫人所生，大的今年十二歲，小的十歲，長得像娘，小臉上已經有美人雛形。

「公主，這是如姐兒，這是雲姐兒。」大夫人拍拍兩個閨女。「快去見見妳們四嬸。」

雲姐兒和如姐兒上前福身。「見過四嬸。」

根據記憶，這對姊妹花的結局，也是原主前世造的孽啊。

楚攸寧把荷包遞給她們。「以後誰欺負妳們，儘管來找我。」

如姐兒和雲姐兒拿著荷包，呆呆看著這個公主嬸嬸。自從爹爹和叔叔們戰死後，外頭都說鎮國將軍府滿門寡婦，說鎮國將軍府各種不好，突然聽到這樣的話，心裡暖暖的。

最後是歸哥兒。歸哥兒仗著和楚攸寧有過一次「交情」，不用二夫人說，便快步走到楚攸寧跟前，眼睛亮晶晶的。

「公主嬸嬸，歸哥兒也有見面禮嗎？」

「這小皮猴子。公主，妳甭管他。」二夫人笑罵。

對於昨天代叔迎親的小豆丁，楚攸寧很有好感，抬手捏捏昨天就想捏的小髮髻，拿起托盤上的玉珮送給他。

「你都叫我公主嬸嬸了，當然不能沒有。」

「歸哥兒多謝公主嬸嬸。」歸哥兒接過玉珮，正正經經作揖，也不回他娘身邊了，就挨著楚攸寧站。

二夫人瞧得稀奇，歸哥兒是當年她聽聞丈夫在戰場上失蹤時早產的，身子雖然不至於糟到一步三喘的地步，卻也不算好，行動不能太劇烈，但小小年紀便嫌棄和姑娘家玩不夠爺兒們，這會兒卻和才見過兩次面的楚攸寧親近。

楚攸寧見小豆丁不走，從荷包裡摸出一把紅棗和桂圓，正是她藏起來的早生貴子。「吃完再跟我要。」

「謝謝公主嬸嬸。」歸哥兒雙手接過，露出羞澀的笑，公主嬸嬸喜歡他呢。思洛姑姑說公主是壞人，讓他不要靠近，但他覺得公主是好人。

「不謝。」楚攸寧也拿了顆桂圓，剝殼塞進嘴裡。雖是乾的，也沒有多少肉，但是甜。見大家都看著她，她抬頭問：「妳們也要吃嗎？」

眾人笑著齊齊搖頭。

大夫人說：「公主喜歡吃的話，往後我讓人多備些。」攸寧公主哪裡囂張跋扈了，分明是孩子心性。

張嬤嬤已經無力挽救了，她根本不知道公主什麼時候在荷包裡藏了這些東西。

沈老將軍死前，沈家已經分家，如今鎮國將軍府裡只有嫡系一脈。除了沒出來的許姨娘，府裡的主子都在這裡，見過一遍，就算認完親了。

據說許姨娘是犯官之後，因是戰友之女，被沈無咎的父親贖回來，納入府中，只求偏安一隅，沈思洛與沈無垢就是她生的。

因為許姨娘不爭，兒女都交給主母教養，鎮國將軍府倒也和睦。

認完親，寒暄幾句，楚攸寧就坐不住離開了。

楚攸寧一走，幾個夫人相視一眼，齊齊鬆口氣。

「管家的事，還是等四弟醒來問問他吧。」

「也是，總不好讓公主就這般接手了。」

出了正堂，張嬤嬤低聲道：「公主，按理說，您已嫁入將軍府，成為當家主母，大夫人應該主動提及管家的事。可奴婢瞧著，幾位夫人都沒有這個意思。」

「這個啊，我又不會管家，問了幹麼。」楚攸寧搖頭，只要別管她就行。

「就算公主不要管家權，大夫人還是該表態。奴婢懷疑三位夫人別有用心。」

「她們能有什麼壞心思呢？有點想爭的東西當調劑也不錯，就怕守寡守成一潭死水。」

楚攸寧是個懶得動腦的人，前世當霸王花隊的隊長，也是只管衝在前頭。隊裡的事有專人管，有需要她決定的會來請示她，其他的完全不用操心。

在楚攸寧看來，誰管家無所謂，這工作就跟末世隊裡專門掌管後勤的人一樣，只要別剋扣她吃的，一切都好說。

張嬤嬤瞬間覺得自家公主無比高尚，這話裡的意思，竟能體貼鎮國將軍府裡的女人守寡不易，真該讓三位夫人來聽聽，看她們還好不好意思欺負公主。

第十章

回明暉院的路上，楚攸寧摸摸肚子，打算去廚房看看有什麼吃的可以帶走。手裡有糧，心中不慌，沒什麼比糧食來得更有安全感。

在末世，讓她最有成就感的，就是隊裡囤有物資，沒有便出去掃街，掘地三尺，搜刮用得到的東西換取糧食、營養液，保證隊員不餓肚子。

走到分叉路口，楚攸寧瞧見程安捧著一只長盒，走向明暉院。她本來不打算理會的，但從旁邊經過的時候，忽然感覺到一股熟悉的能量。

楚攸寧停下腳步，灼灼目光落在長盒上。「這是什麼？」

「回公主，這是沈家歷代的傳家寶劍，隨主子征戰沙場的神兵利器，屬下正要送去書房放好。」程安看到她的眼神，有種不太好的預感。

「是嗎？我想看看。」楚攸寧直勾勾地盯著長盒。

程安倒退一步。「寶劍鋒利，怕傷了公主千金之軀。」

「我就看看。」楚攸寧緊跟上前。

程安在心裡瘋狂呼喚他家主子，表情為難極了。「請公主恕罪，這劍除了主子，誰也不能碰。」

楚攸寧不是強人所難的人，但這能量可讓她的異能快速恢復，眼饞半天才記起這不是末世，不能動手搶。

「行，我去找你家主子聊聊。」楚攸寧又不捨地看了長盒一眼，也不去廚房了，轉身回明暉院。

程安鬆了一口氣，要是公主仗著身分非要看，他也不知道該怎麼辦。找主子聊聊？主子怕是沒什麼話跟公主聊。

為了趕回來阻止這門親事，主子可是不要命了，還撐著寫了摺子求景徽帝取消婚事，並交代他們，若他有個萬一，便將摺子遞上去，死了也要把攸寧公主趕出將軍府。若景徽帝不允，便想法子殺了公主，總之就是不能讓她待在將軍府。

天知道這是什麼仇，什麼怨？半年前聖旨傳到邊關的時候，主子雖然不願，卻也沒想過要抗旨的。

一會兒後，沈無咎睜開眼，就對上一張奶白的漂亮小臉，而這張臉的主人正打算用手戳他的傷口。

「公主還是想設靈堂嗎？」沈無咎撐著床，小心地坐起來，聲音因為身體虛弱久了，顯得有氣無力，很沒有威嚴。

楚攸寧收回手，半點也沒有被抓包的窘迫，還認真地點點頭。「是啊，我看看你這傷大概什麼時候能設靈堂。」

「為何公主認為我必死無疑，莫非事先得到了消息？」沈無咎試探地問。

他受傷後，昏迷了一天一夜，軍醫已經宣布準備後事，他卻忽然清醒，好像重活一世般。那時才剛要發出軍報，楚攸寧只是深宮公主，不可能知道他重傷不醒的事。

楚攸寧的眼珠轉了轉。「不都說嫁進將軍府必守寡嗎？看巧荷那副天要塌了的樣子，我以為你死了，不死也離死不遠。」總不能說前世的他，這個時候已經死得透透的了。

沈無咎聽楚攸寧這麼說，暫時打消對她的懷疑，嗤笑出聲。「公主巴不得我死？」

「我是奔著守寡來的，所以，你打算什麼時候去死一死？」楚攸寧毫不掩飾她想要守寡的心，朝沈無咎揮揮小拳頭。

「怕是要讓公主失望了，沈某還得活著護住滿門婦孺，不被那些喪心病狂的人欺負。」沈無咎說到最後，語氣裡帶了些陰森。如果能看得見黑氣，此時的他已被黑氣籠罩了。

楚攸寧一怔，摸出花生，喀一聲捏爆，點點頭。「喪心病狂的人該大卸八塊，下油鍋，炸他個焦香酥脆。」

沈無咎無言。和仇人同仇敵愾是什麼感覺？仇人還愾得比他狠，只差一盅小酒了。但明明是滿腔仇恨，卻恨到一半就被戳破，只剩滿滿的無力感。

他看著剝開花生，往上一拋，用嘴去接的楚攸寧，覺得以往對公主這身分的認識，似乎與實情有些出入。

這麼幼稚的舉止，是公主會做的事？

而且，好似從見面開始，就沒見楚攸寧停過嘴。是他想錯了，還是皇家公主這般不講究？跟個小老鼠似的吃個不停是怎麼回事？總不會是將軍府餓著她了。

楚攸寧沒忘記她在這裡守著沈無咎醒來的目的，抬頭問：「我聽說沈家有把殺人如切瓜的寶劍，想看一看。」

沈無咎的目光瞬間凌厲起來。「太啟劍不是賞玩之物，公主若是無聊，可以去賞花撲蝶。」主意居然打到太啟劍上了，她想做什麼？

楚攸寧猜到沈無咎沒那麼容易答應。「這樣吧，你讓我看劍，我幫你治傷，保證你以後想怎麼猛就怎麼猛。」

沈無咎臉色一黑，皇家公主再囂張跋扈，言行也不該如此輕浮孟浪。可是從見面到現在，這位說話都很直白。

「太醫都沒辦法的事，公主打算怎麼治？」他可不相信金枝玉葉的公主會醫術。

「你別管我怎麼治，就說你答不答應吧？」楚攸寧直接問。

沈無咎冷笑著看她。「要看太啟劍，有個法子。」

「什麼法子？」

「弄死我。」

「那太麻煩，還是等你死了，我再看吧。你的內臟被捅破，就算勉強止血，也會壞掉，還有可能出現尿痛、尿頻、尿急等症狀，最多再活一年。」楚攸寧伸出一根手指晃了晃，一臉她等得起的悠哉表情。

粗俗！沈無咎忍住想抬手按眉心的衝動。「妳認識九命神醫？」她要是有辦法治他的傷，他只能想到這麼一個人。

九命神醫自稱，凡他所醫的人皆有九命，憑一套九九金針從閻王手裡搶人，但這位神醫早已絕跡多年。

「不認識。」楚攸寧搖頭，倒是聽過九命貓妖。

「那妳憑什麼能治好我的傷？」

「你讓我看看劍就知道了。」

雖然不知道楚攸寧在打什麼主意，但沈無咎是不可能答應的。

「若公主想玩，可以到練武場去，那裡有很多兵器。」

「有工夫我會去的，我現在就想看你那把劍。」楚攸寧表示，她不是三心二意的人。

沈無咎冷笑。「那公主還是等我死了再看吧。」

「好吧。」楚攸寧不再糾纏，好像對太啟劍只是一時興起。

沈無咎卻覺得她沒那麼容易放棄，明明才見過兩次面，也不知道打哪兒來的直覺。

楚攸寧看看沈無咎的臉，忽然起身湊近，抬手摸上他的額頭。

沈無咎險些一掌打出去，柔嫩掌心貼上額頭，讓他整個人僵住，周身被她身上的馨香包圍，還夾著淡淡的果香。

「公……」

此時張嬤嬤抱了鬧著要找姊姊的四皇子進來，看到她家公主站在床邊，抬手放在駙馬頭上，腦海裡閃過的竟是公主欺負良家男子的畫面。

老天爺啊，她怎會有這樣的想法?!

現在，她是要退出去，還是往裡面走？她以為駙馬沒醒，又是青天白日的，應是不用在門外聽宣，卻……

「嬤嬤，妳怎麼了？」楚攸寧收回手，見張嬤嬤站在門邊不動，問了句，然後回頭對沈無咎說：「你發燒了，你知道嗎？」

準確地說，他一直在發燒，應該是傷口發炎了。古代的路那麼顛簸，沈無咎的傷勢又那麼重，還急著奔波，不發炎才怪。

沈無咎暗呼出一口氣。「何為發燒？」

「嗯，就是身子發熱？」楚攸寧不確定地說。

所以，她是在關心他？她還會關心人？

「太醫開了藥，我喝了便好。」沈無咎淡淡地說。

楚攸寧點點頭，看來古代的醫術還是很厲害的。

「藥早就煎好了，奴婢去幫駙馬端來。」張嬤嬤把四皇子往楚攸寧懷裡一塞，快步離開。她巴不得公主和駙馬多多相處，和和美美的。

沈無咎看著楚攸寧懷裡白白胖胖、玉雪可愛的奶娃娃，暗暗猜測孩子的來歷。

「我兒子，像嗎？」楚攸寧把自己的臉和小奶娃貼在一起，笑咪咪地問。

「啊……」小奶娃轉頭，往她臉上吧唧一口，抱著她，雀躍得不得了。

沈無咎的目光掠過一大一小略相似的眉眼，目光微閃。「恭喜公主喜得貴子。」

「同喜同喜，你當爹了。」楚攸寧抓著小奶娃的小胖爪揮了揮。

「這便是皇后臨終前要讓陛下賜婚的原因？」沈無咎不鹹不淡地問。

「對啊！驚不驚喜，刺不刺激？」楚攸寧興匆匆的。

「呵，娶一送一，倒是我賺了。」沈無咎說著，朝小奶娃伸手。「乖，叫爹。」

楚攸寧驚奇地看向沈無咎。「你不生氣？」

在古代，男人可以三妻四妾，女人連多看其他男人一眼都是罪大惡極，還有一個叫浸豬籠的懲罰，太不人道了。

「你該不會知道自己不行了，乾脆接受這個便宜兒子吧？」楚攸寧的目光落在沈無咎的傷口上。

沈無咎黑著臉。「公主放心，我定會將這孩子視如己出。」

楚攸寧覺得她猜對了。「你放心，人的體內有兩個腎，你這傷處理好了，哪怕只有一個能用，生他七個、八個都沒問題，這個還是算了。」

小奶娃的親爹還在宮裡活得好好的，為了沈無咎好，這便宜兒子還是別認了吧。

「妳既已帶他嫁進門，那他便是我兒子。」沈無咎認真地說。

「哦，那他不是我兒子，也就成不了你兒子了。」自個兒扯的謊，自個兒拆穿，楚攸寧毫不尷尬。

沈無咎怔住，他還在想怎麼叫她自掘墳墓，她已經把墓鏟平了。不過，被她這麼一搞，倒是精神了不少。

他當然猜得出，這是與楚攸寧一母同胞的四皇子，但四皇子為何會於她新婚第二日出現在將軍府？

當初被賜婚後，他讓人去查過楚攸寧，據聞四皇子生下來後，楚攸寧無比厭恨這個弟弟，不聞不問。此時瞧她不像是厭惡四皇子，且四皇子也很親近她，與查到的不符。

那個夢裡也沒有四皇子，甚至連張嬤嬤都沒出現，只有王嬤嬤跟在她身邊。

沈無咎還不知道這兩天發生的事，不知道原主為了不嫁他，假裝上吊，靈魂換了個人；也不知道他印象中的公主膽大包天，真接把弟弟當嫁妝帶出宮了。

第十一章

張嬤嬤很快就把藥端進來，還帶來一個不好的消息。

「公主，駙馬，聞家的人來退婚了。」張嬤嬤將藥端進房，先開口稟報大夫人派人來說的事。

「我知道了。」沈無咎點點頭，要張嬤嬤把藥端來給他。

他並不意外，在沈家女眷被糟蹋的夢裡有沈思洛，就代表他死後，這樁婚事有了變故。要麼沒成，要麼沈思洛和離，或被休回來。

這些年，哪怕他遠在邊關，也有派人寫信稟報家裡的事，知道聞家二公子也要守孝時，便派人盯著，本想抽空回來處理，沒想到他受了重傷，還差點送命。

張嬤嬤是宮裡出來的，自認琢磨人心有一套，此時卻琢磨不透沈無咎是何意。沈思洛雖是庶出，但因沈家陽盛陰衰，沈思洛也是極為受寵，京城裡嫡庶最和睦的人家，就是鎮國將軍府了。

「是哪個聞家？退誰的婚？」楚攸寧看向張嬤嬤。

「聞家祖上也曾封爵，後來爵位被收回，如今當家老爺任戶部尚書，也是頗有底蘊的世家。當年，經由大姑娘牽線，二姑娘與聞家大房二公子訂了親。」張嬤嬤就知道楚攸寧忘了。明明今早去認親的路上，才向她仔細介紹過將軍府裡的主子跟人脈。

「哦，是思洛妹子啊。她是個好姑娘，誰退婚是誰的損失。」

楚攸寧記得膽大的沈思洛，那怕她欺負家人的防備眼神，在她看來就像隻奶凶奶凶的小獸。知道護著家人的，就是好姑娘。

沈無咎聽她這麼說，意外地抬頭看她一眼，然後低頭喝藥。

楚攸寧隔著距離都能聞到一股藥味，原本好奇古代的藥是什麼樣的，這下一點也不好奇了，還抱著小奶娃悄悄後退了些。

末世，中西藥早已斷絕，取而代之的是用各種異種植物配製出來的藥劑。

沈無咎喝完藥，把碗遞回給張嬤嬤。「煩勞嬤嬤幫我叫程安來。」

「不敢當，駙馬可要用膳？灶上溫著粥。」張嬤嬤還擔心沈無咎會因為被逼著娶公主而不悅，遷怒公主身邊的人，沒想到脾性怪好的。不愧是當了將軍的人，想當年，沈無咎可是京中誰見了都怕的小霸王。

沈無咎擺擺手，現在他什麼都吃不下，嘴裡都是藥味。

張嬤嬤應下，想把四皇子交給負責照顧他的嬤嬤，準備出去。

「嬤嬤，我們也去瞧瞧。」楚攸寧抱著小奶娃往外走。隊員被人欺上門，身為隊長，必須出面護著。

楚攸寧和張嬤嬤出了明暉院。

楚攸寧嫁來將軍府時，便把將軍府裡的人劃入她的保護圈裡，若真亡國，就帶著一起跑路。國都亡了，一個公主跑路不算什麼，她也不願當俘虜或殉國。

不過，將軍府的男主人活著回來，這些人應該也成不了她的隊員了。

「公主，其實還有一事，奴婢沒說。」張嬤嬤上前，道：「外頭已經傳遍駙馬因救五爺而貽誤軍機，害關隘失守的事。還有，大敵當前，駙馬打斷了英國公世子的腿，視為殘害同袍。奴婢想，這應該是聞家上門退婚的原因。」

「昏……」說好了不叫昏君的，楚攸寧改口。「父皇有說什麼嗎？」

「陛下說話管什麼用，這些年的政事都交由內閣處置，這次傷的又是英國公世子，正是昭貴妃的表姪，秦閣老的外孫。」

「沒事，在絕對的實力面前，一切陰謀詭計都是紙老虎。」楚攸寧懶得捋清其中的關係。

張嬤嬤覺得自家公主想得天真了，他們能有什麼實力？仗著沈家軍嗎？那就不是失責，而是謀反了。

楚攸寧一走，程安就到了，沈無咎讓程安伺候他梳洗更衣，順道說說打聽到的消息。

他一路從邊關趕回來，還沒接到京裡的最新消息，現在總算明白為何四皇子會出現在將軍府。不僅如此，楚攸寧放飛本性，反倒讓景徽帝重視，賜了封號。

這與夢裡完全不同，若說楚攸寧不怕死地鬧，那為何改變對四皇子的態度呢？還有，原本出現的王嬤嬤也被發落了，換成生前伺候過皇后的張嬤嬤。

這已經不是想找死能說得清的，倒像是像他一樣，知曉後面發生什麼事，才會有這麼大的改變。

「還有什麼？」沈無咎問。

程安遲疑了下，道：「還有一件事，屬下以為無關緊要。」

「說。」

「攸寧公主上吊前，曾說要讓四公主代嫁的話，她願意去越國和親。」程安覺得，這聽起來像是主子被嫌棄了，不是什麼大事，也就沒提。

沈無咎整理衣領的動作一頓，渾身散發出無邊的冷意。

她果然是知情的！知道慶國很快會亡，所以這一次要換成她嫁去越國。前世她就是為了換取去越國投奔四公主的機會，才害慘了沈家！

所以，說什麼篤定他會死是因為謠言，都是騙人的，但她為何會帶上四皇子？若是王嬤嬤因故被她換掉還好說，一個奶娃娃有什麼價值？她和四皇子親近，看起來也不是假的。

她是否在謀劃什麼？

被懷疑在謀劃什麼的楚攸寧，已經進了前院大堂。

堂上一邊坐著聞家人，另一邊坐著沈家三位夫人和沈思洛。

楚攸寧一到，所有人起身行禮。

今日楚攸寧穿著銀紅色小袖對襟襦裙，上繡花鳥，綴以珠玉，映得肌膚紅潤照人，晶瑩剔透，也襯托出身為新婦的嬌豔明媚。

一直垂著頭的沈思洛聽見楚攸寧來了，不知為什麼，彷彿看到了靠山，明明之前還怕她傷害家人，明明她的年紀比自己小，可是看著她大步走進來，心裡的委屈就止不住漫開，望著她的眼睛紅通通的，跟隻兔子似的。

楚攸寧瞬間覺得自己人被欺負了，誰也不看，瞪向堂上那個白得不像個男人的男人。

「就是你來退婚？」她說著，又看沈思洛。「就這麼個體虛的三秒男，也值得妳哭？」

雖然大家不知道三秒男是什麼，但是前面加了個體虛，不難猜到是什麼意思，聞家人的臉都綠了。

「四嫂，我沒哭！」沈思洛大聲地說，對聞二公子哼了聲，不屑地扭開臉。

聞二公子袖子下的手憤憤攥起，臉色陰鬱。

「就算您貴為公主，也不該如此欺人。」聞家那邊坐在最上位的女人開了口，架勢竟瞧著比大夫人她們還像主人。

楚攸寧看過去。「妳哪位？又怎麼知道我是欺人？妳試過？」

眾人瞠目結舌，攸寧公主這話是要逼死人啊。

婦人氣得臉色鐵青，渾身發抖。

「公主，那是沈家大姑娘沈思妤。」張嬤嬤上前提示。

楚攸寧總算知道沈思妤的主人姿態是從哪兒來的了，問張嬤嬤。「妳確定她的沈是來自這個沈家？我還以為她姓聞呢。」

明晃晃的諷刺打在沈思妤臉上，令她搖搖欲墜。

大夫人等人暗爽，沈思妤身為媒人陪著來退婚，無可厚非，可一來就同聞家坐在一塊兒，擺明了站在聞家那邊，把娘家放在哪裡。

「這話也是我想問的。」

沈無咎由程安、程佑抬進來，楚攸寧朝他看去，他身上穿了件棗紅色黑繡直裰，因為傷在腰上，腰身只是虛虛束著，看著有幾分閒散隨意，若忽略他那鋒利的眉眼，看著更像一個皎如雲間月的清貴公子。

「你這是嫌活一年還太長了？」楚攸寧看著他蒼白又有些泛紅的臉色，皺起眉。傷患就該有傷患的覺悟，不好好休息，跑來湊什麼熱鬧，又不是喪屍攻城，需要拚命的時候。她就見不得受傷還不好好休養的人，在霸王花隊裡，這種情況是絕對不允許發生的。

沈無咎聽出楚攸寧話裡的關心，看著她不作偽的眼神，心裡有些複雜，她似乎總有法子讓人恨不起來。若她只是因為這一世不想讓他死才這麼說，也就罷了，可她之前說想守寡，也是真的。

沈無咎的目光掃過堂上的家人，腦海裡閃現夢裡那些殘忍的畫面，神情堅定。「總不能在戰場上出生入死護一方百姓，在家卻護不了自家人。」

楚攸寧聽了，倒是認同地點點頭。如果躺下的是她，聽到有人欺上門，她也沒辦法安心歇著。

沈無咎跟她一樣護短，不錯。

第十二章

「老四，你怎麼來了？我只是派人去跟你們說一聲，並不需要你們出面。傷這麼重，就該好好躺著養傷。」大夫人起身，擔心地道。

「老四，你的傷可好些了？」二夫人也關心地問。沈無咎是天未亮時回來，傷勢挺凶險，未等服藥又昏睡過去，不知何時醒來的。

「四弟，瞧你臉色不太妥當，還是回房歇著吧。這事我們心裡有數，不會讓人欺到沈家頭上來。」三夫人用最柔的聲音說出最剛的事。

沈無咎心裡一暖，對幾位嫂嫂頷首。「我無事，嫂嫂們不用擔心。」

「無咎，你方才說什麼？」沈思妤卻是不敢置信地問，她還在娘家的時候，可沒少疼沈無咎啊。

沈無咎看向沈思妤，心下越加失望，幾位嫂嫂都在擔心他的傷，她卻只記得他進來的那一句，連個關心的眼神都沒有。

「大姊，我只問妳一句，聞二公子為長輩守孝的事，妳可知情？」

沈思妤的目光有些躲閃，不敢直視他懾人的眼。「為長輩守孝，不是應該的嗎？」

「好，妳果然知道。」沈無咎露出諷刺的笑，眸中寒光逼人。「大姊明知聞家守的是哪門子的孝，卻未曾想過告訴娘家一聲，今日還同聞家一塊兒上門退親。妳捫心自問，還對得起名字裡的這個沈姓嗎?!」

「沈無咎，你是不是忘了我是你大姊，你這是不敬長姊！」沈思妤被說得下不了臺，惱羞成怒。

「那大姊可還記得自己是沈家人？」沈無咎不留情面地問。

「行了，既然你已經把我想成這樣，我再多說也是白費唇舌。現在你翅膀硬了，是鎮國將軍府的家主，想來我這個大姊也幫不了你什麼了。」沈思妤冷冷淡淡地說。

沈無咎沒接話，轉而看向聞家人。

聞家人已經在心裡打哆嗦了，沈無咎看著年輕，卻是從屍山血海裡走過來的，別說為將者犀利如刀鋒的目光，就身上那股因殺人而來的煞氣，哪怕此時是個傷患，瞧著也令人心裡發寒。

沈無咎的目光落在聞二公子身上。「為長輩守孝？還是出了五服的長輩？既然你這般孝順，為了讓你名正言順，不如我上奏將你過繼給那位長輩，如何？」

沈思洛好不容易出了孝期，年紀已經算大，聞家之所以能等，並非情深義重，而是不想娶，也知道沈家得罪不起。待她一出孝，便扯了個為家中長輩守孝的藉口，讓婚事一拖再拖，想拖到女方等不起，主動退親。

這不，他一出事，聞家便迫不及待上門退親了。

聞二公子臉色刷白，兩腿發軟。

「好啊，原來你說的守孝是這麼個守法，把我當傻子耍！」沈思洛這時才明白過來，為什麼沈無咎要那般質問沈思妤。原來沈思妤早就知情，卻什麼也不說，任由她被蒙在鼓裡。

明明比她大十歲呢，她懂事的時候，沈思妤都快要嫁人了，為何還這般看她不順眼？

「沈二姑娘，退親實非我所願，對不住。」聞二公子還是強撐起該有的公子風範。

「受不起！」沈思洛冷哼一聲，扭過頭，去跟楚攸寧站在一起。

楚攸寧看她一眼，這姑娘應該是傲嬌的性子，總愛哼別人。

「沈將軍，這不能怪我兒，實在是族中長輩如此要求，逼不得已。如今為了不耽擱沈二姑娘，便趕緊來把親事退了。」聞家夫人覺得自己是長輩，才敢這麼跟沈無咎說話。

沈無咎譏誚勾唇。「聞二公子能等我小妹守三年孝，沒道理我小妹等不得。」

聞家夫人沒料到沈無咎油鹽不進，瞬間拉長了臉。「既然將軍非要我明說，那我就直說了。這些年，沈家的風水似乎不太好，我將貴府二姑娘的八字和我兒子的拿去重新批了下，結果於兩家都有妨礙，這門親事就此作罷吧。」

沈無咎輕笑一聲。「程佑，好好把聞二公子送出府。」

程佑一怔，隨即明白過來是怎麼個送法。

聞家夫人還沒意會過來，等到程佑朝自己兒子走去，立即明白是如何送法了。

他們都忘了，當初沈思妤嫁入寧遠侯府後，寧遠侯世子眠花宿柳，年僅十二歲的沈無咎執鞭闖入花樓，將世子拖出來當街鞭打，還威脅誰敢帶歪世子，他就找誰麻煩，自此成為京中一霸。寧遠侯世子老實了好些年，直到沈家出事。

沈大姑娘顯然也想起這事了，不過，與人人羨慕她有這麼個弟弟維護不同，她是有些怨怪沈無咎的。因為沈無咎，夫君更不喜歡她了。

「需要幫忙嗎？」楚攸寧忽然出現在聞家公子身邊，出聲問程佑。

程佑呆住，公主這躍躍欲試的眼神是怎麼回事？

「這等粗活不煩勞公主，何況修理這小人會髒了公主的手。」

「我不嫌髒。」好不容易有個人能試試她的力氣恢復到什麼程度，當然不能放過。

楚攸寧不等程佑再拒絕，一把將聞家公子扯過來，一提一甩，直接扔出門。

眾人瞪大了眼，看著聞家公子在她手裡輕如無物般被扔出去。

隨著一聲慘叫，聞家公子呈大字形撞在外頭的影壁上，滑落在地。

「兒啊！」聞家夫人淒厲地大喊一聲，由婢女扶著，跌跌撞撞去看聞二公子。

楚攸寧看著自己白嫩得發光的小手，不太滿意，她的力氣才恢復一半。要知道，全盛時期，她可是能舉起車，砸倒一片喪屍的。不過，這應該是這具身體所能承受的極限了。

沈思妤心裡打了個哆嗦，早知道楚攸寧這麼凶殘，方才可不敢那般說話。

楚攸寧回過身，瞧見大家目瞪口呆地看著她，乾乾地笑了笑。「力氣不小心用大了點，還好牆沒塌。」

這是牆塌不塌的問題嗎?!

「公主，您的力氣何時變得這麼大了？」張嬤嬤問。

沈無咎也緊緊盯著楚攸寧，等一個答案。若前世她有這等力氣，為何不用？

「啊？這個啊，是祖宗顯靈了。對，就是祖宗顯靈！」越國福王能仙人託夢，她還不能祖宗顯靈嗎？

楚攸寧板著小臉，努力讓人信服。

沈無咎都往她背後有個神秘師父猜了，萬萬沒想到竟是這樣的回答，有點反應不過來。

張嬤嬤張了張嘴，盯著楚攸寧看，直把楚攸寧盯得心裡發毛，才笑道：「定是皇后娘娘在天有靈，放不下四皇子，才讓公主有此奇遇。」

「對！是母后找祖宗幫助我的。」楚攸寧順著張嬤嬤的話編。

沈無咎見聞家人還在，現在也不是追究這事的時候，真要追究也追究不出什麼來。

他讓程安和程佑抬著他，來到聞家人面前，冷聲道：「你們回去吧。親，只能由我們沈家來退。」

聞家夫人一聽，不高興了。「欺人太甚！你們怎能因為我兒沒辦法娶你家姑娘，就下如此毒手，雖不能結兩姓之好，也不能要人命啊。就算沒守孝這回事，這門親我也不敢結了，我們要退親！」

這時，楚攸寧端著一小碟桂花糕，慢悠悠走出來。「若我記得沒錯，今天好像是我新婚第二天，你們挑這個日子上門退親，真的好嗎？是不是沒把我這個公主放在眼中？」

張嬤嬤有點熱淚盈眶，不容易啊，她家公主終於想起自己的公主身分有多麼高貴，不容侵犯了。

聞家人只想著在沈家被問罪之前把婚事退掉，也顧不上會不會惹楚攸寧不快，這下敢怒不敢言，灰溜溜地走了，不然真鬧到景徽帝那裡去，有罪的反而是他們。反正這親事能退了就好，沈家都要大難臨頭，還拿腔作勢呢。

被留下的沈思妤坐立不安，想了想，也決定告辭。

「大姊，往後妳少回來吧，沈家的門檻太高，我怕絆著妳了。」沈無咎沈著臉說道。

「你這是要將我逐出沈家？」沈思妤難以置信，就算如今沈家不復以往，不代表她想要被逐出娘家。

「自從父兄去世後，大姊回來過幾次？」沈無咎反問。

「我是嫁出去的姑娘，哪能經常回娘家。」沈思妤不認為自己有錯。

「難道不是因為聽信外人的話，覺得回來和一屋子寡婦待著晦氣嗎？」沈無咎的話擲地有聲，直擊人心。

大夫人等人嘆息一聲，沈思妤是沈家這一代的第一個姑娘，怎麼寵都不過分，可惜性子被寵壞了。

沈思妤脹紅臉色，就算她是這麼想的，沈無咎也不能當著那麼多人的面指出來，是想和她劃清界線不成？

「你這是不打算認我這個姊姊，也不想找你二哥了？」沈思妤抬頭問。

沈思妤和沈無恙是雙胞胎，這些年沈家找人，沒少把希望寄託在雙胞胎的心有靈犀上。如果說之前沈無咎對沈思妤還留有餘地，此刻聽她這麼說，已經怒不可遏。她怎麼敢拿這事來做威脅，那就不是她二哥嗎?!

「找！當然找！我本打算等歸哥兒長大些，就親自去邊關找人。如今四弟回來養傷，我便可以放心把歸哥兒交給他教養了。」

二夫人一臉堅決地站出來表態。只要一日沒找到沈無恙的屍首，她就會一直找下去。別人能放棄，她不能，或許沈無恙正等著她找過去呢。

第十三章

沈無咎聽二夫人這麼說，想到懷裡的玉珮。那是在沈無恙失蹤之處的下游村落的小孩交上來的，據說是從他家埋的人身上得到的。

沈家五兄弟各有一塊象徵身分的玉珮，他很肯定小孩手裡的玉珮是沈無恙的，因為他兒時調皮，不小心扯下沈無恙戴在身上的玉珮，碰壞了一個角。

二哥與二嫂在邊關認識，沈家不看重門當戶對，即便二嫂只是他父親部下之女，這門親事也沒受到任何阻礙。當年，若非二嫂有孕，也會同二哥回邊關。他知道，二嫂一直悔恨為何沒堅持跟二哥一起去，如果她和孩子都在邊關，或許二哥就不敢輕易出事了。

後來，二哥失蹤的消息傳回京城，二嫂因此早產，生下一兒，取名知歸，盼著他父親早日歸家。

沈無咎沈默半晌，堅定地吐出一個字。「找。」只要二嫂還願意找，他就繼續找下去。

楚攸寧本來覺得這是別人的家事，輪不到她管，可是看到沈家人一個個紅了眼眶的樣子，手裡的桂花糕怎麼也吃不下去了。

她把桂花糕放回碟子裡，讓張嬤嬤拿著，走向沈思妤。「妳破壞我的胃口了。」說著，就要去拎人。

沈思妤想起她方才的壯舉，嚇得臉色一白，帶著婢女驚恐逃走。這下不用沈無咎說，有攸寧公主在一日，她都不想回來了，實在太可怕，若真被扔出去，還沒地方討回公道。

看到這一幕，沈家人有些哭笑不得，似乎什麼事到公主這裡，都變得好簡單。

楚攸寧回過身，面對大家的目光，一臉坦然。「背叛的人就該被驅逐。」

在她的隊裡，不是一條心的便趕出去，天王老子求情也沒用。每天都活得那麼艱難了，誰還有心情搞內鬥，一不小心整隊便玩完。

「多謝公主出手，省得我們為難了。」大夫人把話說得很漂亮。

「不謝。以後你們要是還為難，可以來找我。」沈家人念在是家人的分上，對沈思妤下不了手，她可不同。

幾個夫人真是越看越覺得楚攸寧適合沈家，就這爽利勁兒，正該進沈家門，何況還有那麼強悍的力氣。皇后是不是知道楚攸寧有這麼大的力氣，才把她嫁進沈家的啊？

轉角處，許姨娘看著聞家人離開，又看了看新進門的楚攸寧，知道不用她出面了，暗暗點頭，帶著嬤嬤轉身離開。

沈家人不論男女皆有風骨，她原是擔心沈思洛會鬧著不願退親，身為母親，理應站出來做主，把這親事退了。沒想到剛進門的楚攸寧這般維護沈家，如此倒也好。

楚攸寧有精神異能，雖然是待機狀態，但有人偷窺她，還是很容易能察覺到的。

她扭頭看去，發現一個穿著緇衣的女人和一個僕婦沈默離開，從背影瞧去，給人一種看破紅塵的感覺。

「那是誰？」楚攸寧問張嬤嬤。

張嬤嬤望了一眼。「應是府裡的許姨娘。到底是二姑娘的生母，出了這麼大的事，自然是放心不下。」

「那她又走了，是因為放下心？」這份心是不是草率了點？

張嬤嬤瞧著楚攸寧。「應該是因為有公主您在，所以放心。」

楚攸寧點點頭。「有眼光。」

沈無咎等人也聽見了楚攸寧的話，知道許姨娘是真的只想待在自己的小院裡，與世無爭，倒也沒覺得有什麼。

連沈思洛都習以為常。倒不是她不喜這個生母，而是許姨娘不與他們親近，他們又如何親近得起來？能讓許姨娘走出院子，為她的親事而來，已經是受寵若驚了。

張嬤嬤又小聲地跟楚攸寧說起許姨娘的來歷。

許姨娘遭逢家變，落入教坊司，要不是因為被沈老將軍買回來，和相夫教子相比，只怕更熱衷於出家。

楚攸寧嘆息，敢情這世上的悲慘女人都聚集在沈家？她懷疑，她是不是只適合跟女人混？在末世時，她也是帶著一票娘子軍求生存。

霸王花隊的媽媽們要是知道，大概又要擔心她脫不了單，或者會彎。

不對，現在的她，名義上已經脫單了。

退親這事暫時到此為止，沈家人還要回大堂議事。

從府門通往大堂的路兩邊擺著幾缸荷花，楚攸寧被迷住了，走過去圍著荷花轉。

沈無咎剛被抬到堂上放下，沒見楚攸寧跟進來，往外看去，就見楚攸寧正目光灼灼地盯著一缸荷花。

此時正是入夏，缸裡荷花含苞待放，掩在翠綠荷葉間，像披著青紗的仙子，嬌羞欲語。

公主喜歡賞荷？想起她剛才扔出聞二公子的畫面，怎麼都跟賞荷搭不上邊。

沈無咎收回目光，問沈思洛。「當初母親怎會同意這門親事？不可能不問過妳的。」

小妹訂親那年，他去了邊關，沒多久母親便去世了，因此他至今還不知道當年母親為何答應這門親事，只知道是大姊從中牽的線。

沈思洛有些怕沈無咎，往三夫人身後躲了躲。「母親說，聞家老爺是戶部尚書，若是兩家結親，到時沈家軍的糧餉，戶部也能給得痛快些。」生怕被誤會埋怨母親，沈思洛又趕緊道：「母親讓我瞧過，聞家二公子一表人才，又能為沈家出一分力，我是願意的。」

沈無咎抬手撫額，母親糊塗啊，無論如何，也不能犧牲沈家的女兒去換取利益。

不過，這應是母親多方權衡利弊後的結果，聞二公子還是嫡出，也確實儀表堂堂，配沈家庶女足夠了。如果沈家沒出事，這門親對小妹來說，確實算不上壞。

「我不明白，為什麼大姊要瞞著我們，還盡幫外人？」沈思洛依然意難平，比起沈思好的態度，被退親倒是沒那麼難以接受了。

「因為即將過門的大皇子妃的母親出自聞家。」大夫人說。

「所以，寧遠侯府站隊了，大姑娘選擇犧牲沈家。」二夫人接道。

「當年大姑娘為這門親事牽線，應該是寧遠侯府授意，那時寧遠侯府已經把這個算計在裡面。寧遠侯府可是太后娘家，知道未來大皇子會娶誰，再簡單不過。」三夫人緊跟著說。

大夫人道：「如果沈家沒出事，他們會以為，與沈家聯姻，便能得到沈家軍的支持。要不是後來選的皇子妃出自崔家，我們也想不到，寧遠侯府早下了這麼一步棋。」

崔家亦是武將新貴，準大皇子妃的父親崔巍手裡握有二十萬兵馬，鎮守在與越國交界的雍和關，是慶國的另一位猛將。

「真是陰險，如今見沈家大難臨頭，就趕緊退婚。兩頭好處都想沾，哪有那麼便宜的事！」二夫人氣得拍桌。

沈無咎聽幾位嫂嫂說得頭頭是道，早知她們都是七竅玲瓏之人，是沈家誤了她們，是幾位兄長無福。

「幾位嫂嫂用不著生氣，再如何算計，終是竹籃打水一場空。」

這一世，國還是要亡的，只是看亡在誰手裡。

幾位夫人瞧見沈無咎眼裡透出的堅毅，沒往壞處想，只以為他另有打算。

「大姑娘那邊，讓她好自為之吧。」大夫人說。

沈無咎點點頭，這次徹底被傷了心。當年為她出頭後，大姊總是訓他不要太過橫行霸道，原以為是為他好，如今看來，也是怨他的吧。

「老四，外頭傳的話，又是怎麼回事？我推算，你醒來的消息傳進宮後，宮裡定會很快派人來宣你。」三夫人問出這一連串事情發生的關鍵。以前她只愛讀詩書文集，後來認識了沈無非，才開始讀些陰謀陽謀的書，學會分析時政，揣度上位者的心。

沈無咎面露愧疚。「讓嫂嫂們擔心了。此事我已有對策，妳們且放寬心。」

「你可別為了安我們的心，欺瞞我們。就算真如外面說的又如何，沈家已經失去那麼多條命，能救為何不救？再說英國公世子，我們相信，你會打斷他的腿，定是他的錯。」

大家只記得當年的京中小霸王，卻不記得沈無咎是為了親姊出頭，才落得那般名聲，比起那些只會招貓逗狗、小小年紀就知道對姑娘品頭論足的紈袴子弟好上太多。

「無咎不敢，我還不想挨嫂嫂們的訓。」沈無咎臉上露出輕鬆的笑。

幾個夫人這才放心。

大夫人見沈無咎臉色還好，順便說了管家的事。

「老四，你看，這管家權怎麼交比較好？」大夫人發愁，將軍府快要入不敷出，她怎麼好意思把這樣一個家交給新進門的弟媳管，這不是欺負人嗎？到時公主肯定會多想。

沈無咎往外看去，見楚攸寧正挽起袖子，手往缸裡伸。在太陽照耀下，那張還略帶稚氣的臉白得發光，看起來天真又率性。

他自然不希望楚攸寧插手管家，但不知為何，如今的她跟夢裡差別甚大，夢中的她許是嫌棄將軍府窮，才看不上管家權。

既然如此，那乾脆敞開來說，讓她知道好了。

第十四章

楚攸寧不知道將軍府入不敷出了，圍著幾缸荷花轉了一圈，終於伸出魔爪。

「公主，您這是要做什麼？」張嬤嬤原本還以為她圍著幾缸荷花轉一圈，是詩興大發，不敢輕易出聲，沒想到一不留神，她的手就往缸裡伸了。

「我看看裡面有沒有蓮藕。」楚攸寧觀察半天，終於確定這就是在影像裡看過的荷花，蓮藕長在荷花下面，她要挖出來嚐嚐味道。

在末世，連喝的水都是靠水系異能維持，即便後來研究出淨化器，也不足以奢侈到能種蓮藕的地步，所以她只在留存的影像裡、書本上見過蓮藕。據說蓮藕長得白白胖胖，一節一節的，像嬰兒胖乎乎的胳膊，吃起來香甜清脆，想吃！

「公主，這是供人欣賞的荷花，沒有蓮藕的。您要吃蓮藕跟奴婢說，奴婢讓廚房的人做。」末了，張嬤嬤還加上一句。「您想吃什麼，可以跟奴婢說，奴婢讓人做來。」可別想一齣、是一齣了，她的心臟不太好。

楚攸寧遺憾地收回手。「原來不是所有荷花都有蓮藕的。」

「院子裡種的荷花，多是用來觀賞。蓮藕也是矜貴玩意兒，沒多少人種，種出來再賣給高門大戶。」張嬤嬤說。

「今兒廚房有嗎？」楚攸寧趕緊問。她的饞蟲被勾起來了，就想吃蓮藕。

「有。」沒有也得有，她家公主想吃口吃的，還能吃不上不成？

楚攸寧滿意了。「行，中午就吃蓮藕。」說完，她便嫌棄幾缸荷花了。「中看不中用，還不如用來養魚呢。」

昨天她吃過魚了，肉質鮮美嫩滑，不像末世後異變的魚，能吃人，肉又柴，還受了污染，非不得已是不會拿來當口糧的。這裡沒受污染過的魚，她可以一天吃一條。

「公主想要荷花，為何又不摘了？」

沈無咎議完事，讓程安和程佑抬他過來。為了活命，能做出那麼喪盡天良之事的人，還會對一朵花手下留情不成？

楚攸寧搖頭。「我要荷花幹麼，又不能吃。」

沈無咎語塞，表情有點怪。「那公主方才是想摘荷葉？」

張嬤嬤不想讓沈無咎知道自家公主是那麼無知的人，便道：「回駙馬，公主是詩興大發，見這荷花長得好，就想摸一摸。」

楚攸寧歪頭看向張嬤嬤。詩興大發？是認真的嗎？

末世後出生的小孩並不多，面臨人類存亡的時代，基地裡辦的學校除了教孩子們識字，教得最多的就是回顧末世前的盛世，鼓舞人心振興未來，以及如何使用與修練異能、如何殺喪屍等生存技能。

她仗著有精神力，一目十行，看的書比別人多，就是沒看那些古詩之類的書，太深奧，還得費腦去理解其中涵義。

沈無咎也很懷疑，楚攸寧怎麼看都不像是會對著荷花詩興大發的人。

不光是他這麼想，其他跟出來的人也這般想，只要想到楚攸寧把聞二公子一手扔出老遠的畫面，就覺得文雅的詩跟她不搭。

張嬤嬤依然一臉正經，絕不能讓人知道，堂堂公主是想挖蓮藕來吃。

楚攸寧到底沒能回明暉院等著她的蓮藕上桌，因為宮裡來人了，還是禁軍，來勢洶洶，一下子包圍將軍府，任誰看到都覺得沈家大難臨頭。

聽說英國公世子一回到京城後，立即讓人抬他進宮告狀，要景徽帝嚴懲沈無咎。

楚攸寧皺眉，問禁軍統領。「是我父皇讓你們來的？」

禁軍統領點頭。「是，還請沈將軍隨我們過去。」

楚攸寧看了眼沈無咎白裡透紅的臉色，這可不是紅潤，也不是太陽照的，是身上發燒才有的，偏這人還撐得跟沒事人似的，便搖搖頭。

「他不去。」

沈無咎訝然看向楚攸寧，未料到她會站出來替他做主。

「公主，事關重大，臣就是抬，也得把沈將軍抬進宮。」禁軍統領板著臉，寸步不讓。

「我父皇要你這麼幹的？」如果是，她要收回不喊景徽帝昏君的話。不把為國出生入死的將軍的命當命，這就是個昏君啊。

「微臣奉命行事。」禁軍統領是大皇子的人，得了大皇子的授意，無論如何都要把沈無咎抬進宮治罪。

「那你可以滾了，罪不罪的等人傷好再說，除非我父皇要他女兒守寡。」沈無咎再不好好休息，別說傷好不了，燒都能燒死。好好一個將軍要是這樣被折騰死了，得多憋屈。

「請公主恕罪，臣也是奉命行事。」禁軍統領說完，揮手讓人去抬沈無咎。

楚攸寧冷笑，能動手的時候絕不瞎扯，上前踹飛禁軍統領。

其他禁軍瞠目，彷彿被定住般，看著他們家統領飛出去，摔在地上。

這一定是幻覺，攸寧公主的力氣幾時變得這麼大了？抬腳就能把一個壯漢踹出老遠，那可是堂堂統領啊。

禁軍統領捂著肚子站起來，臉色陰沈。他也沒想到楚攸寧會有這麼大的力氣，一言不合便動手，連給他防守的準備都沒有。

張嬤嬤心驚肉跳，之前還可以說是聞家公子太弱，這次換成禁軍統領，也照樣被輕飄飄踹出去，楚攸寧這力氣太嚇人了。

沈無咎皺眉，他就待在楚攸寧身邊，在她出手時，竟感受到一股只有在戰場上才會有的氣息。

楚攸寧長於深宮，這煞氣是哪兒來的？

禁軍統領也不跟楚攸寧糾纏，只看向沈無咎。「沈將軍這是要公然抗旨？若不去，便等同於心虛認罪。」

「滾！」楚攸寧對自己剛才出手沒震懾到人感到不滿，上前欲再動手。圍過來的禁軍有默契地後退一步，空出一個大大的圈。

沈無咎抓住她的手。「多謝公主維護。既是陛下宣召，定是要去的。」君召臣不應，視同抗旨不尊。若是不去，他又怎麼澄清罪名？

楚攸寧低頭看他。「你這樣子，去了是能和人對罵，還是能和人打？」

沈無咎哭笑不得。他又不是去吵架和打架的，把金鑾殿當什麼了？

「那行，我也去。」楚攸寧出聲了。既然非去不可，早點解決早點完事。

沈無咎張了張嘴，看著身邊亭亭玉立的少女，心裡分裂成兩個小人，將他的心湖攪得天翻地覆。

禁軍統領直覺，不能讓楚攸寧跟去。「陛下並沒有宣公主入宮。」

雖然楚攸寧看不上昏君，但在這個皇權至上的時代，即便她是公主，也不是隨隨便便就能進宮的。

她轉了轉眼珠子。「我回門。」

眾人呆住，張嬤嬤趕緊上前，悄聲說：「公主，回門是在明日。」

楚攸寧不在乎。「明日我沒空，正好駙馬要進宮，就一起去吧，省得折騰。」

張嬤嬤想說明日能有什麼事，但楚攸寧都這麼說了，自然不能拆臺，只好道：「是該同駙馬入宮謝恩。」反正昨日成親已經不照尋常規矩了，再加個回門又何妨。

聽說楚攸寧要一塊兒入宮，幾位夫人放了心。楚攸寧好歹是景徽帝的閨女，景徽帝是昏庸，但總不能眼睜睜看著女兒守寡。

都說是回門了，沈無咎不好阻止，此刻不知該以什麼心情來面對楚攸寧的好，沒辦法對她的維護無動於衷，又忘不了她在夢裡做的事。

禁軍統領還能如何，不讓公主回門不成？

張嬤嬤不放心楚攸寧，也想跟進宮，被楚攸寧拒絕了。「嬤嬤，妳記得讓廚房做好蓮藕，我回來要吃的。」

沈家人恍然大悟，好像明白為何方才楚攸寧把手往缸裡伸了。

金鑾殿上，大皇子、秦閣老、兵部尚書、英國公都在，斷腿的英國公世子坐在輪椅上。

大家看著沈無咎被抬進來，楚攸寧大步跟在他身後，有些詫異。

「攸寧，未經召見不得入宮。」景徽帝皺眉。經過這兩天，他覺得這閨女得不到想要的後，就徹底放飛自我，往不怕死的路上撒開腳丫子狂奔，行事不拘。

楚攸寧在殿前站定，幽幽開口。「我回門。」

眾人語塞，這理由太合理，他們無法反駁。

景徽帝輕咳了下。「既然是回門，那妳去後宮見見貴妃喝喝茶吧。太后喜歡清靜，就不需要去了。」

楚攸寧再次懷疑景徽帝的腦子壞了。「父皇，昭貴妃都能把我弟弟當嫁妝嫁出去了，您覺得我還能去跟她喝茶？」

景徽帝被她臉上明晃晃的嫌棄氣到，而且這件事的真相如何，他還能不清楚？

「不然，妳去後宮走走，或者去偏殿喝茶吃點東西。」景徽帝想打發她。

楚攸寧的心被那句吃點東西勾了勾，但看到身邊的沈無咎，便忍住了，搖搖頭。

「不去。你們趕緊對質，對完了，我們還要趕回家吃飯。」

沈無咎眼眸微閃。「我們還要趕著回家吃飯」，尋常又極富煙火氣的話，很輕易就熏了他的心。

「公主，後宮不得干政。」秦閣老笑咪咪地提醒。

楚攸寧看過去，秦閣老年約五十上下，一雙老眼目光精明，五官和善，氣質上看起來和藹可親。這就是內閣首輔，把持朝政的老大？

「我已經嫁出去了，不算後宮。」楚攸寧反駁。

秦閣老不知道楚攸寧是真不懂還是假不懂，也不多說，只看景徽帝怎麼處理。

「公主，金鑾殿上要談的是國家大事，您該迴避。」輪椅上的英國公世子卻是忍不住開了口。

楚攸寧的目光落在英國公世子臉上，「咦」了一聲，走上前盯著他的臉看。

英國公世子被盯得心裡煩躁，礙於楚攸寧是公主，又在御前，不能發火，尤其楚攸寧的眼神有點懾人，好像能看穿一切似的。

楚攸寧打量他半晌，確定了，這就是原主前世裡打開城門迎敵軍入城的爛貨。

「我覺得你現在斷腿也是一種福氣。」斷了腿，就不能禍害人了。

沈無咎看著楚攸寧，他自然知道英國公世子就是夢裡那個打開城門的判國賊，當下越發肯定，她知曉往後發生的事。

第十五章

英國公世子聽了楚攸寧的話，臉色瞬間扭曲，冷笑起來。

「公主這是贊成駙馬殘害同袍？」

「公主，就算妳下嫁沈將軍，也別忘了恆兒還是妳表哥。」英國公也心生不悅。

楚攸寧轉頭瞧向身體發福的英國公，英國公被她清亮的眼眸看得有些發虛，她眼裡的玩味是什麼意思？

楚攸寧打量完，點點頭。「你不說，我都忘了我母后娘家是英國公府。」

這話一出就好笑了，皇后出自英國公府，英國公府卻支持昭貴妃，這會兒英國公居然還有臉來攀關係。

英國公沈下臉，皇后生前還是願意和英國公府走動，甚至想過要把女兒嫁進英國公府。皇后去後，楚攸寧依然樂意與英國公府親近，怎麼這會兒卻槓上他們，是不是皇后臨終前跟她說了什麼，或者是皇后跟前那個張嬤嬤嚼了舌根？

「英國公，此刻不是認親敘舊的時候。」秦閣老出聲提醒，別忘了把人叫來的目的。

景徽帝也沒想到閨女居然不親近外祖家了，發生了什麼他不知道的事嗎？目光再度落在面容慘白的沈無咎身上。

臉上沒疤，經戰場磨礪過，更加英俊迷人，挺好。雖然傷得起不了身，也能看出身板結實，不錯。

想起沈無咎的傷，再看站在他身邊如花似玉的閨女，景徽帝心裡後悔啊，難道真應了外頭的話，嫁入鎮國將軍府的女子必守寡？守活寡可不也是守寡嗎。

「既然攸寧願意多陪陪父皇，便在一邊候著吧。」景徽帝一心軟，讓楚攸寧留下了。

景徽帝都決定了，其他人再不高興，也不好反駁。別看景徽帝平日裡不愛管政事，昏起來讓人沒轍，但昏在這種小事上，還是能接受的。

「陛下，沈將軍帶到了，是否該讓他給老臣一個交代？」英國公拱手。

「求陛下為臣做主！」英國公世子垂下的眼眸滿是陰狠。敢斷他的腿，他一定要讓沈無咎付出代價！

「想必沈將軍也知道叫你來所為何事了，朕給你辯解的機會。」景徽帝頂著閨女的審視問道。

他覺得把楚攸寧留下來就是一個錯誤，在場的只有她敢直視聖顏，目光還帶著威脅，讓他有種想讓人把她扠出去的衝動。

他知道閨女這是在怪他，別說他不偏袒自個兒女婿，早朝他已力排眾議，一切等沈無咎醒了再說。孰料英國公世子回到京城後，就進宮鬧著要他做主，內閣也催著處理此事，只好宣人進宮。

哪怕沈無咎恨不得將這個為美人而亡國的昏君千刀萬剮，此時面上也掩飾得極好。

「陛下，英國公世子違抗軍令，致使關口失守，還擅自調換將士兵器，害我軍傷亡慘重，險些戰敗。若按軍法處置，臣打殺了他都是可以的。」

接著，沈無咎將當日戰事的始末道來……

雁回關分成多道關口。

當日，綏國派了兩隊兵馬，欲要攻取廣裕和平河兩個關口，他懷疑綏軍故布疑陣，便兵分三路，讓副將和沈無垢各率五萬兵馬前往兩個關口，崇關則交給另一位副將領兵鎮守。英國公世子以他的校尉之銜要求負責領兵在後，隨時支援，被他拒絕了。

他懷疑綏軍主要想攻打的是崇關，所以下令，若綏軍真的攻打，即便勝了，軍隊也不可撤回，以防敵人捲土重來。

原本他不放心英國公世子這個跑來混軍功的領兵，親自坐鎮崇關，卻得到平河關將士的兵器出問題的消息，只得率軍趕去。

與此同時，崇關第一回交戰獲勝，英國公世子以為仗已打完，下令撤離，孰料綏軍再次率大軍突襲，增援不及，崇關失守。

他率軍及時趕回，才阻止敵軍兵臨城下，也因此差點戰死。

到崇關時，他順手將英國公世子這禍害打下馬，只斷一條腿算他命大。要知道，倘若他去遲一步，沈家又會多一個戰死沙場的人，平河關口也將破。

但副將在他昏迷的時候被英國公世子拉攏，怕擔責，便將罪名推到他身上。人死如燈滅，前世的他一死，再加上京城有秦閣老、英國公，以及其他想瓦解沈家軍的人推波助瀾，可不就成功了。爾後沈家暫時無事，唯一一個成年男丁還能在戰場上領兵打仗，還是景徽帝看在沈家鎮守邊關多年的分上，才格外開恩。

好一個格外開恩！

沈無咎說完，英國公世子心裡一慌，虛張聲勢地辯解起來。

「這些皆是你一人之詞，陛下有我呈上的副將證詞，孰是孰非，相信陛下自有判斷。」只要秦閣老和大皇子想要沈無咎被定罪，沈無咎就逃不掉。

沈無咎知道，交出證詞的兩個副將就是夢裡他死後立刻轉投大皇子陣營的人，害沈家軍四分五裂，他回來前已經交代沈無垢處置他們。

沈無咎從袖中拿出一支箭頭。「此為當日無垢帶領軍士所用的兵器。」

楚攸寧見他說話越來越吃力，額上都要冒虛汗了，接過箭頭。「行了，明擺著有人想讓人揹黑鍋，就別浪費工夫了。」前因後果交代清楚，剩下的讓英國公世子說實話就行。

「攸寧，妳安靜在一邊待著，別胡鬧。」景徽帝頭疼。

「是我胡鬧還是您胡鬧？沒見人快被折騰死了。為這麼個叛國賊叫來重傷發高……熱的將軍進宮質問，想要我守寡就直說。」楚攸寧的手微一用力，當作證據的箭頭就被捏斷了。

兵部尚書臉色遽變，沈將軍剛說兵器被調換，隨即被攸寧公主柔若無骨的手輕輕一捏就斷，無疑是當面證實了這箭頭有多「脆弱」。

在戰場上，這樣的箭頭能用嗎？必須不能啊！小孩扮家家酒玩的都比這個厲害。身為掌管武選、輿圖、車馬、甲械之政的兵部尚書慌了。

景徽帝看到這一幕，也怒了，能射死人的箭頭就這麼被他閨女捏斷，泥塑的嗎？這樣的兵器是讓他的將士去送人頭給敵軍？

秦閣老等人全傻了，尤其是英國公，還忘了駁斥那句「判國賊」的話。

箭頭有問題，鐵證如山。

楚攸寧對上沈無咎黑漆漆的眼，有些心虛。

「這箭頭太脆了。」她把斷箭塞回去給他，手背在後面，假裝不是自己的錯。

沈無咎知道箭頭柔鈍，但不至於一捏就斷，也完全沒感覺到楚攸寧有多用力，可見她這力氣真能達到匪夷所思的地步。

他掃了眼殿上其他人的神色，眼裡閃過一抹笑，義正詞嚴道：「陛下可瞧見了，這樣的箭頭，如何能殺敵？」

「陛下，臣敢以性命擔保，兵部給出的兵器，都是經過嚴格檢查的。」兵部尚書慌忙自證清白。

「陛下，沈將軍拿出的箭頭，只能證明箭頭有問題，不能證明是我兒調換的。」英國公也趕緊辯駁。

不論是他還是大皇子，確實存著想讓兒子去邊關籠絡沈家軍的心，卻沒想到兒子會用這樣的法子，一不小心便萬劫不復。

「清不清白的另說，現在鐵證如山。父皇，您判吧。」楚攸寧抬頭去看景徽帝，讓他趕緊決斷。其他的事，等他們走了，想怎麼扯都行。

景徽帝正因為兵器造假的事窩著一團火呢，聽楚攸寧這麼說，心裡又是一堵。「攸寧，這事非兒戲，不是說判就能判的。」

楚攸寧不耐煩，指著英國公世子。「那您問問他。」

景徽帝想起，沈無咎說兵器是英國公世子換掉的，是該問。

「英國公世子，你從實招來，若有半分虛假，朕誅你滿門！」

英國公世子正慶幸換兵器的事是叫別人去做的，也已抹去所有痕跡，腦子卻忽然一懵，臉色一白，嘴巴不受控制地回話。

「沈無垢那邊的兵器，是我讓人換的，沈家掌管沈家軍太久，該換人掌管了。哈哈！沈無咎傷得好，聽說這次傷到內臟，以後再無法上戰場，哪怕撿回一條命，也只能眼睜睜看著沈家軍……」

啪！英國公上前，狠狠揮去一巴掌，打斷他的話。「混帳東西，還不快醒來！」

英國公世子立時清醒，知道自己說了什麼後，臉色煞白，驚恐地抓著英國公的手。「父親，方才我說的都不算，定是我中邪了。」

楚攸寧扶著額頭，微微一晃。

沈無咎注意到她的不對勁，抓住她的手。「公主？」

楚攸寧腦子裡是壓榨完最後一絲精神力的脹痛，這下真的要好一陣子才能恢復。

聽到沈無咎喊她，她低頭，咧嘴一笑。「事情真相大白，可以回去吃飯了。」

沈無咎聽她這麼說，沈默了。臉色比他這個傷患還白，她還只想著吃飯。

「公主臉色這般蒼白，可要叫太醫來看看？」沈無咎盯著她突然像被抽空精氣神的臉色，蹙眉問道。

楚攸寧摸摸肚子。「沒事，吃點東西就好。」

沈無咎挑眉，吃東西就好？他不太相信，總覺得英國公世子會說真話，是因為她。

第十六章

秦閣老回過神，看向楚攸寧。話是公主要問的，外孫吐實與她有關嗎？又搖搖頭，覺得不可能。

「這是怎麼回事？」景徽帝也沒想到一問就問出真相，有點難以置信。

「父皇的帝王威勢太厲害，他承受不住，只能說實話了。」楚攸寧敷衍地誇讚。

「是這樣嗎？」景徽帝懷疑，平時沒少說誅人九族或誅人滿門的話，也沒這麼厲害。

「是。」楚攸寧點頭。「事情真相大白，我和駙馬回去了。」

「等等，妳的臉色是怎麼回事？」景徽帝終於注意到閨女死白死白的臉。

「餓的。」楚攸寧言簡意賅。

景徽帝愕然，目光不善地瞪向沈無咎。「昨日公主剛下嫁，將軍府就敢讓她餓肚子?!」

沈無咎無語。他還懷疑公主在宮裡沒得吃，才會無時無刻想著吃的呢。

「不是，我得了種不按時吃飯就會臉色不好的病。」楚攸寧的瞎話張口就來。

還有這樣的病？怕不是以為他待在皇宮就沒見識。

「朕叫太醫來幫妳瞧瞧。」景徽帝不放心。

想到太醫替沈無咎扎針的情景，楚攸寧果斷搖頭。「不用，我就是餓了。」

「朕讓人準備膳食，妳用完再回去。」景徽帝說完，命劉正去辦。

閨女回門，不能餓著肚子回去。皇后不在了，楚攸寧又不喜歡昭貴妃，只能由他陪著吃頓飯。

一直不敢輕易出聲，只當自己是背景的大皇子眼神微閃。父皇居然要留楚攸寧共用午膳，連他這個皇子都沒得到過如此殊榮，看來父皇果然對楚攸寧上心了。

楚攸寧想了想，覺得免錢的午飯不吃白不吃，點頭答應。至於沈無咎，在哪裡不是歇呢，宮裡還有太醫服侍。

不過，她仍看向沈無咎，不是有句話說金窩銀窩不如自己的狗窩嗎？她很尊重病人的。

沈無咎對她點點頭，看看六神無主的英國公世子，撐著從輪椅上站起來，捂著傷口，直挺挺地跪下。俊美蒼白的容顏瞬間變得冷硬銳利，如同一把出鞘的寶劍，鋒芒逼人。

「臣留著英國公世子一命，就是等著陛下替邊關戰死的將士做主。臣懇請陛下處死英國公世子，以慰平河關口戰死的將士們在天之靈！」

他的聲音裡帶著沈重，又有別樣的感覺，彷彿帶來邊關的風沙，金戈鐵馬浮現眼前。

楚攸寧收回欲要攙扶的手，沒有開口。這種時候，誰出聲，好像都是一種褻瀆。

景徽帝看著這個鐵骨錚錚的將軍，彷彿回到當年，十六歲的少年跪在他面前，要求接任鎮國將軍之位，繼續鎮守邊關，為國盡忠，死而後已！

「你先與公主到偏殿等朕。這件事，朕會替你做主。」景徽帝承諾，並派人把沈無咎扶回輪椅上。

沈無咎垂首謝恩，這個主能做到什麼分上，端看景徽帝有多聖明了。

「父皇，您已經是個成熟的皇帝，該學會明辨是非了。」楚攸寧離開前，又拋下一句。

景徽帝額上青筋跳躍，這是在說他之前不懂明辨是非嗎？

其他人則暗暗交換了個眼神，景徽帝對攸寧公主有超乎尋常的寬容。

「你這孽障，怎麼被迷了心竅？還不快向陛下認罪！」

沈無咎離開大殿時，聽到身後傳來英國公的聲音，嘴角冷勾，這是要放棄英國公世子了。的確，一個斷腿的世子，捨了也就捨了。

沈無咎與楚攸寧到了偏殿，桌上已經擺滿各色茶點，精美得讓人捨不得送入嘴。不過，對楚攸寧來說，因為太美而捨不得吃，是不可能的。她拿起一塊蓮花形狀的豆糕塞進嘴裡，綿密細潤，入口即化，再呷一口清茶，簡直幸福到要冒泡。

每吃到一種新的食物，她就覺得這個世界太美好了。聽說外面還有好多好吃的，她一定要吃遍天下，才不枉重活一遭。

沈無咎坐在旁邊，看著楚攸寧一手拿豆糕、一手托著吃，閉上眼，很享受的樣子，不知道的，還以為她吃到什麼珍饈美味，不由按按自己的胃。這般瞧著，他明明什麼都不想吃的，卻好像有點餓了。

「公主今日的維護之情，我銘記於心。」沈無咎執壺替她添茶。

「不用感激我，我就是看不慣上位者不把人當人。」楚攸寧拿著糕點的手擺了擺。

在末世時，有一小隊從外頭回來，帶回一個對研究所某個研究項目有用的消息，但知道消息的人卻因為異能的關係昏迷著。研究所急著知道消息，用非常手段把人弄醒，害得那人的身體在修練異能上出問題，沒多久就暴斃了。

那項研究還沒要緊到需要馬上知道結果的地步，就因為那些瘋子癡迷於研究，便把人弄殘。她不否認，末世裡人類能撐下來，研究所功不可沒，但有些沒必要犧牲的人，便不該被隨意犧牲。

沈無咎眼裡閃過精光，在那個夢裡最不把人當人的人，會說出這樣的話嗎？

他勾唇。「不論公主出自什麼原因，今日這情，我承了。」

楚攸寧哪管他承不承的，一心沈浸在美食的海洋裡。

很快，太醫來了，來的還是陸太醫，本來應該先為楚攸寧診脈，但楚攸寧讓他先去幫沈無咎看傷。

陸太醫看沈無咎的傷口有沒有再出血，見他發熱，又以針灸散熱。

「將軍這傷萬萬不能再折騰，若反反覆覆下去，別說上不了戰場，連床都下不了。」

「多謝陸太醫，我知曉。」沈無咎拱手。

陸太醫也知皇命難違，不好再說什麼，收了針，取出幾顆藥丸，說是有退熱功效，讓沈無咎服下。

沈無咎剛接下，一隻白嫩的手伸過來，把藥拿走。

楚攸寧看了看褐色的藥丸子，不解道：「既然能做成藥丸，為什麼還要煎藥？」

「湯藥加減靈活，比藥丸見效快。而且，並非所有藥方都可做成藥丸。」陸太醫道。

楚攸寧點點頭，把藥丸還給沈無咎。

接著，陸太醫又讓楚攸寧伸出手號脈。

上次楚攸寧被把脈，還是在昏迷的時候，也挺好奇太醫是怎麼把脈的，爽快捲起袖子，將手放在桌上。

白生生的纖細皓腕晃花人眼，沈無咎的眉心跳了跳，抬手將她的袖子往下放。對上楚攸寧不解的眼神，他清了清嗓子。

「仔細著涼。」

楚攸寧覺得他大驚小怪，末世在基地裡，她還穿短袖熱褲呢。如果不是環境太惡劣，她恨不能出任務時都穿小背心。

看到陸太醫拿一塊帕子往她手腕上放，楚攸寧抬頭問他。「這也是怕我著涼？」

咳！陸太醫手一抖，帕子滑開了，望向沈無咎，讓他解釋。

沈無咎看著她。「後宮為了避嫌，一般都隔著帕子診脈，莫非公主忘了？」

楚攸寧眨眨眼。「逗你玩的。」

她搜尋原主記憶，是有這回事，但又是一件無法理解的事。事關身體，就不怕隔著帕子診不出正確的病因？

沈無咎眼裡泛起笑花，是逗他玩，還是真不知？

「不用帕子，直接這樣診吧。」楚攸寧拿開帕子，不願瞎講究這個。她也想知道，精神力耗盡後，在太醫這裡能診出什麼來。

陸太醫看看沈無咎，見沈無咎點頭，才將手搭上楚攸寧的手腕。

「公主這似是用腦過度，可能會頭昏眼花，四肢無力。公主尚年少，且少憂心，少思慮。」陸太醫收回手。前幾日楚攸寧上吊昏迷，也是他看的，那時的症狀與這些差不多，不由懷疑她的腦子出了問題。

「我知道了。」楚攸寧點點頭，學陸太醫把手指放在陸太醫剛才把脈的地方，沒感覺出什麼來。如果她還能用精神力，大概能感覺出脈搏變化。

她對這裡的太醫更加佩服了，居然靠把脈，便能看出她的症狀出在腦子上。

陸太醫哭笑不得，公主這是不相信他的醫術？

沈無咎倒覺得，有時楚攸寧就像一個對什麼都好奇的小孩。

「陸太醫，公主這症狀，可有東西能補回來？」沈無咎覺得，她還是臉色紅潤，桃腮杏臉的樣子比較順眼。

楚攸寧眼睛一亮。「把你的劍給我看看就好。」

「不行。」沈無咎毫不猶豫地拒絕，那把劍不是她能碰的。
楚攸寧只是順口一問，被拒絕了也無所謂。
陸太醫拿出一只小瓷瓶。「這是養神丸，具養精補神之效。公主每日服一粒試試。」
「我看看。」楚攸寧要過來，打開聞了聞，取出一顆丟進嘴裡，嚐過滋味後，嚥下去。
「味道還行。」
吃藥吃的是味道嗎?!陸太醫徹底無言了。

這時，景徽帝從外負手走進來。
「公主身子如何？」
沈無咎與陸太醫行禮，陸太醫恭恭敬敬稟報診脈結果，包括上次的。
「你說，公主可能腦子有病？」
楚攸寧差點咬到舌頭，這聽著怎麼像是在罵人呢？
「我沒病，就是餓的。」她趕緊板起小臉解釋。
景徽帝扭頭去看她的臉色，確實沒剛才那麼蒼白，桌上的糕點少了不少，頓時有些相信她是餓的，趕緊讓人傳膳，然後又問沈無咎的傷勢。
「還行，沒被您折騰死。」楚攸寧回答。
景徽帝也沒想到沈無咎還發著高熱，皺眉道：「朕有讓禁軍統領視情況行事，想來禁軍統領是看沈將軍臉色還好，才叫人抬進宮來。」

楚攸寧呵呵一笑。「所以，您這皇帝當的有什麼意思？一個禁軍統領都能陽奉陰違。」

「攸寧，妳放肆！」景徽帝怒喝。挑戰帝王權勢是不能容忍的，否則下面的人豈不是要上天。

「喊得越大聲，就越心虛。」

別人會被帝王威勢震懾住，可楚攸寧不受半點影響，還能閒閒地諷刺回去。

景徽帝氣得臉色變來變去，但他能怎樣，真把人拖下去砍了不成？這是他閨女，親的！

陸太醫死死低著頭，只恨為何沒早一步告退。攸寧公主這是要上天啊。

「公主，不可頂撞陛下。」沈無咎拉住楚攸寧。景徽帝能一時容忍她，可能是因為新鮮，並不代表能一直容忍。

楚攸寧扭頭看他。「我這是跟父皇講道理。」

但妳父皇並不想跟妳講道理。景徽帝深吸一口氣，道：「行了，朕會讓人查辦，若真是禁軍統領陽奉陰違，朕定不輕饒。劉正，擺膳。」

一聽擺膳，楚攸寧瞬間把所有事拋諸腦後。景徽帝覺得，他找到了治她的法子。

陸太醫趕緊告退。攸寧公主那般頂撞景徽帝都沒事，看來在景徽帝心裡，分量不輕啊。

第十七章

片刻後，宮人端著膳食魚貫而入。楚攸寧眼睛發亮，盯著一盤盤美味佳餚上桌。膳食局是聚集天下美食的地方，做出的御膳風味獨特，光是外觀便精緻講究，菜名又雅致，如果沒人講解，還真看不出來是用什麼做成的。

精心烹製的葷肉素菜，還有秘製湯品，精緻的果盤、點心、小菜，擺了滿滿一桌。

劉正是個貼心人，知道沈無咎有傷在身，吃不了重口味的，特地吩咐備粥，還做了幾道清淡菜色。

景徽帝不記得上次跟閨女一塊兒用膳是什麼時候了，動筷的時候，剛要說幾句話，就見她已經埋頭大快朵頤，小嘴沒有停歇的時候，吃得既快又不顯粗俗。

新來乍到時，楚攸寧是按著在末世裡記得的食譜中最想吃的點，加上宮中吃飯有一定的分例，所以不知御廚做出來的東西還能有這麼五花八門、涵蓋天南地北的口味。

一道道嚐過去，清、鮮、酥、嫩各種口感，簡直絕了！雖然從末世來的人不講究口感，但有更好的口感，誰不愛呢？

景徽帝光是看楚攸寧吃，就看直了眼。這沒見過、沒吃過的表情是怎麼回事？就算公主吃用的分例比不上皇帝，也不至於一副沒見過世面的樣子吧？

景徽帝想起前幾日處置的那批宮人，以為是自從皇后去世後，宮人奴大欺主，有些後悔沒多關心楚攸寧姊弟倆。

沈無咎就著清淡小菜吃粥，多日泡在苦藥裡的嘴嚐不出什麼味道，但看著楚攸寧吃，他就有了胃口。哪怕只是一碟小菜，都能被她吃出絕世美味來。每吃一道菜，她眼裡的光彩都不同，表情豐富得讓人恨不能搜羅天下美味捧至她眼前，只為她臉上的滿足和眼裡的星光。

景徽帝看楚攸寧吃得那麼香，不知不覺也比平日多吃了半碗飯，發現有些撐著了，便放下筷子。

他喝茶漱口後，說起關於英國公府的處置。

英國公世子在禁軍統領帶人進來押走他的時候，拔劍自刎，還說夢見皇后來接他，也被皇后罵醒，一人做事一人當，求景徽帝放過英國公府。秦閣老也幫忙求情，英國公便從公爵降到伯爵，改為忠順伯。

楚攸寧聽了，用驚奇的目光看景徽帝。「您整天嚷嚷著誅人九族，是嚷著玩的？戰前偷換沒用的兵器給將士，讓幾萬人白白送命，他是算準了沈無咎會帶兵去支援，但要是出了意外呢？不光那個關口出事，另一個也會被攻破，敵軍定兵臨城下。」那些人居然還把皇后搬出來，臉怎麼那樣大？

景徽帝的驚奇沒比楚攸寧少多少。這是發生什麼事了？讓她恨到要滅外祖滿門的地步。

「人已經死了，而且，那是妳外祖家，妳母后也不會想看到妳外祖家出事。」景徽帝覺得，有必要回去查查閨女在忠順伯府那邊受了什麼委屈。

楚攸寧嗤笑。「要是母后知道她娘家差點害得她閨女守寡，您猜母后會不會想從陵墓裡爬出來？」

景徽帝語塞，皇后沒生下四皇子之前，只有楚攸寧一個女兒，自是寵著，他也不確定皇后會不會這麼做。

「行了，妳表哥已經償命，此事就這樣了了。」景徽帝生怕楚攸寧再不依不饒，趕緊結束這個話頭。

「要是今日這罪按在將軍府頭上了呢？」楚攸寧想知道，要是今天這罪被按在沈無咎身上，昏君打算怎麼做？

沈無咎經過針灸散熱，又用了藥，還填飽了肚子，此時不至於難受到隨時會昏過去。聽楚攸寧為他抱不平，心下微動。

這件事，依他猜測，最好的結果就是處死英國公世子，降爵已經是意料之外了。

「妳是朕的公主，朕真能讓妳守寡不成？朕都打定主意了，要是沈無咎真有罪，將軍府變公主府，沈無咎當不了將軍，還能是駙馬。」景徽帝絲毫不掩飾自己的昏君行為，用一臉「便宜你了」的表情看沈無咎。

沈無咎聽了，在心裡冷哼。呵，如果真是這樣，還指望他感恩戴德不成？知道景徽帝是昏君，沒想到昏得這麼隨性。

「你才是想讓我守寡吧？一個驍勇善戰、寧死不屈的將軍，您讓他靠女人苟活？」楚攸寧覺得，慶國到現在還沒人造反，大概是因為景徽帝好忽悠吧。

沈無咎看楚攸寧一眼。有時候，他覺得她很能站在將士這邊說話，知道軍人的氣節，理解軍人的不易，這麼一個人，會是夢裡那個貪生怕死，同是女人卻拿女人換取活路的人？

「此等大罪，不抄家滅族都算輕的。靠女人活命怎麼了？多少人想靠還靠不上呢！」

「那個叛國賊呢，抄家滅族了嗎？」楚攸寧立即打臉。

景徽帝啪的放下筷子瞪她，力圖用帝王威勢讓她知道怕。孰料楚攸寧只是看了他一眼，繼續吃吃喝喝。

景徽帝揉揉額頭，看向沈無咎。「朕封沈無垢為正四品忠武將軍，繼續領兵鎮守雁回關。」這可以說是補償了。因為鎮國將軍是世襲之位，沈家兒郎能再封將的就少了。當了將軍，就有屬於自己的兵，哪怕只是四品也能統領兩萬兵馬，無疑是進一步擴大沈家軍。

沈無咎正要起身代弟謝恩，被景徽帝擺手止住。「往後你這傷也去不了戰場，沈無垢有個將軍頭銜，也好掌控沈家軍。」

鎮國將軍可以將印信授與值得信任的將領，代為統領沈家軍。

「臣謝陛下隆恩！」沈無咎拱手謝恩。

在楚攸寧看來，將軍跟末世隊長一樣，帶人出任務殺喪屍，沒什麼好稀奇的，就是沈家又多了一個擁有組隊資格的人。

景徽帝點頭，想讓閨女知道他賞罰分明，結果閨女還在一心一意地吃東西，頓時不知道該說什麼好了。

思及楚攸寧這幾天的表現，景徽帝又想起一事。

「越國人快到了，妳沒事就待在將軍府裡，別出來惹事。」

在越國親王來挑和親人選時，他趕著把閨女嫁了，等於是打他們的臉。這時候，還是別讓他們看到楚攸寧的好，免得火上澆油。

楚攸寧抬頭。「這是一國之君該說的話？」他國來人還得躲起來不能見客，不嫌憋屈？

沈無咎也暗暗攥拳，任誰看到拚死守護的國家被別人當成自家後花園予取予求，都會氣憤填膺。

「朕這是識時務。對方擁有強大武器，卻一直沒動手，正是把其他三國當鬥獸場玩呢。」景徽帝對大局還是很清楚的。

「但凡您有點骨氣，也不至於如此，其他兩國怎麼不見任人上門挑公主？」還不是因為景徽帝從沒拒絕過越國提出的要求。真不知道，前世裡這皇帝哪來的勇氣為了個美人跟越國開戰，是真愛的力量嗎？

「妳閉嘴！」

景徽帝的臉色忽然陰沈下來，不是那種看著生氣實則還能容忍的表面，反而像是被觸碰不可觸及的底線。

「在閉嘴之前，我要問一句，我回門有禮物的吧？」楚攸寧舉手。

景徽帝氣結，能不能尊重一下正在生氣的他？

「我也不多要，五百斤大米就行。」楚攸寧張開五根手指。堂堂皇帝，給得出五百斤糧食吧？

景徽帝懷疑自己把五百兩銀聽成五百斤大米了。

「沈無咎，朕的公主嫁進沈家，過的到底是什麼日子，居然淪落到要跟朕要糧！」景徽帝一腔怒火全朝沈無咎噴去。

沈無咎也沒料到楚攸寧會有這樣的要求，懷疑她是不是知道將軍府的情況了。

他沒拆楚攸寧的臺，點點頭。「陛下，將軍府確實窮。」

慶國有多個鎮守邊關的將軍，唯有沈家得了將軍府賜名，還是世襲，一代代培養出忠心不二的沈家軍，不知擋了多少人的路，紅了多少人的眼，被打壓是無可避免的，拿到的兵器跟糧餉永遠是被人挑剩下的。但凡景徽帝勤政一些，那些人哪敢這麼明目張膽。

景徽帝被氣笑了，楚攸寧還說他堂堂將軍靠女人苟活不如去死，這算什麼？

「給你們，滾滾滾。」他看著就頭疼。

「多謝父皇。」楚攸寧歡喜地拿帕子打包點心，嘴裡還不忘塞一顆櫻桃。

景徽帝見她這樣，更頭疼了。「堂堂一個公主用手帕包點心像什麼樣，朕讓人去尚食局準備幾盒給妳。」

「那多給幾盒。」楚攸寧也不跟他客氣，繼續包點心。

景徽帝見她不停手，乾脆眼不見為淨，問起小兒子。「小四在將軍府過得可還習慣？」

「吃好，睡好，整天樂呵呵，挺好的吧。」至少沒見小奶娃哭鬧。

景徽帝點點頭。「別以為朕不知道怎麼回事，這是看在妳放不下妳弟弟的分上，才順水推舟，妳可得好好養。養不了跟朕說，朕派人將小四接回來。」

楚攸寧包好了糕點。「您放心，有我一口吃的，就有他一口，保證餵得白白胖胖。」

景徽帝想起她方才的好胃口，要真是她一口，小四一口，那得胖成什麼樣子？

「陛下放心，如今臣負傷在家，會幫忙照看四殿下的。」沈無咎道。

景徽帝並不想承認自己兒子給了臣子養，不過想成女婿半個兒，氣就順了。「看著點，別讓攸寧餵太多。」

沈無咎忍住笑，認真應下。這對父女的想法有時候出奇得一致。

等楚攸寧走後，景徽帝叫來禁軍統領問話。

聽禁軍統領說公主一腳踢飛他時，景徽帝第一個反應就是不信，還覺得禁軍統領是因為公主告狀，才反過來誣衊她，當即革了他的職。

他閨女嬌嬌軟軟，只是胃口好了點，怎麼可能是一腳踢飛一個壯漢的神人？勛貴子弟當統領，果然不可靠。

跟去鎮國將軍府的其他人則覺得，景徽帝不希望公主身懷巨力的消息傳出去，不敢亂傳。閨家人也不敢說被公主踹了，一是懼於身分，二是不光彩。

於是，大家都錯過了知曉攸寧公主力能扛鼎的機會。

第十八章

大皇子府裡，大皇子得知禁軍統領被革職時，狠狠砸碎手裡的茶杯。又是楚攸寧！禁軍統領是世家子，他費了多大力氣，才把人放在那個位置，結果就因為一頓飯，這份助力沒了。

還有英國公府，雖然一開始他拉攏英國公府，是因為母妃要氣皇后，可是漸漸地，英國公府也成了他離不開的錢袋子。如今死了一個世子，還被降爵，雖然不妨礙他們繼續替他撈錢，但也是在打他的臉！

明明謀劃好的事，卻因為楚攸寧的攪局，出現了詭異的逆轉。英國公世子中邪般的不打自招，禁軍統領因為她幾句話被革職，大皇子覺得這個向來囂張霸道的皇妹有毒。

忠順伯府，世子的屍體被抬回來，府裡哭聲震天。

忠順伯把自己關進書房，砸了一屋子的東西。

忠順，意為忠實順從，是景徽帝給他的警告。別看景徽帝不管事，一旦管起來，誰也招架不住。看似把許多事交給內閣打理，實則大權在握，只要他在位一日，就掌有生殺之權。

今日的事，錯就錯在世子不知為何中了邪般不打自招，害得他們措手不及，連秦閣老都沒辦法扭轉局勢，只能忍痛放棄這個孩子。

這是他精心培養的嫡子啊，說沒就沒了。他懷疑可能跟楚攸寧有關，可是毫無證據。

忠順伯叫來自家夫人，問她是不是哪裡得罪了楚攸寧，讓楚攸寧恨不得他們家去死。

忠順伯夫人哪裡知道，明明攸寧公主出嫁前還對他們親近得很，皇后生前的田產、鋪子交給攸寧公主後，也徵得她的允許，一樣交由外家管理，怎麼說翻臉就翻臉？

忠順伯心裡覺得，定是張嬤嬤在楚攸寧面前說了什麼，急急忙忙去見老夫人。

老夫人避而不見，只說了聲造孽。

與此同時，將軍府的幾位夫人得知沈無咎不單無罪，連事情都查明了，罪魁禍首還被定了罪，沈家還多了一位將軍，個個心潮澎湃。

沈家兒郎上戰場，皆是用軍功一步步往上升，她們能成為誥命夫人，是因為夫君死後被追封。如今沈無咎再也不能上戰場，沈無垢被封將軍，可見沈家軍的兵權不會旁落了。

大夫人想到聞家人急著上門退親的嘴臉，一刻也不能等，張羅好要帶上的東西，讓二夫人帶人去聞家退親。

等楚攸寧和沈無咎回來，大夫人看到後面那一大車的糧食，愣是張了半天嘴，也出不了聲，想問問沈無咎是不是跟楚攸寧說了將軍府的窘況，楚攸寧才向景徽帝要糧？偏偏沈無咎在馬車上睡過去，已經被抬回明暉院。

「公主，四弟跟妳說將軍府的情況了？」大夫人走上前，悄聲問楚攸寧。

「什麼情況？」楚攸寧正像地主一樣，站在臺階上欣賞她的糧食，聽大夫人這麼問，一頭霧水。「將軍府又出什麼事了嗎？」

大夫人一聽就知道，沈無咎沒說啊，便指著車上的米。「這……」

「哦，是我回門的禮物，放倉庫吧。」楚攸寧看著一袋袋大米，這是她來到這個世界的第一批物資，有種別樣的成就感。

大夫人懷疑風太大，她沒聽清。如今宮裡回門的禮物是送糧食？是她久不在京中官眷中活動，孤陋寡聞了嗎？

楚攸寧親自看著五百斤大米被放入糧倉，感受到了書上描寫的豐收喜悅。這要是用來養霸王花隊，應該夠吃半個月的。

她邁著輕盈的步子回到明暉院，看到小奶娃在墊子上爬，歸哥兒拿著波浪鼓逗他玩，還攔著不讓他爬出去，院子裡都是充滿奶味的笑聲。

楚攸寧剛踏進屋子，小奶娃就看到了，立即棄了歸哥兒，飛快朝她爬過來，一邊爬、一邊笑，搞得好像身後有人追他玩。

「四殿下知曉誰待他好呢，才半日沒見著人，就這般歡喜。」張嬤嬤笑著說。

楚攸寧抱起小奶娃，小奶娃到了她懷裡，笑得更開心，她捏捏他藕節似的小手。「咱們有五百斤大米了，能把你養得胖嘟嘟的。」
「啊！」小奶娃蹦不了了，啊啊直叫。
「公主嬸嬸。」歸哥兒看到楚攸寧，忍不住就想親近。
楚攸寧騰出一隻手摸摸他的小髮髻。「喜歡小四嗎？」
「喜歡，四殿下可愛。」歸哥兒是偷溜到明暉院找楚攸寧的，沒想到沒找到人，倒是看見連話都還不會說的四皇子，白白胖胖的，像湯圓。
「喜歡的話，以後多來找小四玩。」小孩子就該跟小孩子玩在一起。
「可以嗎？」歸哥兒兩眼發亮。母親說不能隨便來打擾公主，要是公主邀請他，就不算打擾了吧？
「我不說假話。來，擊掌。」楚攸寧抓著小奶娃的小胖手，碰了下歸哥兒的手掌。
歸哥兒不知道擊掌是什麼意思，但他喜歡這個動作，好像做了約定一樣，樂得瞇了眼。
小奶娃覺得好玩，一直朝歸哥兒伸手，啊啊叫喚。
張嬤嬤看著這一幕，想開口問楚攸寧怎麼向景徽帝要糧的話，嚥了回去。
罷了，公主開心就好。雖然要五百斤糧，小家子氣了些。
晚上，楚攸寧還是吃到了她心心念念的蓮藕，在宮裡嚐過大魚大肉，正好吃蓮藕刮刮油。用精心調製的料汁涼拌的藕片清脆爽口，還有炸得金黃的藕圓子，酥酥的脆，糯糯的香，淡淡的鹹，回味的甜，那麼多口感融合在一起，真佩服了發明這些美味的人。

夜深人靜，楚攸寧從窗口跳出去，避開守夜的金兒，往東跨院走去。

東跨院是沈無咎用來當書房兼練武的地方，沒有他的允許，是不可以隨意靠近的。白日沈無咎醒來，交代過要搬去東跨院養傷，哪怕他沒醒，程安與程佑也將人抬過去。

進了東跨院，楚攸寧看到院裡種了片竹子，腦海裡閃現書上描寫過的竹筍，呈圓錐狀，上尖下圓，剝開殼是潔白如玉的筍肉，鮮嫩爽口。

這又是一種新奇食物，竹子冒出來的芽居然能做成美食，可見末世前的物產有多豐饒。她在那些翻爛的小說裡，總時不時看到竹筍炒肉。明明是小孩做錯了事，卻一頓竹筍炒肉就沒事了，她想知道竹筍炒肉有多好吃。

楚攸寧舔舔唇，若不是有重要的事得辦，她都想留下來挖竹筍了。

她從青石小路來到書房，看到門外守夜的程安，踢了顆石子進竹林，在程安被驚動而轉過頭時，身子飛快閃過，貼著牆，摸到另一邊的窗。

夏夜涼風習習，窗戶是開著的，正好方便楚攸寧鑽進去。

程安轉回頭，彷彿看到有片衣角在眼前閃過，不放心地將書房外的門窗察看一遍，確定無異樣，才放下心。

等程安走過去，楚攸寧直起身，輕手輕腳往裡走。

藉著月色的光，她將博古架上的東西一一納入眼底，看到書案一角擺放著一疊桃酥，順手拿了塊吃，一點也不像是來作賊的。

書房和臥室以屏風隔開，楚攸寧找遍書房，也沒找到劍的影子，沈無咎該不會跟她一樣，習慣把刀放在隨手拿得到的地方吧？

楚攸寧往臥室走去，不忘又拿一塊桃酥，但剛轉過屏風，就對上一雙銳利如鷹的眼。

沈無咎就料到，她不會那麼輕易放棄，只是沒料到她竟這樣子就來了。

楚攸寧身上穿的，明顯是就寢的裡衣，淺淺的月白色，手裡還拿著糕點吃，他沒看錯的話，那糕點是放在外面的桃酥。若是世上的宵小都如她這般，衙門的人一抓一個準。

而且，她不知曉穿成這樣出現在男子的寢房裡意味著什麼，雖然他們如今算是夫妻。

楚攸寧看到沈無咎醒著，還好整以暇坐在床邊，好似專程等她過來，也沒有半點慌亂。

沈無咎起身走到燭臺旁，打開火摺子點亮燈火，回身看向神色自若的少女。

「公主可想好了出現在此的理由？」

楚攸寧看向小心護著傷口站立的男人，他穿著白色裡衣，長髮披散，氣質看起來比白日裡柔和了不少。

她把最後一口桃酥塞進嘴裡，拍拍手上的屑屑。「我擔心你的傷，特地來看看你。」

真是好光明正大的理由。沈無咎的嘴角微微上揚。「有勞公主掛念了。我已退熱，無甚大礙。」

楚攸寧點點頭。「那我回去了。」說走就走，不帶半點猶豫。

若非知道她為太啟劍而來，沈無咎會以為她就是來閒逛的。

「公主且慢。」他從衣架上取過外衫，緩緩移步上前，幫她披上。

楚攸寧抬頭，一整天下來，沈無咎不是躺著就是坐著，這會兒站在她面前，哪怕因為傷勢而沒有站得筆直，也足足高出她一個頭。再看看自己，她現在的身高最多一百六十公分，不過，才十六歲，肯定還能長到末世時的一百六十五公分。

她收回羨慕的目光，扯扯衣衫。「又是擔心我著涼？」

沈無咎掃過她單薄裡衣下的身段，耳朵微熱，用在千軍萬馬前也面不改色的神情說：「公主，裡衣只可在屋裡示人。」

楚攸寧瞪著圓圓的眼睛看了他半晌，最後妥協。她沒覺得這樣穿有什麼毛病，長衣長褲，連領子都遮到脖子了，還不能見人?!看在這個世界沒有喪屍的分上，忍吧。

她又掃了臥室一眼，沒看到劍，抬頭問沈無咎。「真的不能讓我看看劍嗎？」

沈無咎堅定搖頭。「不能。」

「好吧，那我下次再來。」楚攸寧說完，轉身走了。

沈無咎愣住，因為傷，只敢低笑一聲。這鍥而不捨的精神是為哪般？還如此明目張膽。

在外頭張嘴打哈欠的程安，看到楚攸寧從屋裡出來，驚得嘴都忘記合上了。

這是何時的事？公主怎會從書房出來？方才他看到那一閃而過的衣角是公主的？

「辛苦了，給你。」楚攸寧把順手帶出來的那碟桃酥塞給程安，信步離開。

程安更懵了，公主披著主子的衣衫從書房出來，還給他糕點，跟他說辛苦了？

「程安。」屋裡傳來的聲音證明這不是在作夢，程安回過神，趕緊進屋。

沈無咎坐回輪椅上，讓程安推著他到書房，拉起掛在牆上的巨大山水圖，露出裡面放在劍架上的太啟劍。

太啟劍通身烏黑，驚奇的是讓人感覺不到半分銳氣，深邃無華，任誰也看不出這是在戰場上橫掃千軍的名劍。

太啟劍是曾祖父偶然得到的，聽說是用一塊奇怪的巨石打造而成，憑著這把劍建功立業。後來，太啟劍隨沈家幾代人征戰沙場，意義非凡，甚至在沈家軍中隱隱成為代表鎮國將軍的信物，因為不是誰都能駕馭太啟劍。

父親那一輩，二叔就駕馭不了，到了他這一代，大哥也不行，強行拿起的人會神情恍惚。因此，便有人說，太啟劍會認人，誰駕馭得了太啟劍，誰就是下任家主，新的鎮國將軍，連祖父和父親也開始隱隱相信這些話。

他還記得八歲那年，無意中聽見這事，因為好奇，偷偷跑進書房，踮起腳尖拿下太啟劍，除了覺得重，並沒覺得有什麼。

後來，十歲那年，父親帶他到太啟劍面前，要他拿的時候，他死活不肯。下一任鎮國將軍只能是大哥，他可是要做沈家的紈褲子弟，才不要上戰場。

十三歲時，父親和大哥戰死，他才知道天塌下來是什麼樣子，還沒等他長大，緊接著二哥失蹤，三哥遭暗殺，十六歲的他毅然拿起太啟劍，奔赴戰場。

那時的他狠心拋下病倒的母親遠赴邊關，是要把沈家軍牢牢掌握在手裡。功高震主、不能善終的武將事跡太多，若父兄的死當真與景徽帝有關，有兵權在手，想做什麼才有本錢。

幸好，這些年來，他沒查到是景徽帝做的，沈家軍才沒踏出雁回關半步。

「你沒發現公主進來？」沈無咎問身後的程安。

程安和程佑的身手可沒比宮裡暗衛差到哪裡，在軍中也常常充當斥候，方才楚攸寧著一身月白衣裳行走在黑夜裡，程安居然沒發現？

程安回想著，搖搖頭。「屬下沒聽見腳步聲，只聽見外頭竹子有斷裂的聲音。」

沈無咎沈吟。「再去查一下公主的事，鉅細靡遺。」

「是。」程安認真記下。

沈無咎又問：「姜道長安置妥當了嗎？」

姜道長名叫姜塵，是這次回京途中經過一家破敗道觀發現的。他們借宿，卻遇上煉丹炸爐，讓沈無咎想起越國稱王稱霸的火藥。

其他三國不是沒打過火藥的主意，慶國也沒少派人偷偷潛入越國，可惜越國就靠著這火藥稱霸，不可能這麼容易被人知道做法。

煉丹炸爐與越國的武器有異曲同工之處，他便把姜塵拐回來，倘若真能研製出火藥，哪怕沒有越國所產的威力，也會有一戰之力，而不是只能屈辱地等著挨打，對他接下來打算要做的事，亦是如虎添翼。

「已經安置好了，需要的東西也送過去，程佑在盯著。」程安道。

沈無咎點點頭，放下山水畫，讓程安推他出去。

楚攸寧離開東跨院，路過張嬤嬤住的耳房時，看到張嬤嬤從房裡走出來，東張西望一下，揣著懷裡的東西，往背風的死角走去。

她好奇地跟上，瞧見張嬤嬤拿出一疊紙錢，用火摺子點燃，好像明白了什麼。又深深看了張嬤嬤一眼，轉身離開。

知道了也好，能接受，她歡迎；不能接受，那就不是一路人。她沒想過要刻意裝成原主，她就是她，為什麼要因為穿越，便小心翼翼隱藏自己，裝成另一個人？在末世苦歸苦，卻能活得隨性呢。

楚攸寧站在院子裡，望著夜空上的點點繁星，有點想霸王花們了。

第十九章

翌日一早，楚攸寧一邊用早膳、一邊盯著張嬤嬤瞧。

張嬤嬤被瞧得莫名其妙，摸摸臉。「公主，可是奴婢臉上有何不妥？」

「沒有，嬤嬤今天很美。」楚攸寧是想看，張嬤嬤知道她不是原主後，會有什麼變化。

張嬤嬤的臉笑成一朵花。「奴婢都三十好幾的人了，還有什麼美不美的。」

「三十多歲也不老，還是可以找個伴生崽的。」在原主的記憶裡，張嬤嬤是跟著皇后進宮的，至今未嫁。

張嬤嬤以為楚攸寧看出什麼了，不想留著她，著急地問：「公主可是要趕奴婢走？」

楚攸寧納悶。「我為什麼要趕妳走？嫁人生子和當嬤嬤不衝突啊。」

「奴婢不嫁人，餘生就伺候公主和四殿下。」張嬤嬤神情堅決，只差沒指天發誓。

「好吧，妳什麼時候想嫁人，再跟我說。」楚攸寧還是很關心隊員需求的。

張嬤嬤決定不跟她討論這件事了。

楚攸寧喝著香濃黏稠的米粥，想起昨天從皇宮得來的五百斤大米，心頭火熱。這可是白花花的大米，要是在末世，能讓霸王花隊被其他異能隊羡慕死。

「嬤嬤，之前是不是說我的嫁妝裡有田產？把田產全賣了，換錢買糧食。」萬一真亡國，田產就不是她的了，還是看得見的糧食比較穩當。
張嬤嬤心裡一跳。「公主可是聽說了將軍府的境況，打算買糧幫忙？」
「啊？」楚攸寧抬頭。「什麼情況？為什麼要我買糧食幫將軍府？」
「那公主昨日為何向陛下要五百斤大米？」
「因為我要吃啊，吃不完囤起來。」
張嬤嬤被這回答弄得語塞。「公主怕是不知，沈家一直養著從戰場上退下來，卻無處可去的老弱殘兵。一、兩年還好說，長年如此，再大的家業也頂不住啊。何況，沈家起家到駙馬這一代，也才四代。」
「士兵退下來後的糧餉，不該是朝廷管嗎？」原主是從沒聽說過這些的。
「國庫吃緊，哪還有多餘的錢安置無家可歸的殘兵，碰上好的將領，才可能得到一筆撫恤銀子。那些老弱殘兵回到鄉裡，若是碰上好點的親人，又恰好傷得不重，還能幹活；要是碰上刻薄的，又斷腿斷手，什麼也幹不了，哪裡有活路。」
楚攸寧看著一桌子的早飯，忽然覺得不香了。這個世界竟然是這樣對待傷殘軍人，沒有這些人在戰場上捨生忘死，哪來的安穩日子？
「沈家做得不錯。」楚攸寧點頭稱讚。要是為了拉攏軍心，只做一、兩年，還不值得誇讚，但是一直堅持下去，就看得出來，是真心照顧那些兵了，這原本應該是朝廷的責任。
「是不錯，可也快撐不下去。昨兒您和駙馬進宮後沒多久，來了個堪比乞丐的老兵，鞋子破得露出腳趾，瘦得只剩皮包骨，一只袖子空盪盪，不知道的還以為是打哪兒來的難民。

「最叫奴婢佩服的是，大夫人聽聞是定安縣老家過來的老兵，毫不嫌棄，看了戶籍後，將他迎進府，命人燒水讓他沐浴，準備熱菜，奴婢見那老兵當場就紅了眼眶。」

楚攸寧總算弄明白大夫人說的將軍府的情況是什麼情況了，缺糧啊！

可是，那是她來到這世界得到的第一批糧食，還沒吃上呢。在末世，可憐的人多了去，她以為自己已經失去同情心這玩意兒了。

楚攸寧放下筷子，張嬤嬤一怔。「公主怎麼吃這麼少？」她知道楚攸寧胃口好才上這麼多的，結果才吃了不到一半。

楚攸寧嘆息。「再吃下去，我覺得我有罪。」

張嬤嬤虛打一下嘴巴。「瞧奴婢這嘴，不該跟您說這麼多的。您別太惦記著，要真過意不去，拿出一筆銀子，表表心意就是了。」

楚攸寧想了下，點點頭。「給錢可以，給糧不行。」給糧食，她覺得在割她的肉。

張嬤嬤無言了。所以，這是放著那麼多貴重東西不要，而是要五百斤大米的原因？把糧食看得比銀子還重。

楚攸寧又有胃口了，舉起筷子繼續吃，不能浪費。

一會兒後，她拿了最後一個饅頭，一邊剝著吃、一邊往外走。「我去街上看看米價。」

她決定親自上街了解了解。而且來到這個世界好幾天了，她還沒逛過街呢。

原主沒出過宮，對民間的了解都來自話本，跟她透過書和影像了解末世前的世界一樣。

楚攸寧微微搖頭，太可憐了，突然慶幸她一過來就嫁人，至少出宮後，沒人能管她。

張嬤嬤又被她新奇的想法給搞懵了，趕緊派人跟著。

楚攸寧經過前院，正好遇上沈無咎要去前廳見那個老兵，想了想，也跟過去。

沈無咎見楚攸寧過來，擺手讓抬著他的程安與程佑停下。

今日楚攸寧穿了身藍白色對襟窄袖齊腰襦裙，衣邊繡有銀色花紋，看起來非常精緻貴氣。頭上髮髻除了斜搭兩支髮釵，再無其他，她似乎並不喜歡滿頭珠翠。

「公主可用過早膳了？」沈無咎問。

「剛吃完。你要請我吃的話，改天吧。」楚攸寧又打量沈無咎一眼，得到充分休息後，臉色倒是沒那麼糟糕了。就是這傷，一動就廢。

沈無咎克制著，嘴角沒有上揚。「好，改日我與公主一同用膳。」

兩人進了前廳，候在廳裡的中年漢子已經坐立不安，見他們進來，彷彿被針扎了般，立即起身，面露惶恐。

中年漢子是上一任鎮國將軍帶的兵，因傷解甲多年，但身為軍人的氣概彷彿刻在骨子裡，雖然是第一次見到新的鎮國將軍，有些侷促，依然聲音洪亮地行禮。

「小人楊二牛參見將軍！」楊二牛跪地抱拳，哪怕只有一隻手。

沈無咎推動輪椅上前，用自己的手幫他完成這個動作。「免禮。」

楊二牛又紅了眼眶，這一瞬間，所有擔心新將軍不再管他們的不安，全都消失了。

「在府裡歇得可好？」沈無咎關懷地問。

楊二牛連連點頭。「多謝將軍掛懷，小人歇得很好。」

沈無咎點頭。「你不遠千里而來，可是出了事？」

說到這個，楊二牛就侷促了。「將軍，沈族長說要收回給我們種的地，把我們趕出沈家村。我們實在是沒法子了，才商議著，由小人上京來問問將軍府。」

像他們這些傷殘的人，哪怕解甲歸來，也不受家裡人歡迎，能被沈家安置，無疑是幸運的。雖然沒手沒腳，卻可以互相幫著幹活，只要有口飯吃，就能活下去，也不覺得孤寂。

這些年有鎮國將軍府的幫助，他們過得倒也安穩。只是半個月前，沈家族長忽然改口要收回田地房屋，也不再幫助他們。這些退下來的兵已經儘量不再麻煩將軍府，這次卻不得不厚著臉皮找上門。

沈無咎臉色鐵青，差點又扯裂了傷口。沈氏一族也是由鎮國將軍府提拔起來，方能發展成定安縣大村，不過幾代，就腐朽成這般。

養傷兵的田地是沈家特地撥出來的，將軍府還另外買了兩百畝地當族田。之所以將傷兵安置在老家，就是為了讓族人多照顧些，沒想到這麼快便翻臉無情。

這次的事，應是忠順伯世子回京途中派人做的。族人擔心殃及池魚，才急著撇清關係。

楚攸寧一口喝盡碗中的茶，呸出嘴裡的茶葉。這個世界的人好像不喜歡喝水，只喜歡喝茶，茶的味道有點苦澀，她不太喜歡。

她的聲音引起沈無咎的注意，側首看去，正好看到她用茶蓋遮掩，吐著小舌頭呸掉茶葉的樣子，胸中怒火立時如潮水般退去。

別人喝茶是拿茶蓋撥去茶末，淺飲一口。她倒好，昂頭就往嘴裡倒。

楊二牛以為是自己說的事情惹公主不快了，忐忑不安。

其實，他前幾天就到京城了，沒想到剛好碰上將軍成親，這麼大喜的日子，不好上門尋晦氣，就在城外破廟待了兩天，直到昨日才不得不上門。

「公主有何高見？」沈無咎問。

楚攸寧放下茶杯。「不就是沒地嗎，將軍府難道沒田產？」她這個出嫁的公主都有，將軍府這麼大的家，沒理由沒有吧？

「將軍府有自己的莊子，但沈家是想給這些人安身立命之所，若為將軍府幹活，會被認為是家奴，難免落人口舌。再加上行動不便，受人管制，反倒不妥。所以，曾祖父在老家劃出一大片田地，用來安置，讓他們可以量力而行，自力更生，又顧及他們腿腳不便，便允族裡好處，讓族人幫著照看。」

楚攸寧點點頭，末世的老弱病殘若有口吃的，才不管受不管制，傷不傷自尊，可這裡不是末世。

沈無咎見她沒有疑問了，看向楊二牛。「我派人送你回去，順便處理此事。你告訴其他人，且安下心，只要鎮國將軍府沒倒，將軍府的承諾就一直都在。」

「是！我們會好好種田，好幫戰場上的兄弟多攢點糧！」楊二牛激動得紅了眼眶。這些年，他們有地，一人吃飽全家不餓，多餘的糧全交給族裡送去邊關給沈家軍，有一點是一點，才不辜負鎮國將軍的恩情。

沈無咎一怔，倒沒想到他們有這份心。只是這份心意有沒有到邊關，就不知了。

送走楊二牛，沈無咎回頭見楚攸寧皺著秀眉，似乎在思索什麼大事。看慣了她凡事露於表面的率性，忽然認真起來，倒是有些不習慣。

「公主也看到了，如今將軍府是入不敷出。按理，這家該交由妳管，只是大嫂不好把這個爛攤子交給妳。」沈無咎趁這個機會，說了管家的事。

楚攸寧擺手。「只要不扣我吃的，不管著我，誰管家我無所謂。」

這麼容易就滿足，看來嫂嫂們想多了。不過也是，短短一天的相處，他能看得出來，這位公主是個不耐煩管後宅瑣事的人。

「不過，將軍府為什麼會那麼窮？」楚攸寧問。既然那些傷兵還能自力更生，就算需要救助，也不至於掏空將軍府。

「公主，您不知道，戶部欠著沈家軍的糧餉不給，只能由將軍府自掏腰包。」

朝廷怕鎮守邊關的將軍手握重兵造反，並不讓軍人囤田自給自足，而是由朝廷在靠近邊關的地方劃分田地，給養防軍。負責耕種的有被流放過來的犯人，還有當地百姓，由朝廷派監軍負責看管，所得糧食上報戶部後，才能交給邊防軍當糧草。

這些年雁回關和綏國交戰不斷，也給了一些人以糧草損耗過大，交不出糧為由，斷了沈家軍的糧餉，或者給的都是發霉的陳米。

程安覺得，楚攸寧畢竟是公主，昨日的事，隱約聽說是因為她得了景徽帝看重，主子才能這麼快洗清罪名。倘若她能在景徽帝跟前提一句，說不定戶部積欠的糧餉就會發下來了。

「程安！」沈無咎提高聲音喝斥，基於男人的自尊，他不願這些事被楚攸寧知道，好似在向她示弱一般。

程安立即閉嘴，卻是期待地盯著楚攸寧。

楚攸寧摸著下巴，眼睛越來越亮，看向程安。「你說，戶部欠著咱們家的糧食對吧？」

咱們家……這三個字落入沈無咎的心裡，翻了幾個滾，攪得一顆心都不得安寧。

程安小心翼翼看了眼自家主子，用力點頭。「不單是糧食，還有邊關戰士們的餉銀。幸好沈家軍夠忠心，幾年不發餉銀都沒事，換成其他軍隊，早造反了。」

楚攸寧聽了，立時摩拳擦掌。她嫁入將軍府，便默認將軍府的東西是她的，如今得知戶部欠將軍府糧食，可不就讓她熱血沸騰。在末世，敢搶她物資的人，早輪了幾個輪迴了。

「公主，糧餉的事我會解決，妳……」

「我幫你弄來糧食，你讓我摸摸那把劍怎麼樣？」楚攸寧打斷他。
沈無咎心中一跳。「公主打算做什麼？」
「你別管。讓不讓我摸？」
沈無咎聽了，突然覺得全身有些熱，大概是昨日的燒還沒全退，無奈嘆息。「那把劍，妳不能摸。」昨日只是想看，今日就變成想摸，明日是不是該開口說要了？
如果可以，楚攸寧自然想要到手，畢竟那把劍有她可以吸收的能量，但吸完能量後，劍肯定得廢。
「就這麼說定了！」楚攸寧當作沒聽到沈無咎拒絕，拍了下桌子，起身就走。
沈無咎看著她大步離開的背影，哭笑不得，隨即肅起臉，思索她非要看太啟劍的原因。哪怕他心裡已無法再將她和夢裡的公主聯想在一起，依然得慎重，畢竟太啟劍牽扯太多。
難不成她聽到了太啟劍能代表鎮國將軍的話，想藉由太啟劍控制沈家軍？
沈無咎搖搖頭，吩咐程安。「你跟上去保護公主。」
程安應聲下去了。

另一邊，楚攸寧也不逛街了，轉身去了府裡的練武場。
練武場在將軍府西邊，那裡放著很多兵器，每日都有家兵擦拭維護。
風兒和金兒看到楚攸寧臉上掩飾不住的興奮，總覺得有什麼事要發生，相視一眼，趕緊跟上去，但她的步子也邁得太快了。

楚攸寧到練武場的時候，看到歸哥兒那個小豆丁拿著把小木劍，嘿嘿哈哈地揮舞，便走過去，握住他刺出去的木劍。

啪！木劍……斷了！

楚攸寧拿著斷在手裡的劍，身子僵硬。她不是故意的，是劍太脆了，小豆丁不會哭吧？

歸哥兒反應過來，張嘴大哭。「哇嗚……母親說，這是我還在她的肚子裡時，父親做給我的。」

完了！楚攸寧像做錯事的小孩，心裡慌得不得了。這麼有意義的劍，被她弄斷了。

「你別哭，我帶你去玩怎麼樣？」她把半截木劍塞回去給小豆丁，想認真彌補他。

歸哥兒的淚珠還掛在眼睫上，一聽楚攸寧要帶他去玩，瞬間忘了難過。「真的嗎？公主嬸嬸要帶歸哥兒去玩？」

「等著。」楚攸寧放下他，走到兵器架前，挑了把長刀扛上肩，再朝他伸手。「走。」

歸哥兒眼睛一亮，抱著斷劍小跑上前，把手放到她手裡，小包子臉帶著克制住的興奮。這樣好似帶他去打仗，他把小胸脯挺得直直的。在他心裡，父親就是這樣出征的。

第二十章

楚攸寧偷瞥歸哥兒一眼，見他確實不難過了，暗暗鬆口氣，目光落在他抱著的小木劍上，還是有些欺負小孩的臉熱。

「我弄壞你的木劍，改天賠你一把好不好？」楚攸寧是個勇於認錯的人，要是精神力恢復，她能還他一把一模一樣的。

歸哥兒聽了，偷瞄楚攸寧一眼，又收回目光，咬了咬唇，忽然停下腳步。

「怎麼了？」楚攸寧發現手裡的小手抽開了，這小豆丁該不會又要哭吧？

「公主嬸嬸，木劍不是妳弄壞的。」歸哥兒指著木劍的斷口處。「母親說木劍裂開了，會斷，要幫我收起來，我沒答應。若是玩壞了，母親讓我不要哭，我哭了。」後面那句因為不好意思，說得很小聲。

楚攸寧鬆了口氣。她就說嘛，她也沒用力啊。她力氣雖然大，但早早就學會控制了。不過，也是因為她握住歸哥兒的劍，兩端受了力才斷的。

楚攸寧摸摸他的頭。「是個誠實的小男子漢。」

「那公主嬸嬸還帶我玩嗎？」歸哥兒想得很簡單，公主是因為弄壞他的小木劍，才帶他去玩的。現在不是，就不帶他玩了。

楚攸寧捏捏他的小臉，牽起他的手。「作為你誠實的獎勵，帶你去玩。」
歸哥兒歡呼。「謝謝公主嬸嬸！」
「不謝。等有空了，我做一把劍給你，要不要？」
「像父親做的這把嗎？」
「像！還會飛的那種。」
「會飛的劍？要要要！」
風兒和金兒看楚攸寧扛著大刀，牽著歸哥兒就這麼走了，有些懵，還是風兒清醒過來，讓金兒回明暉院跟張嬤嬤說一聲，她趕緊跟上去。
歸哥兒的小廝看了看，也趕緊跑去告訴大夫人了。
等在府門口的程安看到楚攸寧扛著大刀走來，不由瞠目。
他懷疑自己眼睛出問題了，明明公主看著嬌嬌軟軟，可是肩扛大刀的樣子，竟沒有半點違和之感。
楚攸寧看到程安，停下腳步。「你家主子有話讓你帶給我？」
程安拱手。「主子命屬下來保護公主。」
楚攸寧從上到下打量他一番，正好缺個搬糧的。「跟上。」
程安瞥著她肩上的刀，和她牽著的歸哥兒。「公主，您這是要去哪裡？」
楚攸寧瞄他一眼。「你不是說戶部欠咱們家的糧嗎？」

看公主這志在必得的表情，程安覺得自己惹禍了。

「公主，這件事是不是該請示陛下？」他覺得他還可以拯救一下。

楚攸寧嗤笑，腳步沒停。「你覺得請示有用？但凡你這陛下管點事，也不至於讓戶部欠咱們家的糧。」

程安點頭，然後飛快搖頭。他不能點頭，這是大逆不道，雖然他也覺得是這樣。

「公主打算怎麼做？不怕陛下怪罪嗎？」

「欠債還錢，天經地義。」楚攸寧正義凜然。

程安勸不動她，只好說：「公主，這刀讓屬下來拿就好。」

「不用。」楚攸寧跨過府門門檻，順帶將歸哥兒拎出去。自己的武器當然是自己拿，用起來才順手。

程安只好讓守門的人去通知主子一聲，自己趕緊跟上。

沈無咎以為，楚攸寧頂多是進宮跟景徽帝提一提，完全沒想到她會扛著大刀上戶部。他讓管家派人處理老家的事，一道道命令下去，接著又吩咐程佑。「你找人暗地裡去鬼山搜一搜，看看有沒有糧食。」

程佑瞠目，鬼山之所以稱之為鬼山，是因為進去的人有去無回，夜裡鬼哭狼嚎，還傳出過鬼王娶親的事，主子怎麼知道山裡有糧食？

沈無咎沒有解釋，夢裡他看到還是英國公的忠順伯，用鬼山上的糧倉跟越國換了一大家子的命。

如今這個不一樣的公主，總讓他懷疑自己只是作了個荒唐的夢。倘若這事得到證實，那他想再自欺欺人都難。

有那批糧，他也能做更多事。

「屬下這就去辦。」程佑拱手，轉身退下。

「等等。」沈無咎忽然想起一個人。「你先去跟裴公子說，讓他盯著陳子善，看到陳子善買女人，就搶先買下來。」

程佑頓住，神情微妙。「主子，太醫讓您悠著點。而且，公主那力氣，您招架不住。」

沈無咎冷眼掃過去。「照做就是。」

在那個夢裡，他看到陳子善買的女人替沈家女眷收屍立碑。沈家家族無人敢出面，只有那個陌生女子給了沈家最後的體面。他有種感覺，這女子極有可能帶給他意想不到的答案。就算沒有，憑她最後幫沈家收屍立碑的恩情，就得把人買回來。

程佑沒有程安那麼會說話，撓撓頭，下去奉命行事。

守門的人等沈無咎說完正事，才上前稟報，說楚攸寧提著刀去戶部。

沈無咎再度無言了。

從將軍府去戶部，得坐馬車，由永安坊經過北大街，才到官署。

平日歸哥兒很少出府，因為府裡都是女眷，不好帶他出門，也不放心讓底下人帶。唯一一次出去玩，還是一年前沈無咎從邊關回來，把他架在脖子上，上街玩了一整日。

這會兒能出府，就算是待在車裡，他也跟隻出了籠的小鳥一樣，歡快得不行。剛開始還矜持乖巧地坐著，等到馬車經過鬧市，聽到各種吆喝聲，他就坐不住了，小小的身子往這邊窗口看看，又往那邊窗口瞧瞧，忙得不得了。

楚攸寧也一樣，和歸哥兒一起往窗外看去，一大一小湊在一起嘀嘀咕咕。

「那一顆顆串成一串的紅果子是什麼？」楚攸寧一眼就看到在陽光折射下，顯得晶瑩剔透的糖葫蘆。

「我知道，是糖葫蘆，四叔買給我吃過。」

車轅外，親自駕馬車的程安聽了，並不覺得奇怪。公主一直住在宮裡，吃的都是山珍海味，不知道糖葫蘆是何物實屬尋常。歸哥兒也長年待在將軍府，一大一小正好趣味相投。

「看著就很好吃的樣子。」楚攸寧舔舔唇，看向歸哥兒，發現他也很嚮往的樣子，心裡有了決定。「歸哥兒想吃糖葫蘆啊？我帶你去吃。」

「歸哥兒想吃，但沒說。」歸哥兒捂住嘴，瞪大滴溜溜的眼睛，可愛極了。

「嗯，我知道你想吃。」

全程看在眼裡的風兒不敢接話。奴婢懷疑是公主您想吃。

楚攸寧讓程安找地方停車，率先跳下，然後把歸哥兒拎下來。

「公主，您不去戶部了？」程安語氣裡帶著欣喜。

「去啊，先幫歸哥兒買糖葫蘆。」

反正戶部就在那裡，跑不掉。既然都到街上了，先好好看看吧。

楚攸寧吸了吸四周瀰漫的香氣，看著店鋪林立的街市。因為有原主的記憶，她認得字，能看出店鋪都在賣什麼。

茶坊、酒肆、綢緞、珠寶香料等鋪子，還有賣菜的、賣傘的、賣膏藥的、算命的攤子，各行各業，應有盡有；行人也有商賈仕紳、官吏小販、行腳僧人等，形形色色。

這些都是末世裡消失的情景，如今活生生出現在眼前，讓楚攸寧看得目不暇給。

「公主嬸嬸，好香啊！」歸哥兒嗅著飄散在空中的香氣，發出稚嫩的驚嘆聲，一雙小眼睛都不夠看了。

「我也覺得。走，帶你去吃。」楚攸寧牽著歸哥兒的手，第一攤就直奔圓滾滾、紅通通的糖葫蘆而去。

程安則認真思索著，將公主的刀藏起來的可能。

接下來，楚攸寧牽著歸哥兒從街頭逛到街尾，遇到吃食攤就停下來，一大一小，穿著華貴，神情一致地站在攤子前等著吃。誰能想像得到，她是慶國金枝玉葉的公主。

歸哥兒可喜歡和楚攸寧一塊兒玩了，能吃好多沒吃過的東西，還不擔心吃飽了沒能吃下一個。他吃不完，楚攸寧會幫著吃，他就能留肚子吃其他的。

楚攸寧還順便去了趟糧鋪，看看這個世界的糧價。除了白花花的大米，哪怕是棕色糙米，也能令她兩眼發光，恨不能全囤起來。

大米一斤三十六文，糙米二十五文，陳米十文。楚攸寧想想，剛才她吃的燒餅，一個兩文錢，一斤精米的錢能買好多個燒餅了。

糧鋪裡還有賣大豆之類的，楚攸寧沒見過那麼多種糧食，稀奇地將每一種用手撈一遍，看著米粒、豆子從指縫間滑落，心中只覺無限美好。

這都是末世種不出來的東西啊，末世用木系異能種得最多的，就是產量高、好照顧的地瓜、馬鈴薯，以及一些能夠水耕的蔬菜，其他稀罕的作物，連種子都沒有。就算有，也是木系異能者私下催生給自己吃的，其他人想吃，只能花高價跟木系異能者做交易。

霸王花隊裡有木系異能者，但她們捨不得用來催生糧食，那可是留著救命的。

楚攸寧又看糧鋪裡的糧食一眼。不怕貴，就怕沒有。她是公主，應該挺有錢的吧？

程安見她親自來糧鋪察看，以為她是為了將軍府缺糧的事，親力親為，打探糧價。這一瞬間，公主在他心裡無比高大。

「走，抱上歸哥兒，咱們去戶部。」楚攸寧朝程安揮手。

想要糧，得先有錢。戶部有糧又有錢，討完債，還能趕回家吃午飯。

糧鋪掌櫃臉色微變，這幾人進來時，他一眼就看出身分非富即貴，還以為是商戶。沒想到，女子一開口就是去戶部，好似戶部是她家開的，不由慶幸鋪子乾乾淨淨，揪不出錯來。

「公主嬸嬸，歸哥兒大了，不用抱。」歸哥兒跑到楚攸寧跟前，伸出小手。「要牽。」

楚攸寧對幼崽向來寬容，伸手牽著他往外走。既然不讓抱，等他走不動了，就提著吧，小豆丁也怕羞了呢。

身後的掌櫃聽清了那聲奶聲奶氣的公主嬸嬸，腿頓時有點軟了……

第二十一章

天知道，程安多希望楚攸寧能一直逛下去，忘記去戶部這件事。

老天爺許是聽到了他的祈求，離開糧鋪沒多遠，一個女子突然撲倒在楚攸寧腳下。

基於末世生存本能，楚攸寧差點將人當喪屍踹出去，幸好及時收住了腳。

程安上前，護在楚攸寧身邊。

楚攸寧看向被人推出來，而摔倒在地的女人，女人穿著抹胸羅裙，外罩一件淡紫羅衫，薄薄一層，能看見裡面雪白的肌膚。這衣服涼快，可比她穿的裡衣裸露多了。還有，胸大臀翹，膚白貌美，是霸王花們羨慕的那款美女。

這怕不是碰瓷？

這時，一個穿著檀紫色錦袍的男人腆著大肚子走出來，與他一起的，還有兩個一樣身穿華服的公子哥兒。

程安看到跟在他們身後的禮部郎中，張大了眼。這會兒，他寧願楚攸寧去禍害戶部了。

「一兩銀子就可以買走這女人，有人敢買嗎？」男人挺著肚子，囂張喊話。

男人話音落下，女人身形婀娜地坐起來，擺出作為一件商品該有的姿態，完全看不出有半點不情願。

楚攸寧知道這個世界有人口買賣，有自願的，有被強迫的。在她看來，買回去還得費糧養著，不好。

她開始在心裡換算，一兩銀子能買多少斤糧，圍觀人群卻已經有不少人蠢蠢欲動了。一兩銀子，這麼便宜，哪怕是買個老婆子也賺了，何況還是個如花似玉的女子。

人群中有幾個公子哥兒，一身脂粉香氣，相互調笑著走進來。其中一個聽說地上的女子花一兩銀子就能買走，當下要掏錢買。

同伴拉住他。「你不要命了，那是越國人。」

越國人來到慶國便作威作福，沒人敢得罪。要是慶國人因此吃虧了，朝廷也不會為他們做主。

「怎麼？慶國窮到連一兩銀子都拿不出來了？還是不敢買？哈哈！」

明眼人都知道越國是故意以這種方式羞辱慶國，一兩銀子能買到的美人，慶國人卻沒一個敢買，因為這是越國人賣的。

楚攸寧聽到是越國人，想起昨天景徽帝讓她乖乖待在將軍府裡躲著的話，不免有些好奇，越國人長得到底有多可怕。

她抬頭看去，一樣是一雙眼睛、一個鼻子、一張嘴。要說有不同的地方，就是略醜。

她搖搖頭，越國人能欺到這分上，除了慶國的武器不如人，還因為朝廷不夠強硬。

「慶國人果然一如既往的孬啊，這麼便宜的美人都不敢買。」男人身後的公子哥兒大聲嘲笑。

不敢買，搶倒是敢的。

楚攸寧正想著帶這女人回去能幹麼，就有人搶在她前頭開口了。

「呵，小爺我買了！」

一錠銀子被扔到地上，骨碌碌滾到越國人腳下。

一個略顯富態的男子步履虛浮地走進來，臉上還殘留著宿醉後的紅暈。

「陳子善，你這是認為慶國的女人懷不了你的種，打算讓越國的來嗎？」剛才想要買女人的紈袴哈哈大笑。

「你連話都放出來了，卻不敢掏銀子，到底是誰沒種！」陳子善諷刺回去。

越國男人沒料到真有人敢出錢買，瞇著三角眼看向陳子善。「居然有人敢買越國的人當奴才，慶國是想亡國了嗎？」

陳子善心裡有點顫，卻還是挺直身子。「亡國不亡國的，輪不到我操心。你敢拿出來賣，我就敢買。」

楚攸寧點點頭，是個有骨氣的。

陳子善是慶國有名的紈袴，想買女人是為了氣他爹，誰讓他爹寵妾滅妻。再加上剛從花樓出來，還有些宿醉，藉酒壯膽，越是得罪人的事，他偏要幹，氣死他爹。

「五兩銀，本公子買了。」又一個錦衣玉冠的翩翩公子搖著摺扇走進來。

裴延初剛得到程佑上門傳話，立刻打聽陳子善的去向，不然兄弟回來讓他辦的第一件事，就搞砸了。

裴延初暗暗打量地上的女子，想知道能讓沈無咎交代他跟人搶的女子長得何等天仙模樣。攸寧公主可是剛進門，沈無咎居然敢置外室，他懷疑沈無咎在邊關吃了熊心豹子膽。

他仔細一瞧，女子身形似扶風弱柳，雪膚花貌，生得倒也千嬌百媚，只是一看就知道，已非清白之身。既然越國人打著羞辱的心，自是不可能拿一個黃花大閨女來白送給慶國人，他實在想不通，沈無咎為何要託他買這麼個人。

陳子善看向跟他一樣有膽量的男子，居然是英國……不，是忠順伯府的裴延初。

裴延初出自忠順伯府三房，他父親是不受寵的庶子，在府裡活得像透明人。裴延初倒是因為當年跟沈無咎交好，兩人一起橫行京城，聲名大噪。

「就不怕買回去連累你爹娘？」陳子善笑問。

裴延初也笑了笑。「你都不怕被你爹打斷腿，我怕什麼？」

陳子善跟裴延初槓上了。「十兩！」

裴延初鎮定搖扇。「十五兩。」

「二十兩！」

「三十兩！」

兩人喊價時，楚攸寧帶著歸哥兒在一旁看戲。

「他們怕不是傻子，竟搶著花高價買一個人回去。有這些錢，能買多少大米？人買回去了，還得費糧食養著。」楚攸寧從風兒手裡拿過一包果脯，邊吃邊餵歸哥兒。

她剛才想的是，既然對方挑戰在先，就別怪她把人當戰利品帶走，才沒想過要花錢買呢。

歸哥兒靠著她的腿，看戲看得眼也不眨，果脯送到嘴邊就張嘴。跟公主嬸嬸出來果然很好玩，居然有搶人大戲可看。

程安和風兒心想，越國人要是知道他們拿來賣的女人，在他們公主眼中還比不上一斤糧，不知道會不會氣得昏過去。

嗯……在公主眼裡，他們是不是也是費糧的？

陳子善和裴延初就這樣把越國人撂一邊，當街叫起價來。越國人從沒被慶國人如此不放在眼裡過，臉色很陰沈。

「你們敢買我越國的女人當僕人？是想凌駕於宗主國之上了嗎？」腆著大肚子的男人冷笑著問。

原本還爭得起勁的兩人停了下來。

陳子善猶豫一下，想到他爹寵妾滅妻，這樣的家不亡，還留著幹麼？

裴延初則想到，這是沈無咎吩咐的，打死也得買。

「你們不是把她賣了嗎，我買又有何問題？難道越國有出爾反爾的習慣？」陳子善梗著脖子問。

裴延初接話。「就是，從一兩銀子賣到三十兩了，知足吧。」

男人看這兩人當真不怕死，陰惻惻地笑了笑，目光忽然看向旁邊的楚攸寧。

這女子長得極嬌俏，杏臉桃腮，纖纖玉指拿著果脯往櫻桃檀口裡送，有種勾人的憨媚。喲，她還朝他看過來了。比起周圍這些人憤怒屈辱的樣子，她吃得很愜意，一雙貓兒般的眼眸靈動透亮，怕不是個傻的。

楚攸寧發現越國人充滿惡意的目光落在身上，才賞臉看過去。這目光可不就跟看上了塊肉一樣嗎？不對，她看肉的目光可是很真誠熱切的，這個有點噁心。

正想做點什麼的時候，男人指著她說：「想買可以，用她來換。」

楚攸寧一愣，看戲看到自己身上了？

程安大驚。這下糟糕，兩邊還是對上了，他是要以下犯上把公主扛走比較好，還是勸越國人離開比較好？

風兒也急了，擠上前擋住她家美貌的公主，狠呸了聲。「癩蝦蟆想什麼天鵝肉呢，還不快收起你的狗眼！」

楚攸寧挑眉，沒想到這婢女是個小辣椒啊。

本來大家的心思都在只值一兩銀子的女子身上，這會兒全看向楚攸寧，發現她確實比地上的女子好看，貴氣不說，還更年輕貌美，正是介於青澀與成熟之間，有種別樣的風情。

雖然裴延初算起來也是楚攸寧的表哥，但兩人並不認識。一是楚攸寧從未出宮，二是他身為庶子的兒子，沒進過宮。沈無咎成親當日，他有去參加喜宴，但新郎官不在，沒能鬧洞房，也就沒機會見著楚攸寧長什麼樣了。

大家看著這麼個嬌軟乖巧的姑娘，只覺得造孽，有好心點的，悄悄讓楚攸寧快跑。

「公主嬸嬸，那個人是說要買妳嗎？」歸哥兒跟楚攸寧一路吃吃喝喝下來，膽子大了不少，抓著楚攸寧的手搖了搖。

稚嫩的一聲「公主嬸嬸」，讓在場所有人全怔住了。

楚攸寧伸手摸歸哥兒的小腦袋。「不是買，是換，但我的身價連一兩銀子都沒有。」

眾人無言。現在是在乎這個的時候嗎？

「原來妳是慶國的公主，那不用換了。慶國公主就是供我們越國人享用的，哈哈……」

囂張狂妄的聲音、猥瑣放肆的目光，讓慶國人攥拳憤怒不已，這是改變不了的屈辱。越國仗著強大的武器，肆意欺壓其他三國，其中慶國為最，雖有盟約在，但毀不毀約，還不是越國說了算。

「我猜猜，上一個嫁去越國和親的是大公主，是妳大姊吧？真是可惜了，嫁過去兩年就病死，本王還沒厭了她呢。不過，是妳的話，肯定能活更久。」

本王……這就是越國來挑公主去和親的王爺？

大家不由後退一步，得罪越國人和得罪越國王爺，還是有區別的。

楚攸寧從原主記憶裡找到大公主的相關印象，大公主比原主大五歲，是景徽帝的第一個孩子，也是他即位後第一個去越國和親的公主，據說還是越國豫王的第二任妻子。

就是這麼個腦滿腸肥、目光污濁的男人？時隔五年，也不知道他現在要娶的是第幾任妻子。越國讓他來挑公主，羞辱的意味實在太濃了。

既然是這個人來挑公主，那在原主前世裡，她嫁的豈不是這個男人？後來原主去越國投奔四公主，想跟四公主搶的也是他？

莫不是眼瞎了，才要搶這麼個男人？連喪屍都比他好看。

第二十二章

「只要公主跟本王回越國，本王定會好好疼公主。」豫王見楚攸寧盯著他瞧，便走過去，抬手要去摸她的臉。

就在大家以為這位嬌嬌軟軟的公主要被嚇哭的時候，就在那禮部郎中想上前打圓場的時候，就在裴延初認出歸哥兒是沈無咎姪子，想上前幫忙的時候，剛才狂言浪語的越國王爺突然整個人倒飛出去！

場面一度寂靜。

大家動作整齊劃一地望向他們的公主，剛剛抬腳的是她吧？他們都沒眼花吧？

「王爺！」其餘越國人回過神來，慌忙過去，想察看豫王的傷勢。

楚攸寧上前抓住他們的手，一扯一踹，大家就好像看到一個個人形蹴鞠，被踢到一起，疊成一堆。

等他們收回目光，只見楚攸寧已經一腳踩上越國王爺的胸口。「剛才你說要享用我？」

豫王從沒被人這樣踩在腳底下過，心中填滿屈辱，神情陰狠。「妳敢這麼對本王，不怕越國揮軍攻打慶國？」

「那不是遲早的事嗎？」她還知道那是慶國終於硬氣了一回，主動開戰，不過這硬氣的背後是因為一個美人。

「妳知道就好，要是現在好好向本王下跪求饒，還來得及。」豫王神情又變得倨傲。

楚攸寧望了望天。「今天這天氣，是挺適合作夢的。」說完，她收回腳，把人提起來扔到人堆上。

禮部郎中伸出手，阻止的話硬生生嚇回喉嚨裡。為何從來沒有人告訴他，攸寧公主如此凶猛。

眾人看了，暗暗高興，突然好解氣啊！原來他們有個力大無窮的公主，還敢把越國人揍回去，總算為慶國出了口氣。這一刻，嬌嬌小小的攸寧公主在他們心裡變得無比高大。

禮部郎中只覺得頭頂烏雲罩頂。禮部負責掌賓禮及接待外賓，昨夜越國人入京，他可是派人好生接待，孰料今日就來這麼一齣，還牽扯到攸寧公主了。

看到楚攸寧把人踹出去，雖然他也很解氣，但是解氣過後，該怎麼安撫越國人，還是他的事。

「公主嬸嬸好厲害！」歸哥兒手舞足蹈，兩眼發光。等他長大了，也要一腳一個，踢飛敵人。

程安已經放棄勸阻，只能護在歸哥兒身邊，保證歸哥兒不被人傷到。

楚攸寧伸手把地上的女人扯起來，對從人堆上狼狽滾下來的豫王說：「這是作為你挑戰我的戰利品。」

豫王氣壞了，神他娘的挑戰！

他被扔到人肉墊上，倒是沒傷著，就是恥辱，前所未有的恥辱！向來只有他們越國人羞辱慶國人的分，何時輪到慶國人騎到越國人頭上了？

被楚攸寧拉起來的女人，臉上的嫵媚風情瞬間褪了個一乾二淨。她崇拜地看著楚攸寧，彷彿有了希望般，被楚攸寧點亮眼裡的星光。

豫王似是想起什麼，陰險勾唇。「行，本王的美人就先放妳那裡。」既然楚攸寧是公主，他就把她要回越國慢慢折磨，連她都是他的，被她帶走的女人最後不也一樣回到他手裡。

「公主，將軍等著您回家吃飯呢！」程安忽然高聲說道，好叫越國王爺曉得，攸寧公主已經有丈夫了。

豫王臉色一沈，他當然知道，在他們到來的前幾日，慶國嫡公主下嫁鎮國將軍。本來就氣慶國敢如此戲弄他們，知道這個打他的人就是嫡公主，想要把她帶回越國的心更堅定了。嫁了又如何，還可以休，他就不信慶國皇帝敢拒絕。

「還早呢，去完戶部，還趕得及回家吃飯。」楚攸寧看看天，無法判斷出正確時辰，但太陽沒當頭，就表示沒到十二點，這個她還是知道的。

楚攸寧說著，把女人推給陳子善，這男人看著品性不錯。「你幫我把她送到將軍府。」

女人聽到「將軍府」二字，神色有些激動，是那個鎮國將軍府嗎？她真的這麼幸運？

等她回過神，把她當成戰利品的楚攸寧，已經牽著個小孩走了。

陳子善耳尖，聽說楚攸寧要去戶部，覺得有事要發生，錯過悔一生，於是將女人塞給隨從，讓他送去鎮國將軍府，自己提著袍子追上去。

裴延初也是大開眼界，原來攸寧公主長這樣，還力大無窮，沈無咎知道嗎？

沈無咎要是知道特地交代他買的女人被公主帶回將軍府，會怎麼樣？一個是正室，一個是打算安置的外室，沈無咎扛得住公主的力氣嗎？

事已至此，他只能說：兄弟，節哀。

戶部尚書聞錚看著坐在對面鎮定喝茶的鎮國將軍，心裡鬱悶。

沈無咎不好好在家養傷，跑來戶部喝什麼茶，談什麼人生？不對，是催什麼糧餉。他不能上戰場了，沈家軍還能在沈家手上多久，可不好說呢。

兩家因昨日退親一事鬧得不愉快，聞錚知道沈無咎的來意後，好生訴了一番窮，便晾著他不管了。可是，這麼大個人坐在那裡，也讓人靜不下心來做事。

沈無咎也是聽說楚攸寧提刀來了戶部，放心不下，才坐馬車過來。沒想到，到了戶部，什麼也沒發生，只好順便催催糧餉了。

「沈將軍，即便你在這裡等著，本官也沒辦法變出糧食給你啊。這些年，越國的歲貢年年加重，雁回關又戰爭不斷，慶國的收成再好，也禁不起耗。我已經請各地糧倉籌集糧草了，你且先回去等等。」

沈無咎放下茶盞，輕輕一笑。「聞大人，我勸你，在能善了的時候，還是善了比較好。不然……」

聞錚冷笑。「沈將軍，你這是威脅本官？本官拿不出糧餉，你能拔劍砍了本官不成？」

沈無咎搖搖頭。「我是說，不然，我也救不了戶部。」

「這話是何意？」聞錚心裡一沈，懷疑沈無咎抓住了他的把柄。

沒等沈無咎再開口，門卒匆匆跑進來。「大人，不好了！攸寧公主提著一把大刀，往倉廩府庫去了！」

沈無咎一怔，原來不是不來，而是來遲了。

聞錚驚得起身，對沈無咎橫眉怒目。「原來沈將軍話裡是這個意思。你以為尚了公主，就能無法無天不成?!」話裡話外無不是在說他靠女人。

沈無咎渾不在意。「聞大人，我勸過你了。」

「你且等著，本官定要好好參你一本！」聞錚撂下狠話，拂袖而去。

沈無咎也讓人抬他過去。輪椅在屋外推動，會有些顛簸，如今他的傷勢不能大動，只能抬著走了。

楚攸寧一下馬車，就拖著刀抓了個人，問戶部倉庫在哪裡？

那人得知她是公主，又提著刀，不敢反抗，指了方向。楚攸寧就拖著刀，一路趕過去。抓賊拿贓，討債最簡單直接的方法，就是讓對方無話可說。戶部有沒有糧，有沒有錢，她自己去看。

緊跟在楚攸寧身後的，是打開了新世界大門的歸哥兒，見楚攸寧拿武器下車，也握著他那把斷了的木劍，挺著胸脯，雄赳赳，氣昂昂。

程安停好馬車，趕緊和風兒跟上去。

陳子善想看熱鬧，又不敢蹭楚攸寧的車，最後扔了錠銀子，搶了一個路人的馬，騎著趕上來。他剛到，就看見攸寧公主從馬車裡拿出一把大長刀，拖著往戶部走，那畫面叫人熱血沸騰，趕緊趁亂跟上隊伍，假裝是和公主一起的。

楚攸寧拖著大長刀，一路走到倉庫前，風吹衣袂，秀髮輕揚，如果不是那把刀，倒像是來閒逛的。她所經之處，引出不少戶部文官圍觀。

戶部的倉廩府庫建在六部官署裡，圍牆高築，有專人守衛。

看到楚攸寧提著武器闖進來，守衛們一個個拔出佩刀，嚴陣以待。聽說這是攸寧公主，頓時有點懵，紛紛對視。

是公主，那要不要打？打壞了算誰的？

「我就想參觀參觀，你們讓開。」楚攸寧站在他們面前，好心商量。

「這是國之重地，閒雜人等不得入內，還請公主見諒。」其中一個守衛拱手道。

楚攸寧點點頭。「我明白你們也是職責所在，放心，不會讓你們為難。」

守衛們聽了，皆鬆一口氣，只是沒等這口氣鬆完，楚攸寧就拿刀揮過來了。長長的刀背敲在他們手上，手受不住痛，佩刀很快叮叮噹噹落了一地。也不知那麼嬌小的人，怎能把那麼長一把刀舞得輕飄飄的，敲完他們的手，又敲他們的腦袋，害他們頭昏眼花，眼冒金星，最後天旋地轉。

一刻鐘前才在街上發生的一幕，再次上演，守衛們被楚攸寧扯住胳膊，扔成一堆。

「哇！公主嬸嬸好厲害！左一個，右一個……」

被風兒拘在安全地帶的歸哥兒手舞足蹈，一雙小手也跟著學左一個、右一個扔人。等他長大了，也要像公主嬸嬸這麼厲害，就可以上戰場把敵軍扔進坑裡。

混在後頭跟進來的陳子善也看直了眼，慶幸他跟來了，恨不能像楚攸寧這樣，左一個、右一個把看不順眼的人扔著玩，尤其是他爹和那個毒婦。

沈無咎趕到時，看到的就是這一幕，難以掩飾的震驚出現在臉上。

那些人在楚攸寧手裡，就像被扔著玩似的，這力氣是有多大？而且，摔出去的人會受什麼程度的傷，好像能由她控制。

早一步趕到的聞錚，親眼看見楚攸寧拿著刀，在那麼多守衛之間游刃有餘，不由渾身發抖，又氣又怕。昨日他兒子帶著傷回來，就是被楚攸寧扔的，要是他這把老骨頭被她這麼一扔，豈不是要散架。

剩下的守衛聞聲趕來，看到被堆成小山的同伴，相視一眼，職責所在，不上也得上。

被派來守國庫的人，身手自然不會差，起初他們還留一手，深怕傷著楚攸寧，吃不了兜著走，直到跟她交手才知道，哪裡容得他們手下留情，再不使出全力，便要像之前那幫人一樣，被她扔成一堆了。

沈無咎看楚攸寧手拿偃月刀，在那些守衛的包圍中游刃有餘，偃月刀較重，所以斬、劈的威力非同小可。但是在她手裡，刀彷彿自有意識，想不傷人就不會傷人，可見她的力氣已能掌控到什麼地步。

他還感受得到，她動手時，眼中一片冰冷，彷彿對手就是死人，身上還隱隱散發出一股煞氣，比他這個在戰場上殺敵上萬的人還要重。

最可怕的是，有好幾次，她都差點朝那些人的腦袋劈下去，隨即臉上閃過一絲懊惱，改把人敲昏。饒是他一個殺敵無數的將軍，都看得頭皮發麻。

此時此刻，楚攸寧彷彿變了個人，像是長年浴血奮戰的人，好似還習慣劈人腦袋。

這一刻，沈無咎幾乎可以肯定，這個公主和夢裡的不是同一個。

難不成當年皇后生的是雙胞胎？她是被暗處秘密培養的？因為從未出來見過這個世界，所以對一切都好奇和陌生。

若真是如此，真正的公主呢？當日嫁進將軍府的，是楚攸寧吧？

沒一會兒，十幾個守衛全被楚攸寧扔過去跟同伴作伴了。一堆疊得高高的人，不知道的，還以為是屍堆呢。

楚攸寧看著手裡的刀，有些懊惱。以前殺喪屍時，專劈腦袋，剛才差點把這些守衛的腦袋劈了。

她的精神力異能雖然覺醒得早，但前期的精神系比起其他異能，有些雞肋，初期只能達到探路作用，玩玩隔空移物，擾亂別人的心神，控制其他人的精神什麼的。

不過，末世的人類本來就少，又身懷異能，也不容易控制。喪屍不是同類，更難控制，所以殺喪屍時，她是靠一身力氣，一步步走過來的。殺人如切瓜，大概說的就是她，不對，是殺喪屍如切瓜。

剛才要不是她還記得這是個沒有喪屍的世界，和她對戰的是活生生的人，可能真會來個殺人如切瓜。

聞錚只覺兩股顫顫，攸寧公主居然是殺神！

見楚攸寧收刀看過來，他還是扯著嗓子喊：「公主，您這是要做什麼？臣已經讓人去請示陛下，您高抬貴手吧！」

楚攸寧沒看他，而是看到了沈無咎，皺眉走過去。「你怎麼來了？」

沈無咎見她第一眼就看到他，面上不由帶出笑，沒說他是因為怕她鬧得太大兜不住才趕來的，只說：「我來問問聞大人，何時要發拖欠的糧餉？」

「沒要到吧？」楚攸寧有些得意。就他這無法動彈，連說話都不能太大聲的樣子，怎麼跟人要糧，所以和她交易不虧。

確定不是同一個人，沈無咎面對楚攸寧也放鬆了許多，笑著搖頭。「聞大人說國庫空虛，糧食吃緊。」

聞錚只覺得沈無咎是在火上澆油，懷疑這兩人是提前說好的，先禮後兵。

楚攸寧掃了聞錚一眼，揮揮手裡的刀。「太溫柔叫不醒裝死的人。有沒有錢，有沒有糧，進去看看就知道了。」

聞錚渾身冰涼，攸寧公主是在威脅他吧？

沈無咎瞥向被嚇到的聞錚，以往給他面子，是因為和鎮國將軍府有親。如今能多不客氣，就多不客氣吧。

母親還想藉這樁親事，讓戶部給糧餉能痛快些，殊不知正是結了這門親後，戶部更加變本加厲。

「公主說得有理，以往是沒人注意，往後想裝也裝不了。」

聞錚暗怒，被公主威脅也就算了，沈無咎一個小輩，算什麼東西！

第二十三章

歸哥兒在楚攸寧打完停下來的時候，便掙開風兒的手，跑到人堆那邊。

「母親說，戰後要清掃戰場。」他用小木劍往那些人身上戳戳戳，小包子臉很認真。

堆疊在一起的守衛們無言，他們是不是得裝死？算了，反正也打不過，鎮國將軍在，公主要真有不軌之心，也不會大白天帶小孩來。公主把他們扔成一堆，沒真正傷了他們，大概也是這個意思，被揍昏就不算失職了。

小孩子的手勁不大，拿的又是斷掉的小木劍，戳在人身上倒是不會痛，就是偶爾戳到癢癢處，會忍不住動了。

「喂！你已經死了，別動！」歸哥兒小手往那人身上一拍，又拿小斷劍補了一劍。「好了，你安心死吧。」

其他人聽了，拚命憋住笑，人堆顫動。

沈無咎聽到歸哥兒中氣十足的聲音，看過去，不禁嘴角抽搐。

歸哥兒好動，單從他四歲就口口聲聲說不愛跟兩個姊姊一塊兒玩便知曉。沈家男兒尚武是應該，但他沒想到，歸哥兒才跟公主玩半日，整個人的行事都有些歪了。

「歸哥兒。」沈無咎喊。

歸哥兒應了聲，趕緊跑到沈無咎面前。「四叔。」

「嗯。你在做什麼？」沈無咎摸摸他的頭。

「打掃戰場。母親說過，每次戰後，父親都會親自留下來，陪底下的兵打掃戰場。」歸哥兒認真回答。

沈無咎沒想到他二嫂連這個都教。二嫂在邊關長大，有著京中女子沒有的豪爽，常常在戰後偷跑到戰場偷看。據說，她是在戰場上裝成死兵，被二哥發現撿回來，兩人才相識的。

沈家下一代的男丁只剩歸哥兒一個，他以為嫂嫂們不會想讓歸哥兒上戰場。

他對歸哥兒點頭。「你做得很好。」

楚攸寧卻是搖頭。「打掃戰場，包括搜刮一切可用的東西，你應該搜他們的身，掏光他們的東西。若是有需要，衣服也可以扒下來。」

沈無咎哭笑不得。她這是想帶歪他姪子？

守衛們更無言，那可以先起來把錢袋藏好，再重新躺下嗎？

歸哥兒眼睛大亮，轉身就要照辦。

「歸哥兒，要先分敵方還是己方。若是己方，要給他們最後的尊重。」沈無咎拉住他。

「公主嬸嬸，是這樣嗎？」歸哥兒問楚攸寧，他要聽公主嬸嬸的。

沈無咎好笑地看著楚攸寧，楚攸寧有些心虛。末世越到後期，資源越少，沒異能的人為了收集金屬換吃的，就去扒喪屍的皮帶釦，或者扒喪屍身上的衣服，沒管那麼多的。

「沒錯。」楚攸寧鄭重點頭，又對歸哥兒伸出手。「我要進去看糧，你要不要去？」

沈無咎發現了，她越是心虛，越會把小臉板得正正的，好像這樣做，看起來比較可信。

「公主嬸嬸，我要去。」歸哥兒生怕被落下，小跑過去抓住楚攸寧的手，完全把他四叔拋諸腦後。

「你身上有傷，不好進去，在外面等著收糧吧。」楚攸寧對沈無咎說了句，帶著刀，牽著歸哥兒走向府庫。

按照沈無咎的想法，小孩是不該過早接觸這些的，想起剛才來時，全場就歸哥兒叫得最歡，不禁瞪向程安，怪他沒看好小孩，這是小孩該來的地方嗎？

程安委屈，他阻止不了啊。要是歸哥兒一哭，公主就瞪人了，他也怕被公主扔。

「公主，未經允許，您不能進去，私自進入等於搶匪。」聞錚還想努力一下，叫得聲音都破了，恨不能楚攸寧跟沈無咎多聊一會兒，等景徽帝的旨意到來。

「所以，你要給糧餉了嗎？」楚攸寧回頭問他。

聞錚啞然。給糧餉？怎麼可能！

「不給，我自己搬。」楚攸寧齜牙一笑，招呼程安。「跟上，搬糧。」

程安看向自家主子，沈無咎說：「還不跟上去保護公主。」

程安咧嘴一笑，應得響亮，大步往裡面走。

聞錚氣得顫抖，指著沈無咎。「你以為你能全身而退？」

沈無咎哂笑。「反正我也上不了戰場，唯一還能替沈家軍做的事，就是幫他們要糧餉。日後還請聞大人多多指教。」

聞錚差點背過氣去，不知把沈無咎弄回京城是不是好事了。

六部官署蓋在同一塊地上，聽聞沈無咎和楚攸寧上門討要糧餉，公主還把守衛扔著玩，大家都驚呆了。消息靈通的可是知道，大婚前夕，公主為了不嫁鎮國將軍鬧上吊，怎麼新婚才幾日，兩人就一條心了？

聞錚眼看楚攸寧帶人進了倉廩府庫，想進去又怕被她扔出來，那時才是丟人。

沈無咎行動不方便，沒進去添亂，老神在在地坐在輪椅上。

「你不勸勸公主？」後面跟過來看熱鬧的裴延初走到沈無咎身邊。

「勸不動。」沈無咎閉上眼曬太陽，陽光照得他的臉生出了一絲紅潤。

我怎麼覺得是你不想勸？裴延初瞥了盯著府庫看好戲的陳子善一眼。「陳子善也在。」

沈無咎睜開眼看去，肉墩墩的陳子善和夢裡的不大一樣。夢裡的他清瘦不少，好似待那女人還不錯，不然也不會在人人自危的情況下，還陪著那女人替沈家人收屍。

從夢裡的對話中聽出，女人是陳子善買來的，那時陳家也沒落了，只剩他一個，成了平民，妻妾散盡，因此亡國的時候才逃過一劫。

裴延初勾起一抹興味的笑，低聲道：「你要我跟他搶的女人，被公主搶回將軍府了。」

沈無咎愕然。「怎麼回事？」

楚攸寧遲來，是因為碰上了他要買的人？她是真的知道後情吧，不然怎會這般巧合？

沈無咎生平第一次被一個人擾得心神不安，顛來倒去，反覆折騰，拿不定主意。

「你知道是跟誰買的嗎？越國人。你更不知道的是，公主將越國的豫王踹飛了，因為豫王說要拿公主換那個女人。」

裴延初想起方才在街上的情景就解氣，好笑地看沈無咎，想知道他聽了會有什麼表情。

沈無咎能有什麼表情，昨日楚攸寧把聞二公子扔得老遠，又踹飛禁軍統領，頂得景徽帝連罵都不知怎麼罵，這會兒還提刀殺上戶部。此刻聽說她修理越國王爺，一點也不意外了。

「公主把你的外室帶回將軍府，你打算怎麼做？在她眼皮子底下暗度陳倉？」裴延初很想看戲。

沈無咎肅起臉。「什麼外室，不過是那人於沈家有恩，不忍她被人買去受人折磨，便讓你出面幫忙買下罷了。不然我剛跟公主完婚，這會兒買個女人算什麼事。」

「原來是我想差了。甚好，不用擔心你被公主揍了。」裴延初打開扇子，掩面竊笑。

沈無咎氣結。當年他怎麼會以為裴延初和他是同一類人，他可不會這樣看好友的笑話。

這會兒，楚攸寧已經在倉廩裡轉了一圈。貯存糧食的倉窖挖得很深，每個倉裡有兩層，分圓形和方形，室內鋪磚加木板，倉門上還留有氣孔，以便防潮。

慶國各地建有糧倉，京中就有十個負責京師儲糧的重任，而戶部這裡的糧倉，負責貯存皇糧、俸米。而銀庫便是國庫，朝廷所鑄出制錢，金銀珠寶等都收於銀庫，由戶部掌管。

楚攸寧一進來，就被倉裡滿滿的糧食驚呆了，米、麥、豆、地瓜、馬鈴薯等等，但凡這個世界能有的糧食，幾乎都有，讓末世人士看了，想在上面打滾。

再來是銀庫，一箱箱白花花的銀子、亮燦燦的黃金、富可敵國的奇珍異寶，令程安大開眼界，萬萬沒想到，有生之年竟能看到這麼多金銀，連歸哥兒都看直了眼，小嘴張得老大。

反觀楚攸寧，面對這些金銀珠寶，還沒看到糧倉時那麼激動。

「公主，搬嗎？」程安嚥嚥口水。

「搬！先搬糧！」楚攸寧說著，又往糧倉裡鑽，金銀珠寶沒有糧食可愛。

聞錚沒想到楚攸寧真敢把糧食搬出來，看到她一手提一袋糧食，將近百斤的麻袋在她手裡輕如無物，整個人都要不好了。

還是沈無咎好心，提醒一句。「聞大人趕緊派人拿帳冊來結算才是正經，不然……」

不用沈無咎說，聞錚也知道後面那句是什麼意思，要是不對帳冊結算所欠沈家軍的糧餉，楚攸寧極可能會把糧倉搬空。

「公主，這不能搬啊！這是負責宮裡的儲糧，您搬完了，讓陛下吃什麼？」聞錚再怕也只得上前，心裡急得像熱鍋上的螞蟻，景徽帝怎麼還沒派人過來？

楚攸寧看他。「裡面糧食那麼多，足夠吃好幾年。到時發霉了，你要讓我父皇吃嗎？」

「臣不是這個意思，這裡面除了負責皇城的糧食外，還有發給朝廷官員的俸米。公主若只是為糧餉，臣可以從各地糧倉調來，到時送往邊關也方便。」

「我看起來很傻？放著現成的糧食不要，等你不知道哪年哪月才調來的。」聞錚見說不動楚攸寧，只能瞧向沈無咎。「沈將軍，這麼多糧食，你打算從京城運送到邊關？不如……」

「戶部對沈家軍說的空話太多，沈某已不敢信。」沈無咎攤手。

楚攸寧是為沈家軍討糧餉，他是傻了才會扯她後腿。運送不到邊關，便如數賣了，再到離邊關近的城池買糧。只要不是荒年，有錢很容易就能買到糧食。

最後，聞錚生怕等到景徽帝派人來時，糧食都被搬空，到時宮裡沒糧吃，還不得治他的罪，趕緊派人去拿帳冊，拿秤糧食的斗，一邊對帳、一邊等聖旨。

「公主，我來幫妳。」陳子善終於耐不住了，摩拳擦掌，跑過去要求幫忙。

楚攸寧扔下兩袋糧食，看向陳子善。「我懷疑你饞我的糧。」

「不不不，我是饞公主！啊，不是，我是饞公主的身手，見識過後，我對公主的敬仰如滔滔江水，連綿不絕。」陳子善見過楚攸寧大發神威，崇拜得不行，感覺找到人生方向。

明明都快比楚攸寧大上一輪了，還能那般諂媚討好，沈無咎看得臉色黑沈。

送上門的苦力不要白不要，楚攸寧點頭。「行，你進去搬吧，一次不要搬太多。」

陳子善腳下一個趔趄。一次不要搬太多？公主太高估他，他能搬一袋就好了。

楚攸寧又看向沈無咎，還有他身邊的裴延初，這不是之前跟陳子善搶女人的男人嗎？

裴延初突然被她的目光關照，挨著輪椅的身子不由挺直。「公主，在下裴延初……」

「你好像很閒？不如也進來幫忙吧。」楚攸寧說。

很快地，一袋袋、一筐筐的糧食被搬出來，聞錚見秤得還不及搬得快，連聲催促。

沈無咎聞言，鎮定從容地從懷裡拿出朝廷所欠的糧餉帳冊和聞錚對帳。

聞錚暗罵他是隻狐狸，連帳冊都帶來了。

另一邊，越國的豫王求見，告了楚攸寧一狀，景徽帝正在安撫他呢，就聽到戶部侍郎派人來說，楚攸寧提刀去搶戶部了。

景徽帝氣壞了，還能不能消停了？越國豫王來說他閨女一腳把他踹飛，現在又來人說他閨女提刀去搶戶部？這麼厲害，怎麼不說他閨女造反呢？

他是不相信他閨女有那麼厲害，看著豫王高高在上，半點也沒將他這個皇帝放在眼裡的樣子，倒真希望豫王被他閨女狠踹，反正鍋都扣到他身上了。

最後，景徽帝只能送美人安撫豫王，並承諾晚上設宴款待，又送了不少東西當賠禮，才憋屈地把人打發走。

「昨日朕才讓攸寧待在將軍府裡，結果呢！還撞上了越國人，她是要氣死朕！」景徽帝憋屈的氣沒處撒，全用來罵不省事的閨女了。

劉正知道景徽帝正在氣頭上，再提戶部的事肯定更氣，但想到戶部侍郎火燒屁股的樣子，不得不提。

「陛下，那攸寧公主提刀搶戶部之事……」

「搶什麼搶！整個天下都是朕的，朕的閨女要點糧怎麼了！敢說搶，朕看他們不想要腦袋了！」景徽帝拿起手邊的茶盞砸到地上，碎了一地。會不會說話，堂堂公主用得著搶糧？

「陛下息怒，戶部的人就是糊塗。公主那麼嬌小柔弱，怎麼可能提得起刀。」劉正躬身，順著景徽帝的毛捋。

景徽帝砸完茶盞，氣消了不少，神色有些怪異。「劉正，你說，這該不會是真的吧？」

「陛下指的是何事？」

「豫王和他帶來的人，臉上確實有傷，走路也不太穩當，可見是傷著了。真是攸寧幹的？」景徽帝將信將疑。

劉正點頭。「奴才覺得他們沒必要訛人，畢竟被我國公主打了，並不是光彩的事。」

景徽帝立即拊掌。「攸寧幹得不錯！」

劉正暗暗抽了嘴角。方才還因為公主惹事而大怒呢，這會兒又稱讚起來了。

「這事若是真的……」景徽帝忽然想起前禁軍統領被楚攸寧一腳踹飛的事，看來真是冤枉人了。不過那人陽奉陰違是真的，革職已經算便宜他了。

「不過，攸寧何時有這麼大的力氣了？劉正，你可曾聽皇后宮裡傳出過消息？」景徽帝沒忽略最關鍵的事。

「回陛下，奴才未曾聽說，想來是皇后娘娘想方設法捂著。畢竟一個姑娘家力氣太大，傳出去不好聽。」

景徽帝點點頭，拍著龍椅扶手嘆息。「你說得有道理，當真是辛苦皇后了，要捂得這麼嚴實，可不容易。」

劉正想起楚攸寧放飛本性後發生的事。「想來連公主的性子也是被壓著的。」

「你說得沒錯，過去攸寧刁蠻歸刁蠻，還是收斂著性子。如今一嫁出去，完全沒了顧慮，朕突然覺得有點對不起沈家。」

之前您還想讓公主養面首呢！

「陛下，既然是真的，那戶部的事……」劉正彎腰請示。

景徽帝已經頭疼了。「讓戶部侍郎進來，跟朕說說是怎麼回事。」

第二十四章

戶部侍郎一進殿，就差點哭出來了，慷慨激昂地說了攸寧公主如何無法無天闖入倉廩府庫，將守衛打得倒地不起的事。

他說了一大串，總之就是攸寧公主目無法紀，連國庫都敢闖，再不嚴懲得上天。

景徽帝聽完，眉毛倒豎。「攸寧公主不會閒著沒事闖國庫玩。」

戶部侍郎語塞，猶豫了下才道：「公主是為了沈家軍糧餉一事。今兒戶部點卯沒多久，沈將軍就上門來催糧餉了。」

「糧餉怎麼了？」景徽帝腦海裡依稀記得戶部曾跟他提過糧餉的事。

要是楚攸寧在這裡，肯定又會嘲諷他，連邊關將士的糧餉都不過問，可見有多昏。

戶部侍郎心裡覺得好像開了個不好的頭，揀著一些能說的說了。「陛下，沈家軍連年打仗，糧草損耗龐大，邊關屯田已經供應不及。戶部早已上奏摺，說要從其他地方的糧倉運送過去，只是未料到，沈將軍如此等不及。」

景徽帝雖然沒親征過，但還是知道兵馬未動，糧草先行的理，連糧草都沒有，讓兵馬拿什麼力氣去打仗？沈無咎身為將軍要是不急，他這個皇帝才得急。

「沒有糧草，你讓人用什麼去打仗？戶部掌管天下糧倉，沒糧就想法子變出來，不然朕要你們何用！

「你們真有本事，逼得新婚公主提刀上門為夫家要糧！攸寧公主是多乖巧恭順的孩子，若不是被逼急了，哪裡會這樣！」

戶部侍郎剛見識過楚攸寧一手扔一人的畫面，怕不是景徽帝誤會了？那像是乖巧恭順的樣子嗎？

景徽帝痛快噴了一通，忽然思索起來，半晌後，龍顏大怒。

「太放肆了！國庫豈是她能隨便進入的地方，還敢硬闖，簡直無法無天！劉正，去傳朕口諭，攸寧公主目無法紀，私闖戶部，禁足半年，沒有朕的允許，不准踏出將軍府半步。」

戶部侍郎已做好景徽帝偏袒攸寧公主的準備，突然峰迴路轉，龍顏大怒，竟要罰她！不是他大逆不道，他總覺得景徽帝有病。

不過，聽到楚攸寧被罰，雖然只是禁足，他心裡總算有那麼一絲絲安慰。

身為最了解景徽帝的人，劉正知道，這名為禁足，實則保護。公主這事鬧得太是時候了，將她禁足，看豫王還如何找她麻煩。

劉正帶著口諭到戶部時，楚攸寧已經搬完糧，正在搬銀子。

他看著跟在她身後幫著拖麻袋的小公子歸哥兒，嘴角忍不住抽了抽。

聞錚見到劉正來了，頓時鬆了口氣。就算結算完又如何，只要景徽帝發話，這些糧食和銀子，楚攸寧就帶不走。

楚攸寧也瞧見劉正了，拿起放在糧堆上的刀，一下一下戳著地面，大有敢阻止她，就將刀戳在他身上的架勢。

這時，陳子善冷靜下來，發現自己腦子發熱，竟跟攸寧公主搶戶部。萬一景徽帝怪罪下來，公主沒事，他可能會腦袋搬家。

不過，管他呢，他都敢得罪越國人了，要的不就是讓他爹被景徽帝怪罪嗎？好歹他還跟攸寧公主幹了番大事。

「劉公公。」沈無咎對劉正抱拳。

劉正看他一眼。「沈將軍，陛下不希望有個守寡的公主，讓您悠著點。」

聞錚聽了，暗自激動。景徽帝的言下之意，就是怪沈無咎慫恿楚攸寧上門搶糧。對！就是沈無咎！

沈無咎頷首。「邊關將士還等著糧草救命，沈某不敢歇。」

劉正自然知道這些年景徽帝不管政事，沈無咎上的奏摺極有可能被內閣壓下，這會兒怕是心虛著呢。

「父皇讓你來幫我搬糧？不是的話可以走了，今日這糧我是搬定了。」楚攸寧說。

劉正看了眼她腳下被刀尖戳出來的坑，清清嗓子，高聲傳景徽帝的口諭。

「傳聖上口諭，攸寧公主仗著公主身分強闖戶部，目無法紀，責令禁足於將軍府半年自省，沒有朕的允許，不得踏出將軍府半步！」

聞錚傻了，這口諭居然不是阻止楚攸寧胡作非為，只是禁足？

「那糧餉……」聞錚帶著不好的預感問劉正。

「陛下說了，兵馬未動，糧草先行。糧餉是重中之重，不能寒了邊關將士們的心。」劉正說得正義凜然。

楚攸寧詫異。「這是我父皇會說的話？」

「公主，陛下是明君。」劉正必須維護自家陛下的聲譽。

楚攸寧嗤笑。「這話你信？」

劉正低下頭，理智告訴他不能回答，不然不知楚攸寧還會說出什麼大逆不道的話來。

陳子善還以為腦袋要搬家了，沒想到陛下只是罰攸寧公主禁足。他果然慧眼識珠，攸寧公主竟是這般受寵。

對於禁足，楚攸寧不在乎，不能踏出府門半步，又沒說不能從其他地方出去。

劉正見楚攸寧沒話說了，又轉身對聞錚道：「聞大人，陛下讓戶部準備好一應帳冊，要親自查閱。」

聞錚心裡一涼，景徽帝是心血來潮，還是疑上戶部了？連忙躬身。「臣領旨。」

劉正要離開的時候，低聲問楚攸寧。「公主，您在街上打了越國的豫王，陛下要您給個交代。」

「我什麼時候打豫王了？打的明明是在街頭調戲我的猥瑣男子。」楚攸寧歪頭，理直氣壯地裝傻充愣。

沈無咎本來還擔心楚攸寧會直接承認，沒想到她裝傻。楚攸寧原就長得一副欺騙人的乖巧模樣，裝傻充愣還真容易叫人信了去。

劉正心裡一亮。對啊！公主打的是膽敢輕薄她的惡男，誰知道那是越國王爺。公主太聰明了！

「公主高明，奴才這就回宮如實告訴陛下。」劉正對楚攸寧豎起大拇指，一臉輕鬆地回宮覆命了。

楚攸寧挑眉，人生在世，該耍賴的時候就得耍賴。反正她就是不認，有本事來打她呀！

戶部欠沈家軍的糧餉，算下來差點搬空整個糧倉。

饒是如此，有了景徽帝的准許，戶部尚書只能含淚給糧，但實在太多，便同沈無咎商議，用銀錢抵。

內閣聽到消息，議論紛紛，都覺得景徽帝糊塗了，國庫是能隨便動的？攸寧公主這般肆無忌憚，也只是罰她禁足，要是往後再仗著一身力氣做出更過分的事呢？

「陛下可是要開始勤政了？」

聽其他閣老問，秦閣老捋著鬍鬚沒說話，景徽帝插手的幾件政事，都是跟攸寧公主有關。之前因為攸寧公主折了個親外孫，他還能說是巧合，如今攸寧公主又插手糧餉一事，讓景徽帝不得不關注，讓他心生警惕。

「我懷疑是沈無咎在背後出謀劃策，由公主出面鬧，引起陛下注意，好讓陛下做主。」

「有可能，沈無咎一回來就害得忠順伯降爵，失了一子，還告了兵部一狀。如今鬧到戶部，下一個會不會是內閣？」

景徽帝不愛管政務，國家大事都由內閣商議處理。他們早就習慣了當家做主，要是突然什麼都得請示，反而不樂意了。

「從沒聽說過攸寧公主力大無窮，皇后臨終前求陛下將公主嫁給沈無咎，莫不是在打算著，要讓沈家軍成為四皇子的助力？」

「可惜皇后千算萬算，沒算到沈無咎在戰場上傷了身子，今後再無法統領沈家軍。」

「四皇子還是個奶娃娃呢，不足為慮。」

內閣以秦閣老為首，秦閣老的閨女嫁給當初還是英國公的忠順伯，老忠順伯放棄親閨女，改支持外甥女昭貴妃，秦閣老等於上了同一艘船。

其實，於他們而言，若都像景徽帝這般不理朝政，誰當皇帝都無所謂。

糧食全搬上車後，裴延初連向沈無咎告辭都忘了，扶著腰慌忙逃離。

攸寧公主太可怕了，居然捨得讓他一個翩翩公子扛糧食。

話說，他為何乖乖聽話去搬糧？攸寧公主開口的時候，找藉口逃走不好嗎？真想拍死當時那個愚蠢的自己。

陳子善也過來告辭。「公主，我先回去了。下次再有這樣的事，記得派人跟我說。」沒跟楚攸寧文謅謅。見識過楚攸寧的威武後，他覺得她更喜歡直來直往。

沈無咎臉一黑，看陳子善像看拐帶別人家閨女幹壞事的人。

「陳公子，這樣的事，你還想有下次？」

陳子善對上沈無咎威嚴的臉色，頭皮一涼，連忙陪笑。沈無咎囂張成沈將軍了，氣勢更可怕。當年他可是崇拜得很啊，同是紈袴，他想跟著沈無咎，卻被嫌棄年紀太大。

「是我說錯了。日後公主有需要我效勞的地方儘管說，我一定萬死不辭！」他一拍胸膛，身上的肉都跟著顫。

楚攸寧心想，末世很少有胖子，除非是天生體胖，瞧著挺養眼的，性格也不錯，或許可以收男隊友。霸王花隊隊員都是女性，又因為隊名，沒有男人願意加入。

「行，你這個隊友，我收下了。」

「多謝公主！日後我一定會好好為公主效勞。」別管這個隊友是什麼意思，攸寧公主願意帶他玩就行了。

陳子善有些得意地看沈無咎。當年沒讓他加入，今日他就被他媳婦收下了，沒想到吧。

沈無咎再次黑了臉。他是不是不該念夢裡恩情，宰了陳子善？

陳子善拍拍衣裳要走，沈無咎忽然開口。「陳公子，凡事三思而行。」

裴延初說，陳子善買的女人，是越國人推出來賣的。夢裡沒有裴延初和楚攸寧插一腳，讓他順利買到。在大家怕越國人而不敢買時，他反而要買，目的很簡單，就是想要陳家亡。

陳子善的出身與京中公子不同，他父親是寒門出身，上京趕考被榜下捉婿，謊稱妻亡無子，娶了官家千金。

有岳家幫忙，陳子善的父親不到十年，便坐到正三品通政使的位置。這時，陳子善的娘帶著他上京找爹，也不知道他爹怎麼跟他娘說的，最後竟甘心為妾，要求是將陳子善記在正妻名下。事情的結果，自然是甘心做妾的元配沒兩年就死在後院裡了。

陳子善娶妻八載，沒生出一兒半女。陳夫人要他休妻，他妻子倒是厲害，收通房、納妾室，讓陳子善儘管睡，睡出孩子就認七出之罪。結果他真沒睡出來，成了京城一大笑話。

此後，陳子善行事越發墮落，前世陳家最後只剩他一人，未嘗不與他想報復陳家有關。

既然那女人是真的存在，也不用等鬼山那邊的消息才能證實夢境真假了。所以，沈無咎想提醒陳子善一句，最好的報復，並不是家破人亡。

陳子善卻以為，沈無咎指的是剛才讓攸寧公主帶他搞事，笑著應聲。「是是是，以後我說話，保證經過腦子。」

沈無咎就知道他沒往心裡去。也罷，他沒買回那個女人，陳家應該不會出事了。

一車車糧食繞著六部官署送出去，此時正值六部用午膳的時候，不少人出來圍觀。

在六部當差的幾個皇子看著一車車糧食從眼前經過，隊伍壯觀，不由得羨慕。是不是越會鬧越受寵？之前楚攸寧連見景徽帝一面都難，他們要不要也放飛一下自我？不過，那是不可能的，拉攏倒是可以。

大皇子抱著這樣的心思，朝楚攸寧走去。和他心思相同的還有二皇子，而三皇子打小就是二皇子的擁護者，二皇子在哪兒，他就在哪兒。

楚攸寧剛出戶部，正打算放棄馬車坐到糧車上，原主的三個哥哥突然冒出來了。

昨天楚攸寧在金鑾殿上，真沒注意到大皇子，看著這幾個人，懷疑他們想要她的糧。翻了翻原主記憶，想起他們是誰。

大皇子比她大四歲，年居弱冠，是昭貴妃生的。原主覺得大皇子的待遇超過她這個嫡公主了，每次遇到他，便鼻子不是鼻子，臉不是臉，自覺比大皇子高貴。但大皇子每次都一副包容的樣子，反而襯得原主更加不可理喻。

二皇子是鄭妃所出，年十八，溫文爾雅，和大皇子比起來算是平庸，和三皇子交好。

三皇子為安嬪所出，年十七，愛上竄下跳支持二皇子，努力給大皇子添堵。

安嬪並無背景，鄭妃出自雲州鄭氏，也是將門世家，負責鎮守與晏國交界處的潼山關。而昭貴妃在進宮前，只是個沒了雙親居住在英國公府的表姑娘。

鄭妃出身高於昭貴妃，可誰叫昭貴妃得景徽帝寵愛，又有曾是英國公府的忠順伯府支持。如今的忠順伯娶了秦閣老的女兒，等於將秦閣老拉上船，昭貴妃可不就穩穩壓住鄭妃。

大皇子走到兩人面前，看看被人抬著的沈無咎，非常禮賢下士地頷首。「沈將軍。」

沈無咎拱手行禮。「見過大殿下，請恕末將行動不便。」

「無妨，沈將軍這傷是為鎮守邊關，本宮欽佩。沈將軍可要好好養傷，好早日重返戰場。」大皇子表現得好像昨日跟忠順伯與秦閣老想逼死沈無咎的人不是他一樣。

「大皇兄，太醫都說了，沈將軍再也不能上戰場，你這不是在人家傷口上撒鹽？」三皇子嗆呼。

「三皇弟，不得無禮。」二皇子喝斥了聲，對沈無咎拱手。「三皇弟向來說話欠缺考慮，還請沈將軍莫要放在心上。」

「不敢。」沈無咎不卑不亢。

夢裡這三個皇子被景徽帝安排逃離，卻被抓回來，被越國人用馬拖著戲弄，大皇子像狗似的求饒，二皇子不堪受辱，拔劍自刎。三皇子依賴二皇子，見他死了，滾到馬蹄下，被活活踩死。

這一世，不知道三位皇子會是什麼結局？

楚攸寧聽他們說話，眼珠子轉了轉。這麼說來，所有人都知道沈無咎的傷不能上戰場了？似乎很多人對沈無咎不能上戰場的事很高興？

她看看神色自若的沈無咎，聽三個皇子說的都是廢話，不耐煩地開口。「你們有事嗎？沒事趕緊讓路，別耽誤我回家吃飯。」

幾個皇子無語。他們居然還沒吃飯重要？

大皇子溫和道：「無甚大事，只是皇兄覺得妳這次過於魯莽了，還好父皇只罰妳禁足。下次記得三思而行，有解決不了的事，來找皇兄商議，皇兄幫妳。」

要不是有原主的記憶，楚攸寧還真相信了。「你當真會幫我？」

大皇子見她沒像往常那樣甩臉色，笑著點頭。「自然。攸寧的事，便是皇兄的事。」

「那好，你幫我去揍那個越國王爺，他居然敢調戲我。」

大皇子尷尬了。他想回到方才的時候，告訴自己別開口。

二皇子見大皇子是這麼個結果，聰明地止住了上前搭話的腳步。

「哈哈，大皇兄，既然攸寧已經開口請你幫忙，你這個做兄長的可不能拒絕。」三皇子幸災樂禍。

之前沈無咎只聽裴延初說楚攸寧踹飛豫王，以為是見不慣越國人囂張，原來還有調戲這回事，活該被踹！

大皇子瞪三皇子一眼，乾笑了聲。「此事待我回去稟告父皇，讓父皇替妳做主。」

楚攸寧撇撇嘴。「果然靠人不如靠己啊。」

話剛說出去就被打臉，大皇子的臉色不好看了。

楚攸寧不想再跟他們廢話，揮揮手。「我要回家吃飯，你們別跟上來，跟上來也沒你們的份。」

好一個別致的趕人藉口，幾個皇子難得有默契，後悔過來這一趟。
沈無咎對幾位皇子拱拱手，帶著笑意，讓人抬他上馬車。
什麼事、什麼人到楚攸寧這裡，結果都是想像不到的。

第二十五章

楚攸寧棄了馬車，坐在第一輛糧車上，晃著雙腿，對著糧袋左摸摸、右摸摸，滿足得不得了。

歸哥兒也鬧著坐上去，把自己想像成戰勝歸來的將軍，小臉抬得高高的。

一車車糧運回將軍府，震驚整個京城。大夫人得到消息，領著二夫人和三夫人出來，看到快望不到頭的糧食，只覺得這場面比將士出征還要壯觀。

「疼嗎？」二夫人掐了把三夫人的手。

三夫人掩嘴輕笑出聲。「二嫂，妳何不問問歸哥兒？」

二夫人抬頭，見歸哥兒被程安抱下車，摟著斷劍興奮跑來，小臉被太陽曬得紅撲撲的。

「母親！」歸哥兒撲過去，抱住二夫人的腿，眉飛色舞說他跟公主去打了一場仗的事。

二夫人笑著摟住他，目光掃過他懷中的斷劍。這把小木劍是沈無恙親手做好，讓人從邊關送回來的，沒承想成了他給孩子的第一件禮物，也可能是最後一件。

歸哥兒兩歲起就拿著木劍玩，木頭不禁放，早有裂痕。今天劍斷了，她怕他難過，沒想到他沒哭鬧，跟楚攸寧出去玩了大半日，似乎還很開心。

鎮國將軍府門前圍了不少過路百姓看熱鬧，歸哥兒的聲音稚嫩又清脆，說到激動處，還結巴了，但不妨礙大家猜出事情的經過。

幾個夫人相視一眼，都覺得將軍府否極泰來了。當初還擔心娶了尊佛進門，得小心供著，如今看來，是娶了個福星。

等沈無咎被人抬下車，大夫人上前，仍覺得如在夢中。「老四，糧餉當真要回來了？」

讓戶部痛快拿出糧餉是不可能的事，要是上奏，戶部就整日向上頭哭窮，說國庫虧空，說是先欠著，或從各地調來，但最後送到邊關的也沒多少，卻有理由向景徽帝交代。

攸關將士性命的事，沈家軍哪等得起跟他們扯皮。就像戶部說的，戰事不斷，不但糧草損耗大，也需要藥材，朝廷拖著不發糧餉，只能靠沈家撐著。

沈無咎抬頭看看還坐在糧車上捨不得下來的楚攸寧，笑著點頭。「託了公主的福。」

楚攸寧擺手。「應該的，我的糧食當然是自己收著比較好。」

大夫人越看她越招人疼，笑盈盈地朝她招手。「公主快下來，日頭大了，當心曬著。」

「不怕。」這點陽光，楚攸寧還不放在心上。在末世，因為環境的改變，太陽比這世界的毒辣多了。為了活著，人類風裡來、雨裡去，不然霸王花們也不會羨慕肌膚白嫩的人。

想到末世，她站起來，扠腰望著後面的一車車糧，尋思著要不要向沈無咎毀約。

這麼多糧食，她想找個地方囤起來，每天看著都踏實。以前她最喜歡幹的事，就是去倉庫看存放的物資。只要有物資，就能養活隊友。

反正，在這個世界，精神力也不是必須存在，有過人的力氣，和她靠殺喪屍殺出來的身手，足夠保命了。

只是……楚攸寧掃了眼沈無咎的傷，不盡快治，就治不好了。末世後，這種傷都是用木系異能治療，末世前那種開刀剖腹的外科技術，已經很少用到，她學的也就是些不需要木系異能治療的外傷處理，要不然可以試試開刀縫合。不過，就算她會開刀，設備也不足。

雖然她沒能如願守寡，但沈無咎回來了，就不能讓他死；既然不能死，自然是活蹦亂跳比較好，一大家子婦孺還得靠他呢。沈無咎挺適合軍師的位置，動腦子的事，可以讓他幹。

沈無咎瞧楚攸寧白嫩的小臉都曬紅了，皺起眉。「大嫂說得對，公主快下來。」

大夫人笑了笑，感覺得到他對楚攸寧已經沒有剛回來時那種敵意。等他好起來，將軍府很快又能添丁。

「公主聽四弟的，我先去安排人找糧商。」大夫人對楚攸寧說了聲，不願沈無咎再操心，轉身去忙了。糧食到手，她還是知道如何處理的。

「大……」沈無咎想喊住大夫人，讓她先等一等，直覺告訴他，楚攸寧定會覺得她憑本事要回的糧，就是她自己的，想處理得先問過她。

楚攸寧看著大夫人離開的背影，眨眨眼，好像不用她糾結了。

肉好疼！這麼多糧食，很快就不是她的了！

她從糧車上跳下來，沈無咎不由伸手去接，被一手拍開。

楚攸寧瞥瞥他的傷口。「你確定你接得住我？」

沈無咎無言了，迫切地想好起來。

楚攸寧轉頭，看一車車糧從眼前緩緩挪動，強逼自己收回目光，惡狠狠地瞪向沈無咎。

「你花了我的糧，就得讓我摸劍。」

沈無咎輕笑。「我何時花公主的糧了？」

「大嫂已經去找糧商，難道你想賴帳？」楚攸寧白嫩的手握上輪椅扶手，微微用力。

沈無咎無奈，他就知道會是這樣，感覺扶手正在鬆動，忙抬手抓起她的手。柔嫩小手握在掌心裡軟綿綿的，半點也不像是能一手扔一個人的樣子，柔若無骨，白皙無瑕，連手背上的肉窩都那麼可愛。

沈無咎回過神，像是被燙到般，鬆開手，清咳一聲。「公主為何執著於太啟劍？」

楚攸寧只當他怕她弄壞輪椅才抓住她的手不放，壓根兒沒想別的。

她歪頭。「我跟它有緣？」

「公主肚子也餓了，回去用午膳吧。」沈無咎不想多說了，讓人抬他入府。

楚攸寧追上去。「你該不會想耍賴吧？」

「我打不過公主。」

「算你有自知之明。那你什麼時候帶我去看劍？」

「用完午膳就去。」不帶她去還能如何？況且，他也想知道她非要看太啟劍的目的。

楚攸寧滿意了，可以安心回去吃飯。

二夫人和三夫人見兩人打情罵俏，早帶著歸哥兒進府，怕他又鬧到他們跟前。

就在兩人要進府時，一隊十五人的禁軍整齊劃一地跑來，瞬間包圍了將軍府。

接連兩天被禁軍包圍，還沒散去的百姓只覺得鎮國將軍府又要出名了，不知道這次是因為什麼事，難不成是景徽帝派人來把糧食要回去？

為首的禁軍上前拱手。「小人見過公主、沈將軍。小人奉陛下之命，前來保護鎮國將軍府，好讓公主安心禁足。」

楚攸寧傻了。這麼認真的嗎？還派人守著，她要真想出去，他們攔得住嗎？

沈無咎將今日發生的事連起來，立即明白此舉是為了哪般。沒想到，能因為一個美人而亡國的皇帝，居然是個護女兒的。

「隨便你們愛站哪兒就站哪兒吧，將軍府不包吃的。」楚攸寧先跟他們說好。

禁軍們沈默，不知如何接話。

沈無咎按著傷口，不敢笑得太大力。

果然，在楚攸寧這裡，什麼都比不上吃的。不知是如何變成這個樣子的，難不成過去只能活在黑暗中的她，經常餓肚子？

他腦海裡浮現出一個小小的公主，把自己縮成一團，縮在黑暗角落裡，可憐無助，一雙滴溜溜的大眼睛，渴望著吃的。

但現實中，楚攸寧已經愉快地轉身進府了。

楚攸寧嫁進將軍府幾天了，今日還是第一次和一大家子人坐在一塊兒吃飯。

張嬤嬤抱著難得哭鬧的小奶娃過來。小奶娃一見到楚攸寧，就鬧著要往她身上撲，最後只能在旁邊放張圈椅，讓他坐在上面。

將近九個月大的孩子坐得穩穩當當，胖乎乎、肉嘟嘟，穿著顏色鮮豔的小圍兜，喝著張嬤嬤餵的肉粥，每吃一口就拍一拍小手，粉粉嫩嫩的小嘴吧吧地叫著，極為可愛。

幾位夫人原本還擔心楚攸寧的用膳規矩多，不單自己留意，連孩子都拘著，結果萬萬沒想到，她用膳這麼隨意。

最讓人感到好笑的是，四皇子的肉粥送上來時，楚攸寧還舀了一口吃，然後說忘了放鹽，看到張嬤嬤錯愕的眼神，大家都忍著沒笑。

連四皇子的午膳都想嚐一嚐的公主，就像個沒長大的小孩，讓人看了心頭發軟。

沈無咎坐在旁邊，總擔心四皇子會掉下來，不敢挪開目光。

在他記憶中，兩個姪女這麼小的時候，連院門都很少出，總是被奶娘抱在懷裡。就算坐著，也被一群人包圍，四皇子理應更嬌貴才是，居然一張圈椅就打發了。

「啊……」小奶娃忽然朝沈無咎伸手，想要過去。

沈無咎忙按著他坐好，看他嘴上有點髒，動手幫他擦乾淨，動作輕柔得生怕把他碰壞了，面對千軍萬馬都沒這麼緊張。

小奶娃皺著包子臉，扭開頭，伸手去推，啊啊的叫，奶凶奶凶地罵按著不讓他動的人。幾位夫人看了，會心一笑，幾乎已經看到往後沈無咎有孩子的畫面。

吃完飯，楚攸寧一行人回了明暉院。

趴在她肩上的小奶娃揉揉眼睛，打了個哈欠，被張嬤嬤抱回去午睡。

楚攸寧盯著沈無咎，沈無咎失笑。「公主，我沒打算賴帳。」

楚攸寧點點頭。「那就走吧。」往東跨院走去。

沈無咎搖搖頭，讓程安與程佑抬他跟上。

昨晚來的時候，月色下，東跨院朦朦朧朧的。大白天再看，又是不一樣的風景。貼牆種的小片竹林迎風搖曳，叢態優美，稈色秀麗，是院裡最生機勃勃的景致。昨天沒能去挖筍的楚攸寧，身子竄進竹林裡，掃視一遍，沒看到書上寫的圓錐一樣的肥碩嫩筍，倒是看到已經抽枝長葉的小竹苗。

沈無咎擺手讓人停下，耐心等著，看著嬌小靈動的身影穿梭在挺拔翠綠的竹子間。見她連對一根竹子都好奇，更令他忍不住猜想，過去她過的是什麼日子。

楚攸寧轉了一圈，走出來。「你這竹子沒有竹筍。」

沈無咎愕然，隨即輕笑。「公主，這竹子名為琴絲竹，主要作觀賞用，並不是種來吃的。再者，吃筍的時令已經過去了。」

楚攸寧聽說不是種來吃的，撇撇嘴。「那多浪費，種著也是白占地方。能看有什麼用，還不如拔了種能吃的。」

程安和程佑嘴角微抽，沒聽說誰家院子裡的竹子是為了種來吃筍的，公主的想法果然與眾不同。

沈無咎看她一臉可惜，想起她今日去戶部要回的糧餉，被大嫂處置後，明明捨不得，卻什麼也沒說。哪怕要求摸劍，也是虧了，給她一片她想要的竹子又如何。

「程安，待會兒讓管家找人改種能觀賞又能吃筍的竹子，最好一年四季都能出筍的。」

程安和程佑震驚，完了，主子要被公主帶偏了！精心培養出來的竹林，說換就換，還要換上山上隨處可見的那種。

楚攸寧覺得沈無咎很上道，得意地笑了。「就該這樣，好看又不能當飯吃。」那麼容易滿足的笑容，大概沒人捨得拒絕。

沈無咎故意問：「那還看劍嗎？」

「看啊，現在就去。」楚攸寧生怕他反悔，快步朝書房走，別以為拿竹子就能打發她。

沈無咎眼裡閃過濃濃的笑意，這世上大概再找不到第二個像她這般強大，又心思簡單的公主了。

第二十六章

進了書房，沈無咎擺手讓程安和程佑退下，抬手拉起牆上畫卷。

原本楚攸寧還在四下找劍，看到他拉起畫後露出來的劍，略微驚奇。要是她的精神力恢復，昨晚用精神力一掃，肯定能發現。

架子上的太啟劍沒有劍鞘，只是一把黑乎乎的劍，連劍柄都沒有鑲裝飾品，也感覺不到鋒利，看起來沒什麼特別。但她靠近後，能感覺得到，這把劍裡暗含的能量很充足。

楚攸寧的靈魂在叫囂，像餓了幾百年，終於遇上能吃的東西。伸出手，就要摸上劍身。

「公主，且慢！」沈無咎驚得抓住她的手。「之所以一直不讓公主看太啟劍，是因為此劍尤為霸道，會認人。若是不對的人拿起它，必會頭昏腦脹，神情恍惚。沈家從得到這把劍到如今，也就我曾祖父、我父親，還有我能駕馭得了它，公主不可貿然去碰。」

那是正常的，劍的能量都溢出來了。楚攸寧不知道這劍裡的能量是不是跟喪屍晶核的相同，但她靈魂裡的精神系異能叫囂著想吃。

照沈無咎這麼說，有的人能駕馭這把劍，有的人不能，或許是因為能駕馭劍的人本身有覺醒異能的天賦。不能的人自然是承受不了能量的輻射，覺得頭昏腦脹，神情恍惚。

可惜了，如果在末世，沈無咎一定能成功覺醒異能。

不過，比起覺醒異能，還是在美好的世界裡當個普通人比較好。何況，他是個將軍，也不普通。

楚攸寧判斷完，看向沈無咎。「我跟它有緣，所以不怕，你可以放開我了。」

沈無咎卻是收緊手，肅著臉。「公主，這事不可兒戲。」

「沒兒戲，我證明給你看。」抓住她一隻手，她不還有另一隻手嗎。

沈無咎看楚攸寧側過身，將另一隻手放到太啟劍上，大驚失色，想拉走她，卻拉不動。

他已經不知道該用什麼表情表達此刻的心情。

楚攸寧把手放上去後，還回頭朝他笑了笑，表示沒事，然後轉過頭，對著劍露出一臉垂涎的樣子，莫不是連劍也想吃吧？

見她真的沒事，臉沒白，手沒抖，還神采奕奕，沈無咎放心了。原本他想讓她先靠近太啟劍，若沒什麼不對勁，再讓她摸劍。想來她跟太啟劍有緣是真的，也是能駕馭劍的人。

楚攸寧感受到劍裡蘊含的龐大能量，要是吸收了，她的異能就能完全恢復。

前世她是跟喪屍拚盡精神力死的，但因本身異能已經修練到十級，只要吸收足夠的能量，就能恢復原有等級，不需要重新修練。

不過，要是吸走能量的話，這把劍會化為齏粉，到時候就不好面對劍的主人了。和沈無咎的交易只是摸劍，她還是很講誠信的。

楚攸寧強忍住吸能量的衝動，收回手，看向沈無咎。「我能治好你的傷，讓你重返戰場，但代價是這把劍。你要治嗎？」

沈無咎怔住，一直抓著的手忘了放開。

在軍醫和太醫都對他的傷下了定論後，他以為從此只能醉裡挑燈看劍，夢回吹角連營，沒想到眼前這個表面嬌軟，內裡強悍無敵的姑娘認真告訴他，能讓他重返戰場。

不，那日從新房裡醒來，她也說過能治好他的傷，要求是要看劍。當時他以為她是夢裡的公主，自是防備，只當她在耍他玩。如今確定她不是夢裡那個人，他願意相信她的話。

楚攸寧見他不說話，皺了皺眉。「你這傷，就算外表好了，內裡也是壞的。人體內臟複雜，到時候引起其他感染，就更活不成了。難不成劍比你的命還重要？」

楚攸寧不懂。在末世，有人可以出賣一切，受盡屈辱只為了活著，有人吃人肉，有人將最親的人推出去擋喪屍。就算是異能者，拚命殺喪屍，也不過是為了活命。為什麼在這裡，一把劍比命還重要？

或許這把劍跟霸王花隊隊長媽媽給她的玉珮一樣，有紀念價值。可是，若到了需要她做出選擇才能活命的地步，她會毫不猶豫放棄玉珮，選擇活著，唯有活著才有更多可能。

沈無咎看著楚攸寧露出不解的眼神，其實她一眼就能看透，可能是因為有足夠的實力，所以不需要想太多。也可能在之前的世界裡，她所接觸的太少，所思所想都很簡單直接。

他沒放開她的手。「公主，實不相瞞，太啟劍是我曾祖父留下來的，可說是沈家的鎮家之寶，意義非凡。除了上戰場外，其餘時候是供著的，相信往後還有其他後輩可以駕馭。」

沈無咎說到這裡，頓了下，微微一笑。「不過，公主已經嫁入沈家，便是沈家婦，太啟劍在公主手裡，等於還是在沈家。」換句話說，就是承認她是他媳婦的意思，可惜她沒懂。

「所以，你答應給我劍，讓我為你治傷？」不愧是當將軍的，就是有魄力。

沈無咎點頭。「公主打算如何治我的傷？」

「就用這把劍啊。」楚攸寧脫口而出。

「公主的意思是？」沈無咎疑惑，他怎麼聽不懂呢。

楚攸寧這才想起還沒說清楚，也不怕跟他坦白了。反正要幫他治傷，得讓他知道。

「我這麼跟你說吧，這把劍裡有一種能量，有些人受得了，有些人受不了，才會有你說的認人的事。我需要這劍的能量，才能治你的傷，但我吸收能量後，劍可能會碎成粉末。」

沈無咎聽完，神情好似定住了般。原來是這樣，難怪她對太啟劍這麼執著，劍認人的事，也有了合理的解釋。

理解歸理解，還是覺得很不可思議。這一刻，眼前的少女彷彿和他不是同個世界的人。這麼想著，沈無咎不由抓緊她的手。

楚攸寧還以為沈無咎怕她搶，連忙保證。「放心，你不答應，我是不會動的。」

沈無咎回神，笑著放開她，望著架在暗格裡的太啟劍。傳了好幾代的劍，就要毀在他手裡了嗎？

楚攸寧以為他聽說劍要被毀掉，又不願意了，看太啟劍一眼，忽然靈光一閃。「有沒有打這把劍的原石？有的話，也許就不用動這把劍。」

沈無咎搖頭。「當年，鑄劍師在邊陲重地發現了塊黝黑巨石，以此打造出太啟劍。完成後，看起來一點也不鋒銳，最後連劍紋都沒刻，劍柄也沒鑲任何裝飾。鑄劍師還因為打造這把劍，壞了身子，覺得此劍邪門，才被路過的曾祖父得了去。」

「那沒辦法了。」楚攸寧有點失望，不過有這麼大塊的能量石，已是奇蹟，應該知足。

「這能量對公主也有好處嗎？」沈無咎問。

「是有好處，不過現在的我有沒有也無所謂。等等，有好處怎麼了？我拿那麼多糧食跟你換，若只是摸摸劍，可虧大了！」楚攸寧挺胸，理直氣壯。她又是貢獻物資、又是治傷的，還不許她拿點好處嗎？

沈無咎見她炸毛的樣子，知道她誤會了，笑道：「此事得跟大嫂她們商議一下，畢竟這把劍不是我一個人的，或許歸哥兒也能用。」

「是應該開個會。」楚攸寧理解。在末世出任務前，或者隊裡有什麼大事，都得開會。

「開會是何意？」

楚攸寧眨眨眼。「你聽錯了，我說的是待會兒見。」

沈無咎假裝不知道她在欲蓋彌彰。「那我讓人去請大嫂她們過來。」

沒多久，幾位夫人來了。楚攸寧覺得他們商量的是太啟劍的去留，她這個要毀掉太啟劍的人還是別在場，於是一溜煙跑回正院，想去看看小廚房有沒有什麼好吃的。

她剛回到正院，就被從隔壁松濤院過來的張嬤嬤攔下了。

「嬤嬤，小四睡了嗎？」楚攸寧順口關心一下小奶娃。

「四殿下剛睡熟。公主，您買回來的那個女人，要怎麼安排？」

之前她便想問了，只是見大家因為從戶部追討到糧餉，歡天喜地，而楚攸寧一回來就想著吃，所以沒提，免得掃興。

那女人一看就不是出自良家，要不是大夫人讓貼身婢女把人帶到明暉院，說是公主買的，她還不相信。當初挑陪嫁婢女時，她家公主可是閒費糧，一個都不想要，她懷疑單純的公主被騙了。

張嬤嬤不提，楚攸寧都忘了她從街上搶了人。「那個人呢？」

「奴婢讓其他嬤嬤帶她下去教規矩了。公主想見她，奴婢這就帶來。」

「帶來幹麼？嬤嬤看能安排她做什麼吧，別讓她吃白飯就行。」楚攸寧擺手。

張嬤嬤差點以下犯上去瞪她。「既然公主不想多養一個人，為何買她回來？」

「嬤嬤放心，沒花錢，是我贏來的。」

「您還去賭坊了！」太刺激，張嬤嬤捂住胸口，頓時覺得她活不到看公主生下小主子，看四皇子成年的時候了。

楚攸寧見張嬤嬤隨時要昏過去的樣子，像極霸王花媽媽們怒氣攻心的模樣，趕緊搖頭。

「沒去賭坊，越國人挑戰我，我打贏他們贏來的。」

張嬤嬤呼吸更急促了，那還不如去賭坊。難怪景徽帝罰她禁足半年，這是幫她避禍呢。

「嬤嬤，我見見那個女人。」楚攸寧往屋裡走，還是讓別的事來分張嬤嬤的神吧。

張嬤嬤還能如何，只能讓風兒去將人帶來。

就算知道楚攸寧已經不是原來的公主，但她還是打心底裡把楚攸寧當真的公主來護著。別說她不忠，比起原先恨不得四皇子去死的五公主，楚攸寧更得她的心，哪怕操心也操心得樂意。以前的五公主不會抱四皇子，不會為四皇子著想，帶他出宮撫養。

她燒了紙錢給原先的五公主，默默向皇后稟報。待日後到了地下，她再去向皇后請罪。

楚攸寧坐在屋裡，從荷包裡摸出油紙包的芝麻酥糖。酥糖是逛街時買的，淡淡的黃色，上面裹著芝麻，吃起來蓬鬆酥脆，油潤不膩，滿口芝麻香。吃完一塊，都捨不得吃下一塊。

張嬤嬤已經習慣她的小零嘴不斷了，就算沒了這個，也不知道又會從哪裡拿出另一種。

很快地，從街上搶來的女人被風兒帶進屋。

楚攸寧喝口茶，抬頭看去，此時女人已經換上婢女的衣服，沒了抹胸、勒出腰身的腰帶，以及那件清涼薄紗，連妝都卸掉，跟變個人似的，成了規規矩矩、老老實實的清麗佳人。

「奚音跪謝公主搭救之恩！」奚音一進來，就撲通跪在楚攸寧面前。

楚攸寧不跪人，也不愛看別人跪她。「妳起來，自我介紹一下。」

張嬤嬤皺眉，覺得楚攸寧太過溫和，第一次見面時該好好震懾一番，免得日後作怪。

奚音站起來，看向楚攸寧的眼神滿是尊敬和崇拜。要不是公主強悍出手，她還脫離不了苦海，最幸運的是，居然進了鎮國將軍府，覺得老天終於開眼了一回。

她露出一抹輕鬆的笑。「回公主，奴婢名叫奚音，原是慶國人士，家住邊關，六年前曾得少將軍相救，可惜最終還是不幸落入越國人手裡。奴婢沒想到，今日不但能得公主所救，還被帶進恩人所在的鎮國將軍府。若不是公主出手，奴婢怕是此生都離不開這苦海。」

楚攸寧覺得奚音的笑容很乾淨，不像是之前在街上被迫出賣色相的樣子。

她想起霸王花媽媽們說過，霸王花隊成立的初衷，也是因為她們在末世裡遭遇過非人遭遇，才走在一起，連霸王花這名也是別人取的。最後需要註冊異能隊，才算正式成立隊伍。這個叫奚音的姑娘可不也是一樣？哪怕遭遇再不好，只要還有命在，人生就還有希望，等待時機破繭重生，擁抱陽光。楚攸寧挺看好她的。

「妳說的少將軍，可是已故的沈大爺？」張嬤嬤眼神凌厲。救命之恩、以身相許的故事，她聽得多了，多是心比天高的姑娘故意算計。如今沈大爺不在了，否則不知要出什麼事。

奚音是憑著看人臉色活下來的，自然知道張嬤嬤的眼神是什麼意思，老老實實地回答。「是六年前隨鎮國將軍鎮守邊關的沈大公子。」

「行了，這件事以後莫要再同任何人提起。既然公主把妳帶回來，往後妳就去四皇子那邊做事。」張嬤嬤虎著臉，安排她的去處。

這個奚音雖然沒了剛被帶回來的風塵樣，但騙得了公主，卻騙不了她，以及大夫人。大夫人守寡已經不易，又來個妖嬈女人說當年沈大爺在邊關救過她，再大度也少不得多想。

「是。」奚音福身。雖然遺憾不能跟在公主身邊，不過能繼續待在將軍府，就不錯了。

楚攸寧已經快吃完第三塊酥糖了，看向張嬤嬤。「小四還是個話都不會說，路都不會走的小奶娃，需要那麼多人伺候？」

「不然呢，公主想把她留在明暉院裡？」也不怕人家打駙馬的主意。公主對這些不上心，她可得替公主看好了。

「那不能，就是因為小四太小，所以需要更多人看著，嬤嬤安排得好。」楚攸寧見勢不妙，趕緊換了說詞。

「公主明白就好。」張嬤嬤鬆了一口氣。

楚攸寧點點頭，把剛拿起的酥糖包好，塞回荷包裡。「我去看看那邊談得怎麼樣了。」

楚攸寧一走，張嬤嬤便板起臉色警告奚音。「照妳說的，算起來鎮國將軍府救了妳兩次，往後希望妳謹守本分，不要做忘恩負義之人。」

「嬤嬤放心，奴婢絕不會有半點不軌之心，餘生願與將軍府共存亡。」奚音舉手發誓。

張嬤嬤緩了神色。「既然好不容易脫離苦海，且珍惜往後的日子吧。」

奚音紅了眼眶。「我知道，多謝嬤嬤。」她怎麼可能會害鎮國將軍府呢，若非因為攸寧公主夠強悍，能帶走她而不被越國人報復，她也不願意來將軍府。

這裡，可是恩人的家啊。當年要不是因為她，或許鎮國將軍府不會是如今這個模樣。

第二十七章

沈無咎同幾位夫人說了治傷的事。只說楚攸寧推薦了位高人，能治好他的傷，但是要用太啟劍來換。

幾位夫人聽了，自然不會反對，反而欣喜若狂。上不上戰場還是其次，她們更擔心沈無咎這身子傷出毛病，在那檔事上不索利了，鎮國將軍府就指望他添丁了呢。

大夫人道：「老四，這事壓根兒不需要找我們商議，能治你的傷，自然要治，父親他們也不會怪罪的。」

二夫人也說：「就是，再好的劍，若是沒了能使它的人，便沒用了。歸哥兒那裡，你也不用覺得對不住他，咱們沈家沒了這把劍，就活不下去了不成？」

三夫人接話。「太啟劍之所以能成為傳家寶劍，是因為它在戰場上銳不可擋，如能用來救你一命，便超過在戰場上的價值。對如今人丁凋零的沈家來說，你的命比劍更重要。」

沈無咎輕笑。「是我想岔了，那我便聽幾位嫂嫂的。」

幾位夫人相視一眼，心照不宣。其實哪裡是他想岔了，分明是敬重她們。

商議好了，夫人們雖然想留下來看著沈無咎治傷，但沈無咎說那是公主引薦的高人，不願意讓太多人知道，所以識趣離開，好叫高人快些替沈無咎治傷。

楚攸寧去東跨院時，正好碰上她們。

三位夫人見她拎著個鼓囊囊的荷包，知道她愛隨身帶著零嘴，遂笑盈盈上前。

「勞公主為四弟費心了，待會兒我讓廚房做些好吃點心送來，公主別嫌棄。」

楚攸寧眼睛發亮，對吃的來者不拒。「好啊好啊，謝謝大嫂。」

二夫人也笑道：「公主，方才我過來的時候，歸哥兒還鬧著要來見妳呢。妳不過帶他出去一趟，他倒對妳比對我這個母親還親了。」

楚攸寧想了想。「大概是跟著我有肉吃？」

幾位夫人噗哧一笑，她們不知道楚攸寧在宮裡是怎樣的，至少她在將軍府沒擺過架子。

「二嫂回去跟歸哥兒說，他的劍很快就有了。」楚攸寧沒忘記要幫歸哥兒做一把劍，有了精神力，就可以做出一模一樣的。

二夫人沒想到楚攸寧還將這事放在心上。歸哥兒同她說過，公主嬸嬸答應替他做一把會飛的劍，還以為是楚攸寧哄他玩的，畢竟這世上哪裡有會飛的劍，連忙拒絕。

「公主無須記掛，那劍本來就快斷了，不關公主的事。」

「我答應了歸哥兒，就要做到。二嫂放心吧，做一把小木劍很簡單的。」

二夫人聽了，不好再拒絕，誠心道了聲謝。

楚攸寧又看向沈靜漂亮的三夫人，等她開口。

兩人對視一會兒，三夫人輕笑出聲。「公主是個小福星，沈家有了公主，就熱鬧起來了。」公主真的很好懂，見大嫂、二嫂都跟她說話，便以為她這個三嫂也有話跟她說。

被這麼好看的姑娘誇讚，楚攸寧的責任感油然而生，挺起小胸脯。「我也是沈家的一員，應該的。」

以前的霸王花隊可沒這麼文靜秀氣的姑娘。在末世，想秀氣都秀氣不起來。

送走三位夫人，楚攸寧進了東跨院的書房。

沈無咎已經在等她，暗格裡的太啟劍也取下來，裝在長盒裡，放在桌上。

楚攸寧走過去，看看長盒裡的劍。「咱們這就開始？」

沈無咎點頭，拿起劍，臨了還是有些不捨地用手撫過劍身，眸如深淵，像是在告別。半晌後，他把劍遞給楚攸寧。「公主儘管放手去做，這把劍亦是在完成它的使命。」

是嗎？她怎麼看不出來他真有那麼輕鬆自若呢？

楚攸寧狐疑地瞥他一眼，抬手握住劍柄，將劍橫在身前，另一隻手覆上劍身，閉上眼睛開始吸收裡面的能量。

沈無咎沒看到楚攸寧放上去的手有什麼異狀，但他能感受得到，她周身彷彿建起一道無形的屏障。

超出他所有認知的一幕在眼前上演，他緊緊握住扶手，才能壓住內心的震驚。

一刻鐘後，楚攸寧感覺到劍身快要粉碎，也吸收八分滿的異能，便收了手。畢竟這是沈家幾代人傳承下來的劍，沈無咎又那麼鄭重對待，還是別弄壞，八分滿足夠治好他的傷了。

其實她的異能有在龜速恢復，但在沒有能量吸收的情況下，想恢復到能治療沈無咎的程度，大概需要七、八年，到時候沈無咎墳頭上的草，已經拔了好幾回。

沈無咎見楚攸寧已經結束，太啟劍還好好的，眼眸閃過一抹亮光。「公主，不是說吸收完能量，劍會毀掉嗎？還是得分為幾次吸收？」

「這把劍能量很足，我吸飽了。不過，這把劍已變成普通的劍，不會再有以前的威力了。」楚攸寧說著，把太啟劍遞給他。

「多謝公主特地保住太啟劍。」沈無咎接過。

楚攸寧詫異。「你怎麼知道？」他應該看不出來才是。

「原來真是公主特意保住的。」沈無咎嘴角帶出笑，在沈家接連出事後而變得越發冷硬的心，因她柔軟。

楚攸寧的眼睛瞪得滾圓。「你詐我！」

這像炸了毛般的貓兒模樣，讓沈無咎想摸她的頭。但坐在輪椅上，暫時摸不到了。

他看著她的眼神充滿了感激。「我猜的。因為我知道，公主很善良。」她吸收了能量，劍還在，他的傷也會被治好，再沒有比這更圓滿的結果了。

楚攸寧的毛瞬間被捋順了，傲嬌道：「你還挺有眼光。」

沈無咎輕笑，低頭看著手裡的太啟劍，雖然還是毫無鋒芒，但還是能看出不一樣。之前的太啟劍像沈睡的猛獸，被喚醒時，氣吞山河。如今的太啟劍失去了那氣勢，真的如同它的外表一般，平平無奇。

再平平無奇，於沈家來說也是不一樣的。

沈無咎把太啟劍小心收進長盒裡，放在腿上，推動輪椅，要起身放回去。

「你別動了，我幫你。」楚攸寧伸手接過盒子，放進牆上特地鑿出來的暗格。

沈無咎親自放下畫卷，這把劍往後可能再沒有拿出來的機會，只能當作念想供著。

楚攸寧走回他面前。「那現在開始替你治傷吧。」

沈無咎一怔。「公主不用歇息嗎？」

「不用，早點治好，你也能早點蹦躂。治完傷，我還要去幫歸哥兒做木劍。」

他居然還沒一把木劍重要？沈無咎突然覺得歸哥兒不可愛了。

兩人來到寢房，楚攸寧看向沈無咎。「需要我把你抱上床嗎？」

沈無咎臉色一黑，立刻起身坐到床上。恨不得馬上好起來，向她證明，他有多男人。

「脫掉衣服，躺下。」楚攸寧站在床前。

叫他脫衣服的人面無異樣，他卻內心羞恥，耳尖都紅了。再一想，他是個爺，楚攸寧的臉都沒紅，他像個娘兒們似的紅個啥，反正都是自己媳婦了。

沈無咎這麼想著，扯開衣帶，連同裡衣一把扯開，露出精壯結實的上身，躺得像挺屍，表情像是在執行軍令一般嚴肅。

古代穿衣裹得嚴實，哪怕在戰場上，也是裡三層、外三層。沈無咎的皮膚本來就白，哪怕長年在邊關風吹日曬，也不會曬黑到哪裡去，臉上也只曬出淡淡的小麥色。

最吸引楚攸寧的，不是他的身材有多好，而是胸膛上兩道略顯猙獰的傷疤。其中一道從他心臟位置橫過，顯然這傷也險些要了他的命。

在戰場上征戰多年，還能沒有傷疤，那可能是去打醬油的。她原來的身子，手上還被劃了長長一道疤呢。

「嚇著了？」沈無咎把衣服攏回來遮住傷疤。

楚攸寧搖頭。「傷疤就是軍功，你不用自卑。一般都是先看臉的，你的臉長得還不錯。」末世人連這點傷疤都怕，那注定活不久。

沈無咎剛被第一句感動到，就被後面那句弄得哭笑不得。因為他的臉，才被稱為玉面將軍，沒想到在楚攸寧這裡，成了安慰他的話。

楚攸寧拉來圓凳坐下，就要動手去揭他纏在腰上的繃帶。沈無咎怕血糊糊的傷嚇著她，便說要自己來。

楚攸寧一把拍開他的手。「不需要揭。你躺好，不許動。」

沈無咎頓時覺得自己成了個小媳婦，只能乖乖聽話。

楚攸寧用精神力在他傷口上輕輕一劃，層層繃帶從中間整齊斷開。她輕輕揭開繃帶，露出血肉模糊的傷口，撒在上面的金創藥已經和血融在一起，凝結成塊。

沈無咎一直擔心她會嚇到，畢竟血肉模糊的傷可比陳年舊疤難看多了。但她的神情卻是習以為常，似乎看慣了這樣的傷口，連眉都不皺一下。

把繃帶全都揭開後，楚攸寧抬頭看向沈無咎。「可能會很痛，你應該能忍的吧？」

這裡沒有麻醉藥，她的精神力也不是治療系，只能用精神力代替縫合線，把傷口縫起來。縫合時，頂多沒針線縫合那麼痛。

沈無咎給她一個放心的笑。「公主儘管放手治。」

楚攸寧想了想，扯下繫在腰間的荷包遞給他。「要是痛得忍不了就咬它吧，挺香的。」

「是很香。」沈無咎接過來拿在手裡，沒聞到她說的香味，而是屬於她身上的熏香。

「那可是我捨不得吃的。」楚攸寧有些肉疼。

沈無咎笑了。「日後我給公主買更多好吃的。」

「你果然上道，不錯。」楚攸寧誇讚了句，將手放在他的傷口上方，一縷精神力從指間流出沒入傷口，然後，沈無咎的內臟清晰地呈現在她腦海裡。

幸好在末世時，基地裡的生存學院有特別教他們認識人體器官，她才知道哪裡是哪裡。

沈無咎傷在左腎，傷口還算整齊，其餘裂口也淺小，要是嚴重到需要切腎的地步，光靠精神力還真沒辦法。

楚攸寧跟沈無咎說了聲，分出一縷精神力止血，再用另一縷精神力清除臂周圍引發的血腫，小心地將血引導出體外，最後是縫合。如果是真實的手術線，勢必能看出她縫得很醜，但管它呢，只要能讓傷口不再出血，慢慢癒合就行。

細細的精神線穿過皮肉，痛肯定是痛的，但沈無咎連哼都沒哼一聲，額上布滿汗珠，緊咬牙關，手裡握著她給的荷包，全身青筋暴凸。

沒多久，楚攸寧縫好了，切斷精神力，讓那縷精神力留在沈無咎體內，繼續保持著縫合作用。等沈無咎傷口癒合，就可以收回來。

看沈無咎痛得臉色發白，額上布滿汗珠，楚攸寧心想，只要內臟不再出血，外傷用這裡的藥就能治，於是幫他重新包紮好。

她包完，見他額上的汗珠還在，覺得他可能沒力氣擦汗了，便捏起袖子，幫他抹了把。

沈無咎從這個角度看，由下往上，圓潤的下巴到嘟起來的粉唇，再到掩蓋在長睫下清亮透澈的眼眸，每一寸都深深刻進他的腦海裡，與夢裡那個惡毒的女人完全不一樣。

楚攸寧收回袖子，對上夜空般深邃的眼眸，發現裡面好像藏著一團火，燒得她有點熱。

她以為沈無咎是期待她告訴他治傷結果，眼神才這麼火熱，趕忙說：「你的內傷已經縫好了，這幾天還是臥床休息吧，能加快癒合。」

沈無咎微微點頭，緩緩抬起手，遞出握在手裡的荷包，聲音虛弱。「東西應該沒壞。」

楚攸寧一怔，用精神力一掃，裡面的酥糖真的沒有碎。明明這麼痛，還捨不得弄壞她的吃食，有點感動。

她收回荷包。「別以為沒弄壞，就不用給我買好吃的了。」

沈無咎輕輕一笑。「等我好了，我帶公主去吃任何想吃的東西，絕不食言。」

「我以後要出去吃遍天下的。」楚攸寧說。

沈無咎一怔，她打算離開京城？也是，華美的皇宮困不住她，將軍府自然也困不住。

他伸手握住楚攸寧的手。「公主，不用出門，也能吃遍天下，我可以讓人幫妳尋來。」

「那倒也行。」有人把好吃的送到嘴邊，還能有什麼不行的。

沈無咎暗暗鬆了口氣，他還真怕哪天回來，媳婦跑得沒影了。

程安與程佑聽沈無咎說，要讓公主替他上藥，不用叫大夫，都擔心這藥會不會上得令他傷勢加重。

屋裡一直很安靜，他們把耳朵貼在門上，只能偶爾聽見楚攸寧的聲音。

房門猝不及防被打開，兩人差點往屋裡摔，還是程安眼疾手快，拉了程佑一把。

因為精神力恢復，楚攸寧早看到門外的動靜了，故意放輕腳步開門，給他們一個驚喜。

楚攸寧的手摸向腰間荷包，一直端著水在外頭候著的風兒上前。「公主，您先淨手。」

楚攸寧頓住，這有什麼？在末世剛殺完喪屍就啃地瓜的事，也不是沒有過。

不過，這裡不是末世，她收住手，乖乖把手放在水盆裡搓了搓，又用冰兒遞上來的帕子擦乾，才掏出酥糖來吃，又看向程安和程佑。
「藥煎好，就可以端上來給你們主子喝。」陸太醫開的藥幫助傷口癒合，也能鎮痛。
兩人聽了，有些懷疑。「公主真的幫主子換好藥了？」
「你們不相信我？」楚攸寧揮拳頭。
程安連忙笑道：「信！公主說好了，就一定是好了。」
楚攸寧給了一個算你識相的眼神。「趕緊把藥端來，讓他喝了睡一覺吧。你們看著他，別讓他隨意挪動。」
「是，在公主沒准許主子下床之前，屬下一定將主子牢牢盯在床上。」程安大聲保證，眼睛還往屋裡瞄，就是為了讓沈無咎聽見。
楚攸寧拍拍他的肩膀。「很好。」
不知道為什麼，得到公主的誇讚，程安覺得與有榮焉。
「那我走了。」楚攸寧覺得這裡沒她的事了，揮揮小手，走得十分輕快。她的精神力還在沈無咎體內，傷口有什麼變化，她一清二楚，完全不需要守著。
程安與程佑相視一眼，總覺得主子有點可憐是怎麼回事？
還等著楚攸寧進屋的沈無咎更是無言。在她心裡，怕是還沒有身為他媳婦的自覺。

第二十八章

楚攸寧回到正院沒多久，大夫人便派人送來好多點心，雖然沒有皇宮裡的精緻，但是每一種都是用足了心思的，看得人食指大動。

大夫人得到沈無咎的傷已經治好的消息，知道楚攸寧得了空，才讓人送過來的。

張嬤嬤怕楚攸寧毫無克制地吃，便勸她。「公主，您身為長輩，是不是應該分一些給府裡的小輩？」

「長輩是很老的人，我還小呢。」楚攸寧吃得腮幫子鼓鼓的，不承認自己是長輩，這輩分太老了。在末世，哪怕她二十歲了，也還是隊裡的小寶寶呢。

張嬤嬤已經習慣了她的奇思妙想，笑著哄道：「公主，這無關年紀大小，而是輩分。您如今可是成了歸哥兒和如姐兒、雲姐兒的嬸嬸了。」

「那妳挑一些讓人送去吧。」對幼崽，楚攸寧還是很好說話的。

張嬤嬤立即挑了一大半出來，分成四份，派人送過去。中途，楚攸寧見勢不妙，邊吃邊挑著能往荷包裡裝的點心，往荷包裡裝。

「嬤嬤，不是說給歸哥兒、如姐兒、雲姐兒嗎？才三個，妳這是分了四份。」以為她不會算數呢。

張嬤嬤被她這孩子氣的計較逗樂了。「公主，二姑娘喚您嫂嫂，也是小輩。」按理，在別人家裡，一個庶女或許還當不得公主放在心上，但是在將軍府不同。況且，這也是為了不讓楚攸寧吃那麼多。

楚攸寧瞪眼。「她比我大！」準確地說，比這具身體大。

「可您的輩分大。」

楚攸寧語塞，當長輩好虧。

且不說幾個小輩得到楚攸寧派人送來的吃食有多高興，又吃了一肚子點心的她，閒著沒事幹，想起答應要幫歸哥兒做的劍。

她在府裡尋找和那把木劍相似顏色的木頭，要夠堅硬結實，能承受雕刻的，還真不好找，最後腦海裡閃過沈無咎房裡那座屏風，就用那個吧！

另一邊，沈無咎喝完藥後，感覺體內好似有股力量在收攏他的傷，並不是很痛，也睡不著，便想起楚攸寧帶回來的那個女人。

楚攸寧過來時，正好碰上程安帶著奚音進書房。

楚攸寧還沒反應過來，跟在身邊的風兒已經炸了。

「公主，張嬤嬤說得沒錯，這個奚音就是不能留。才來第一天，便被駙馬瞧上了！虧您還擔心駙馬的傷，紆尊降貴，親自幫駙馬上藥呢。」

楚攸寧幫沈無咎治傷的事，只有沈無咎知道，連幾位夫人都以為是找高人治的。剛才在屋裡治傷，沈無咎說是公主要幫他上藥，兩個婢女自然認為他們是關起門來培養感情。

楚攸寧看奚音一眼。「為什麼不能留？奚音不錯啊，被看上也正常，不然不會有人搶著花高價買她。」

風兒更氣了。「公主，您該不會忘了駙馬是您的夫君吧？」

楚攸寧點頭。「還真忘了。」

程安看到楚攸寧突然出現，也嚇了一跳。他奉命去把奚音領過來時，還膽戰心驚呢。聽程佑說，這可是主子交代裴延初跟陳子善搶的女人，沒想到誰都沒買到，最後人被楚攸寧帶回來。早知道是主子要的人，他當時一定拚了命阻止她啊。

「程安，帶公主一併進來。」屋裡傳出沈無咎的聲音，虛弱中帶著幾分咬牙切齒，可見是聽到了楚攸寧的話，也氣得不輕。

「公主，奴婢不認識駙馬。」奚音趕緊表清白。

「沒事，進去就認識了。」楚攸寧說。

奚音尷尬了，公主是真不知道她在說什麼嗎？

程安也覺得怪怪的，公主這麼大度，能容忍主子納妾？瞄了眼她提著的刀，心裡一顫，所以這才是她不怕的原因嗎？一旦主子說要收了奚音，這把刀就會砍下吧？

這下，程安顧不上無不無禮了，趕緊先進屋。「主子，公主帶著大刀過來，您三思。」

沈無咎的臉色更黑了，他的傷要是好不了，肯定是因為有這麼個蠢貨在身邊伺候。

楚攸寧進來了，奚音跟在她身後。

奚音深深低著頭，不敢亂看，生怕被公主誤會她有什麼壞心思。

楚攸寧提著三尺長的大刀，跟提著玩似的，看向沈無咎。「你不好好歇著，居然還有心情見美女？」

沈無咎見楚攸寧這神情，就知道她沒有多想，一時不知道該高興，還是該難過。

就算她沒多想，他還是得解釋。「公主，我聽說奚音是越國人帶來的，便讓程安找她過來問問話，沒別的意思。」

程安暗暗鬆口氣，他都想好了，要是主子答不好，他就說主子是想看看能讓裴公子搶著要買的女人長什麼樣子。幸好主子不像別的將軍那樣耿直，找的理由也合情合理。

楚攸寧往他身上瞥去。「你就是想有別的意思，身體也不行啊。」

沈無咎的臉立時黑了。

程安別開臉去，假裝沒看到主子額上隱隱跳動的青筋。

「你懷疑她是奸細啊，那你問吧！」楚攸寧說著走向屏風那邊，圍著屏風轉。

沈無咎看她一眼，收回目光，看向奚音。「妳是越國人？」能為沈家收屍立碑的，應該不可能是越國人。

「回駙馬，奴婢是慶國人，家住庸城，六年前不幸被擄至越國。奴婢發誓，絕不會做半點危害將軍府的事，不然天打雷劈！」奚音舉手發誓。

「哦，對，你大哥是她的救命恩人，所以她不會忘恩負義。」楚攸寧出聲補充。

沈無咎本來聽到庸城，就已經懷疑了，又聽到六年前，更覺得這裡面有貓膩，沒想到居然涉及他大哥。

奚音不解地望向楚攸寧，張嬤嬤不是說，這件事不能再同任何人提起嗎？還是駙馬不包括在這個「任何人」裡？

沈無咎不由坐直了些，眼神比方才凌厲許多。「我大哥為何會是妳的救命恩人，怎麼救的？將事情原原本本招來！」

楚攸寧聽了，默默走過來。之前她也沒聽奚音說沈大爺是怎麼救她的，因為被張嬤嬤打斷，她也忘了問。

奚音被沈無咎散發出的氣勢嚇了一跳，轉頭問楚攸寧。「公主，奴婢可以說嗎？」

沈無咎並不惱，從奚音開口稱他駙馬後，就知道她是把自己當成公主的人。

楚攸寧眨眨眼，這種事還需要向她報備？難不成剛才沈無咎的聲音厲害了點，這姑娘害怕了？便點點頭。

「說吧，放心大膽地說。有我在，駙馬不敢打妳。」

沈無咎無言。他看起來像是會隨便打人的人？

雖然公主會錯意，但是奚音放心了，說起當年的事。

「六年前，奴婢剛及笄，正是可以準備相看嫁人的時候。那日，奴婢交繡活回來時，天色有些暗了，半路遇到登徒子，將奴婢拉到暗巷裡，便要姦污，是少將軍路過救了奴婢。

「奴婢記得，少將軍打那人的時候，那人大喊『我是越國皇子』，少將軍便下手打得更狠，最後還失手殺了那人。」

「妳說什麼！」沈無咎驚得想要坐起來。他想過這個女人可能會給他帶來意想不到的答案，沒想到這麼意想不到。

「冷靜。」楚攸寧小手往他肩上一按。

沈無咎冷靜下來。「妳方才說，我大哥打那個輕薄妳的男人時，聽到他喊越國皇子？」

「對，正因為這樣，後來我才被綏國人抓了，送給越國人糟蹋。」奚音說到這裡，雙手攥成拳，眼裡全是恨意。

她的家人全當著她的面被殺了，那些人還告訴她，鎮國將軍和少將軍是因為她才戰死，既然她有禍國殃民的本事，就送她去越國贖罪。自此六年，她輾轉被送給越國各個王侯，最後落到豫王手裡。

想死嗎？她想，可是她不甘。她想留著命，看看最後會不會有誰能滅了越國。

就算她只是個普通女子，她也知道，當年那場害了少將軍和鎮國將軍的戰役，是在少將軍殺了那個自稱是越國皇子的人之後發生的。

如果少將軍沒有救她，就不會錯手殺死那個人，不會戰死，也不會有後來連年不斷的戰爭。沈家會變成如今模樣，她有一半的責任。

沈無咎聽完，全身彷彿被抽空了力氣。

難怪他怎麼也想不通，為何當年綏國會突然開戰，為何父親和大哥會戰死？想必當年越國和綏國已經說好，綏國早聽命於越國，才連年不斷地進攻。

可是，如果依照奚音說的，大哥明明聽到那人喊出身分，卻還是把人殺了，這不像是大哥會做的事。

沈家人剛烈，恨越國仗著武器欺壓慶國，但絕不會做出不理智的行為，因為在兩國武力懸殊的情況下，一不小心就會遭來滅頂之災。

如果大哥真聽清那人的話，不管真假，應會謹慎對待，又怎會繼續揍人，還失手殺了？那是為何？一怒衝冠為紅顏？更不可能！

大哥和大嫂雖不像二哥和三哥那般，先認識妻子再喜結連理，但大哥很敬重大嫂，兩人舉案齊眉。大嫂身為沈家主母，需要坐鎮將軍府，便安排人去邊關伺候大哥，卻被大哥拒絕了，又怎會看上別的女子？奚音長得是不錯，可也到不了傾國傾城的地步。

二哥的失蹤，還有三哥遭暗殺，是不是也和這事有關？怕他們會知道事情的真相？

也不對，若只是越國和綏國勾結發動的那場戰事，憑越國仗著武器的囂張勁，根本不懼被慶國知道才對。這事肯定還有他不知道的真相，他一直覺得，哪怕當年綏國突然進攻，父親和大哥也不至於戰死。

難怪這些年他怎麼查也查不到二哥為何會失蹤，三哥又是被什麼人暗殺，原來方向錯了。他一直把目標放在皇家身上，從沒想過越國在裡面插了一腳。

他現在只希望姜塵能做出火藥，如果做不出來，他也要潛入越國，不惜一切代價殺了皇室中人，殺一個算一個，為父兄報仇！

「那人該殺。」楚攸寧不理解這裡面的彎彎繞繞，只覺得那人殺得好。

沈無咎看向她，眼裡帶著因恨意而起的通紅。

楚攸寧被看得心顫了下。這眼神像是被拋棄的小奶獸是怎麼回事？

沈無咎勉強露出笑容。「公主說得對，該殺！越國人都該殺！」

這、這是需要她幫忙的意思嗎？她只想在這個世界吃好喝好玩好，不想再打打殺殺。還是全殺，是不是太凶殘了點？人和喪屍不一樣呢。

「全殺的話，我幫不了你，頂多哪個越國人和你有仇，咱們殺哪個。」霸王花隊是出了名的護短，隊友的仇就是整個隊伍的仇。沈無咎是她的軍師，也算隊裡的吧。

沈無咎一怔，滿腔恨意瞬間被撫平。「公主有這份心就好。」

楚攸寧見他眼睛恢復正常，心也不亂顫了，以為自己的回答讓他很滿意。

沈無咎又看奚音，終於明白那個夢裡，她為何會替沈家收屍立碑。他很清楚，父親和大哥的死怪不到她身上。

「妳有何心願？」沈無咎想了下，道：「如果妳不想為奴，想離開將軍府，我可以同公主商議，放妳離開。」

為報夢裡她替沈家收屍的恩情，他可以幫她。他不知道夢裡的前世，陳子善最後是花了什麼代價，才能把她買到手。這一世，他和楚攸寧橫插了一腳，她與陳子善的緣分已經不存在，陳子善是不是她最好的歸宿，他不知道，但這一世奚音有了可以選擇的機會。

奚音嚇得跪在地上。「奴婢願意追隨公主，請駙馬成全！」

楚攸寧皺眉。「我又沒答應他趕妳走，妳起來吧。」

沈無咎幽幽看向她，說好的夫妻同心呢？罷了，連他是她夫君都能忘，還指望同心？

楚攸寧以為沈無咎不肯。「她又沒犯錯，咱們不能無緣無故把人趕走啊。」

沈無咎笑了笑。「那就聽公主的。程安，帶她下去。」

楚攸寧滿意，也找回在末世當隊長的感覺，越發認可沈無咎了。

第二十九章

奚音被帶下去後，楚攸寧終於想起她來這邊的正事，提著刀圍著屏風轉了一圈，然後開口跟沈無咎討要。

「我說過要幫歸哥兒做把劍，看來看去，只有這屏風的木頭最合適，能給我一塊嗎？」

沈無咎聽著，突然有些嫉妒歸哥兒了。

「我就要這麼一小塊。」楚攸寧在屏風上比劃出一個長方形。這個屏風的木材，和歸哥兒的木劍顏色相近。說好了要還他一把一模一樣的，找不到相同的顏色，總得差不多。

送完奚音出去回來的程安正好聽到這話，嘴角抽搐。這屏風是花梨木實木做成，上面漆雕萬馬奔騰圖，價值千金，若讓公主挖去一塊，就廢了。

然而，沈無咎眼也不眨，道：「公主拿去用吧。公主嫁入將軍府，是將軍府的當家主母，整個將軍府都是公主的，往後想用什麼都可以，無須問我。」

程安聽了，有些擔憂。以公主的作風，有了主子這話，真怕往後會搞出什麼大事來。

楚攸寧就喜歡沈無咎這麼上道，笑著比劃。「我要一小塊就行，就算缺一小塊，這屏風也還是能用的。」說完，拿起手裡的大刀。

那把刀正是之前帶去戶部的大刀，被她帶回明暉院放著，這會兒要找木頭做木劍，就順手提過來，好劈木頭。

「公主，您這樣劈，劈的可不只一小塊。」程安出聲，然後被沈無咎凌厲地瞪了一下。

「公主儘管劈。」本來就是隨她處置的，怎麼劈有何關係。

程安閉嘴了，遇上公主，主子再也不是原來的主子了。

「放心，說一小塊，就是一小塊。」楚攸寧拿起大刀，用刀尖在合適的地方劃下。

程安看得想笑，難不成公主以為用刀尖劃，就能取下一塊木頭。

然而，接下來他被打臉了，公主劃過的地方，真的被劃開了。

他驚得瞪大眼，跑到屏風另一面去看，看到穿過去的刀尖，立時懷疑人生。

難不成那把刀是神兵利器？那不是公主從府裡的練武場隨便拿的嗎？

「程安，茶壺裡沒茶了。」沈無咎忽然開口。

程安趕緊過去，拿起桌上的茶壺，發覺茶壺還是滿的，哪能不知道主子是在趕人呢，帶著滿滿的茶壺出去了。

等程安出去後，沈無咎說：「公主，妳那個異能，往後還是避著人。」

他不想讓太多人知道楚攸寧的特殊，力氣大已經很顯眼，再來個異能，就叫人忌憚了。

「我沒用啊，我是用刀。」楚攸寧頭也沒回。

沈無咎聽了，越想越覺得是他瞎擔心了。公主說用刀，誰又敢說她用的是異能，誰看出來了？她本來就是率性而活，他不該因為莫須有的擔心而約束她。
想到她一個念起就殺氣外露，想到她那些凶殘的身手，像是與人你死我活廝殺出來的。不知她過去過的是什麼日子，他不忍心讓她活得憋屈。
有精神力加持，楚攸寧很快就把木板割下來，方方正正，切口平整。
「這裡可以安上一塊繡圖，糊上一張畫，或者插入幾根木頭做出格子，還是很好看的。」她挑的地方是屏風左上角，找到替代品放進去，也不難看。
「公主倒是想得周到，那便煩勞找幾根木頭插上。」歸哥兒有劍，他便要幾根木頭吧。
「行。」楚攸寧毫不猶豫答應下來，反正就是順手的事。
「公主要幫歸哥兒做木劍，就在這裡做吧，我讓程安找刻刀來。」沈無咎提議。
楚攸寧覺得在哪裡做都行，點點頭。
刻刀很快便送來，楚攸寧挑了窗前較亮堂的坐榻坐下，按著腦海的記憶，開始做木劍。
沈無咎看著她認真的側臉，外頭的陽光照射進來，映在她臉上，從他這裡看過去，還能看到臉上可愛的絨毛。
看著她，他的心徹底平靜，開始思索當年那件事的種種可能。
兩個人，一個靠在軟枕上斂眉思索，一個盤腿坐在窗前坐榻上，屋裡只有雕刻木板的沙沙聲，溫馨且安寧。

楚攸寧先是按照歸哥兒那把木劍做出胚形，再用精神力打磨。太陽下山的時候，一把一模一樣的木劍就做好了。

沈無咎早已收起思緒，看著她一點點打磨小木劍，刻刀在她手裡彷彿活了般，精準到分毫不差。

小木劍有將近一尺長，是二哥按著太啟劍做的，但在上面加了劍紋，劍柄上也刻成好似有繩子纏裹的樣子。而她做的這把，像到連上面的「平安喜樂」四個字都一模一樣。

他想，她大約又是用了那個異能。

楚攸寧從坐榻上站起來，拍拍身上，下榻穿鞋。看到坐榻上的木屑，便順手收拾。

沈無咎忙朝外喊：「程安，進來收拾！」

程安趕緊進屋。東跨院這邊，主子只讓他和程佑打理，收拾灑掃自然也得他們來。

楚攸寧聽了，便不收拾，拿起小木劍揮了揮，跟沈無咎說：「我要去找歸哥兒了。」

沈無咎道：「讓程安把劍送去就行。」

程安以為自家主子還想跟公主多待一會兒，連忙點頭。「對！公主，讓屬下送去就行。您是公主，又是歸哥兒的嬸嬸，親自送上門，福氣太大，歸哥兒可受不住。」

這個世界還有這樣的說法？長輩不適合去找小輩，只能小輩來見長輩？這麼說來，當長輩似乎也不錯啊。但是——

「我答應過歸哥兒，要送他一把會飛的劍。」她還是得親自去一趟。

沈無咎皺眉。「那就把歸哥兒叫過來。」正好，他也想看看會飛的劍是什麼樣的。

「那也行。」楚攸寧把劍放一邊，自己倒了杯茶喝。

沈無咎的目光落在木劍上。「公主可否拿過來讓我瞧瞧。」

「原來你喜歡木劍啊？也對，你對那把太啟劍比對自己媳婦還好，喜歡木劍也正常。」

「公主誤會了，我對媳婦絕對比太啟劍好。」沈無咎正色聲明。

為何她會這樣想，是他哪裡做得不好，讓她誤會嗎？還是她吃味了？吃太啟劍的味？

想到這裡，沈無咎心裡就控制不住飛揚。

「打比方嘛。對自己的媳婦好，難道不是每個男人該做的事嗎？」楚攸寧把劍拿過去給他。她曾在書上看過，說男人一向把車子看得比老婆重要，沈無咎那麼看重太啟劍，她就套上說了。

「嗯。以後我會對妳好。」沈無咎接過小木劍，笑著說。

楚攸寧懵了一下，這才想起，現在她算起來是他媳婦！

末世早沒了婚姻制度，看對眼的就在一起，哪怕今天跟這個，明天跟那個，都沒人管。

身為男人，要對媳婦好，那身為媳婦要做什麼來著？

楚攸寧想了想，覺得自己很負責任，既然擔著媳婦的身分，那就負責吧。

看到沈無咎拿起小木劍轉著玩，好媳婦就從小木劍開始吧。

她認真道：「我也會對你好的，從小木劍開始，有空便幫你做一把。」

沈無咎的心剛飛起來，聽到後面那句，又啪的墜落。

「公主，我不是小孩子。」他不需要小木劍，真的。

楚攸寧眨眨眼。「不用覺得不好意思，喜歡就喜歡，我又不會笑你。」

沈無咎覺得自己百口莫辯了，他為何要向她借小木劍來看呢？

歸哥兒聽說公主嬸嬸找他，立刻跑來了。

這還是他第一次進沈無咎的東跨院，到書房門口，便捏著衣角不敢進去。

「歸哥兒，公主和主子就在裡頭，快進去吧。」後面跟上來的程安笑著說，然後轉過身去，在門外守著。

歸哥兒看他一眼，抓住門框，一個小腦袋探入屋裡，隨即瞪圓了眼。

程安見歸哥兒扒著門框一動不動，上前正要再勸，就被眼前的一幕驚得神魂不穩，整個人石化般立在那裡。

是他眼花了吧？不然怎麼看到一把小木劍飛起來了，還會對歸哥兒點頭。

「飛劍！」歸哥兒終於回神，大聲驚呼。

楚攸寧看到歸哥兒不敢進來，就把精神力附在劍上，控制著劍，朝他飛去。歸哥兒探頭看進來時，劍剛好飛到他面前。

「真的有會飛的劍！」

歸哥兒大步跨過門檻，抬起小手，想要抓住飛劍，結果飛劍忽高忽低，總叫他抓不住，不知不覺就被飛劍帶著來到楚攸寧面前。

程安也同手同腳地走進來。方才聽說楚攸寧答應要給歸哥兒看飛劍，以為是她說著玩的，或者有別的技巧哄小孩，沒想到居然真能憑空飛起！

這是大白日見鬼了嗎？

沈無咎警告地看程安一眼，程安立刻從神神鬼鬼的幻想中醒過來，站直了身子，向他點頭保證，又看了眼飛劍才退出去守著。

他覺得他好像知道了什麼了不得的事。

沈無咎倒不擔心程安和程佑知道了會大肆宣揚出去。這兩人是他父親部下的遺孤，無人養才抱回沈家，打小跟在他身邊，也當作家兵培養。

鎮國將軍府有一百名家兵，是為保護家中女眷而存在，超過這一百名，一個不慎就會以造反論處。所以這一百名家兵受了嚴格訓練，可以當親兵護衛帶在身邊。

楚攸寧控制飛劍，停在歸哥兒能拿到的位置。「看看你的新木劍。」

歸哥兒興奮得小臉脹紅，怕飛劍又會像之前那樣跑，小心翼翼伸出手，快碰到劍柄時，快狠準一抓。

「公主嬸嬸，我抓到它了！」歸哥兒抓住木劍，手舞足蹈，純真的眼睛裡盛滿歡喜。

沈無咎看歸哥兒這般歡喜，嘴角也不禁上揚。

歸哥兒生下來，他父親就失蹤了，兩個成年男丁又在邊關，加上家裡接連守孝，只剩一些女眷，不方便帶他出去玩。因為他還小，也不放心讓他跟家僕出去。若兩個叔叔在戰場有個萬一，歸哥兒就是沈家唯一的男丁，家裡難免護得緊了些。

所以，歸哥兒還真沒怎麼出去玩過，如今碰上童心未泯的公主，倒是能玩到一塊兒去。

「真棒！看看和你那把一不一樣。」楚攸寧摸摸歸哥兒的腦袋瓜。

歸哥兒點頭，兩隻小手抓著劍，好像怕它跑似的，兩面都看了一遍，眼睛又瞪大了，小嘴張得圓圓的。

「公主嬸嬸，真的跟父親做給我的小木劍一模一樣！這也是父親做的嗎？」

楚攸寧語塞。劍是一模一樣，但做的人不同。歸哥兒那把劍有重要意義，因為是他爹親手做的。

沈無咎招手讓歸哥兒過來，摸摸他的頭。「不是你父親，是公主一點一點做出來的，心意和你父親做的一樣，都希望你平安喜樂，懂嗎？」

「嗯！公主嬸嬸和父親一樣，最疼歸哥兒。」歸哥兒重重點頭，抱著劍，撲過去抱住楚攸寧的腿，昂起頭，聲音帶著奶味道：「公主嬸嬸，以後歸哥兒孝順妳。」

來自幼崽最純真赤誠的感謝，楚攸寧覺得自己高大了許多，捏捏歸哥兒的小臉。

「行，等你長大了，讓你孝順。」

「那我可以讓小木劍飛起來嗎？」歸哥兒期待地問。

「你可以試試看。」楚攸寧說。

歸哥兒雙手抓著劍，像抓條活魚一樣，抓得緊緊地，怕劍飛不起來會摔壞，還知道蹲下來靠近地面一點，萬一摔下來，也摔得不重。

他屏住呼吸，一點點慢慢鬆開手，等雙手都放開後，小木劍忽的墜落，他剛驚呼出聲，木劍在快要摔到地上時，又飛了起來。

「哇！真的飛起來了！」

歸哥兒又伸手去抓，楚攸寧控制飛劍，繞著整間書房飛一圈。歸哥兒一直追，每次都是快要抓到的時候，飛劍又加快飛走了。

「哎呀！又跑了！」書房裡都是歸哥兒蹦蹦跳跳的腳步聲，還有不斷的驚呼。

沈無咎哪怕看過一次了，還是感到很神奇，這異能不單可以無聲鑽入他體內，縫合他的傷，還能憑空操控東西，與仙法無異。

玩了好一會兒，看歸哥兒跑出汗，楚攸寧才停手，讓小木劍落入他懷裡。

沈無咎招手讓他過來，替他抹了把汗。「歸哥兒，小木劍只有你公主嬸嬸在的時候才飛得起來，可知？」

歸哥兒本來還想拿回去給母親看呢，聽沈無咎這麼說，有些可惜，但還是很高興。

「我知道，飛劍聽公主嬸嬸的話，我也聽公主嬸嬸的話。以後我想看飛劍，還能來找公主嬸嬸嗎？」歸哥兒期待地看向楚攸寧。

「其實……」

「公主，這件事聽我的可好？」沈無咎知道她想說什麼。她都可以將異能獨自留在他體內了，留在小木劍上，應該也不是難事。

若是歸哥兒讓木劍飛就能飛，他怕歸哥兒拿出去炫耀惹事。她可以使用異能，但那是加以掩飾過的，木劍憑空會飛就不一樣了，到時該如何解釋？

楚攸寧看他請求的眼神，跟霸王花隊裡的軍師一樣。但凡需要徵求她同意的事，都是為隊伍好，也不糾結，直接點頭。

「聽你的。」

沈無咎笑了笑，公主還是很好說話的。

歸哥兒看看楚攸寧，又看看沈無咎。別看他小，其實他懂很多，這是公主嬸嬸的秘密。

半邊夕陽下山時，也到用晚膳的時候，歸哥兒被楚攸寧邀請回正院吃飯，興奮得完全忘了關心被拋棄下來的沈無咎。

得了會飛的小木劍，又跟公主嬸嬸用了晚膳，歸哥兒覺得這是他最開心、最幸福的一日，當晚夢裡都在格格笑。

第三十章

古人吃晚飯跟睡覺都早，吃完飯，才剛入夜。

楚攸寧沐浴完，打算去沈無咎那邊找本書打發時間。風兒轉身去取巾帕回來幫她擦頭髮，回來發現人不見了，再看敞開的窗，哪裡還能不明白，她又跑出去了。

楚攸寧到東跨院時，沈無咎也剛由程安伺候著，擦好身子，換上乾淨的衣裳。

看到楚攸寧披著一頭濕髮進來，沈無咎心中已能鎮定接受。

這次她身上倒是不穿裡衣了，而是寬袖交領羅裙，軟煙羅的料子，一抬手，袖子就往下滑，露出纖細白嫩的皓腕，粉嘟嘟的唇不點而紅，剛沐浴過的小臉嫩如剝了殼的雞蛋。

「公主怎麼來了？」沈無咎小小期待一下，她是不是不放心他，過來看他傷口的？

楚攸寧直接說：「你這裡的書挺多的，我來找本看看。」

找書看……總覺得這話比來看他的傷還不可靠。

沈無咎暗嘆，果然不能指望她能多惦記著他。

「公主愛看哪一種書？我這裡兵書居多，三嫂那裡有許多詩集書冊，還有不少孤本，妳有空也可以去三嫂那邊看看。」若公主內裡有錦繡，或許和他三嫂有話聊。

「我愛看小……話本。」

兵書一看就是講打仗的，末世打得還不夠嗎？詩集？明明一句話能講清楚的事，非要將一些字湊在一起，弄成聽不懂的，她也不愛看。

沈無咎語塞。公主是愛看書，不過看的是話本。

「明日我讓程安去找些回來。」但凡不好的，都不能出現在她面前，省得帶歪她。

「好吧，我去看看你書架上有什麼書能看的。」楚攸寧只能將就了。

「公主且去看看，找到合適的，拿過來這邊看，我幫妳擦頭髮。」

楚攸寧偏頭，摸摸半乾的頭髮，擺擺手。「不用，吹吹風就乾了。」要不是張嬤嬤和風兒她們說不許剪頭髮，她都想剪成短髮，多好打理，還不用每天盤髮，插一堆沒用的髮飾。

「可是公主為將軍府討回糧餉，又替我治傷，還幫歸哥兒做木劍，我想報答公主。如今我動彈不得，只能做些微乎其微的事，比如，替公主擦頭髮。」

楚攸寧被沈無咎眼巴巴地看著，想拒絕也拒絕不了，只好點頭。「我先去挑書。」

沈無咎唇角勾起一抹笑。公主的心，軟得可愛。

沒一會兒，楚攸寧回來了，手裡還拿著一本書，對沈無咎晃了晃。

「你書架上也不全是兵書啊。看，這是什麼？」

沈無咎看清她手上拿的是什麼書後，泰山崩於前都不崩的臉色瞬間崩了，差點忘了自己的傷不能大動，差點撲上去。

「公主，這書是沈家的家傳寶書，不能輕易打開，可以還給我嗎？」
「可是我打開了啊，你家家傳寶書是傳這個嗎？」楚攸寧打開書給他看。「也沒什麼嘛，就是兩個脫光的人抱在一起滾床單。哦，還沒脫光。」
沈無咎的臉色又青又紅，見她已經看了，只能強行挽救。「其實那是裴延初的，他落在這裡了。」
那是去年他回京述職時，裴延初帶給他的，說是怕他在軍營裡待久了，不知道怎麼和女人行房。當時他看都沒看，隨手扔一邊，大概是程安與程佑收拾書房時，放到書架上了。
沈無咎恨不得把裴延初吊起來打，等他傷好了，第一件事定要把裴延初拎到練武場修理一頓。說他不懂女人，他還覺得他在京城待久，娘氣了呢。
「公主，那書不適合妳看，給我可好？」沈無咎朝楚攸寧伸出手，循循善誘。
「可是我無聊啊。」她在末世還可以修練異能打發時間，再不濟還有早年那些被人從圖書館救回來的書看。
不知這裡的夜市如何，雖然她想翻牆出去，但昏君為了禁她的足，特地派禁軍來守著，她還是給點面子吧，第一天就不出去了。
「不如我講故事給公主聽？」沈無咎為了阻止楚攸寧看那本春宮圖，也是拚了。
「那好，你講講你們是怎麼打仗的。」楚攸寧將書往床裡一扔，拉來圓凳坐下，準備聽故事。

在末世，不管人與人打，還是跟喪屍打，除了有異能還有熱武器，但這個世界都是用冷兵器的，不然越國也不會仗著火藥，凌駕於其他三國之上。

沈無咎立即把書壓在腿下，以防被她拿走。又讓楚攸寧把腦袋靠過來，要幫她擦頭髮。

楚攸寧乾脆背對他坐，背靠床沿，後腦勺對著他，他愛怎麼擦就怎麼擦。

沈無咎拿起一旁準備好的巾帕，一邊替她擦頭髮、一邊說起發生在邊關的事。

他從沒為人講過故事，但他聽大哥講過邊關的種種，那是他七、八歲時的事了。

沈無咎講的是當年他初到邊關，如何讓那些看不起他年紀小的人心服口服的經過。

那時，他流傳在外的名聲只是京中的小霸王，哪怕沈家僅剩他一個嫡子，到底年紀小，又沒打過仗，也沒傳出他善武，沈家軍裡自然有人不服。卻不知道，他雖然只打算做沈家小紈袴，卻是打小就練武，甚至天分比幾個兄長要高，要不然不會十二歲就能把寧遠侯世子從花樓裡拖出來揍。

當時，他挑了幾個人對打，見識到他的身手後，沈家軍裡那些不服的聲音才平息了些。

但真正收服沈家軍的，還是緊接而來的一場仗。

老將認為他不懂兵法，殊不知，早在父親和大哥戰死那一刻起，他日夜苦讀兵法，做了無數推演。他是沒打過仗，但是敢戰，最後以五萬兵馬大敗十萬敵軍，才徹底收服沈家軍。

在沈無咎清和的聲音裡，楚攸寧彷彿被帶到戰場，親眼看著一個青澀的少年，一步步長成名震天下的將軍。

他說得輕鬆，可經歷過末世戰場的楚攸寧還是聽得出來，這裡面有多少不為人知的辛酸。她還有霸王花隊依靠，他卻只有一個人，用十幾歲的肩膀扛起整個沈家，也沒讓敵軍踏入國土半步。

「你很厲害，是個好將軍。」楚攸寧對他豎起大拇指，然後拍拍他的腿。「你放心，當我的軍師，往後我做你的依靠。」

被這柔嫩的小手拍腿，本該心生旖旎，但聽她這麼說，這旖旎還來不及生出來，就被按回去了。

「公主，我是妳夫君。」沈無咎好笑地說，原來她還打著讓他當軍師的主意呢。

楚攸寧點頭。「哦。對，除了軍師，你還是我夫君。沒事，我會加倍對你好。」

沈無咎很想扶額，就不能先是夫君再是軍師嗎？

故事講了，頭髮也擦乾了，然而時辰還早，楚攸寧的眼睛又瞟向床裡，找尋方才的書。

沈無咎見狀，不由用腿把書壓緊。

「我覺得我還是想看。不看圖，只看字。」

沈無咎傻了，這有區別嗎？

「那些字會污了公主的眼，而且字意太深，公主大概也看不懂。」

楚攸寧想想也是，剛才她翻開看的時候，看了下字，比末世前的那些古詩詞還要深奧。

「那你唸給我聽。」

沈無咎差點咬到舌頭，他不該說後面半句的，唸淫詞豔賦給公主聽？看她那純潔的目光，別說唸了，想都是罪。

就在兩人互相瞪眼的時候，外頭傳來慌亂的腳步聲。

「主子，不好了！宮裡來人了！」程安匆匆闖進房。

沈無咎臉上的笑意瞬間退去，換上沈肅之色。「來人是誰？可有說是何事？」

「來的是陛下身邊的劉公公，說要傳公主入宮。」

楚攸寧站起來。「不是說禁足半年嗎？我父皇說的話都是放屁？說好的君無戲言呢？」

程安不敢搭話，背後非議皇帝是大不敬。

沈無咎覺得定是發生什麼事了，逼得景徽帝不得不讓人來傳楚攸寧入宮。景徽帝還不惜派人守住鎮國將軍府，只為不讓越國人找她的麻煩，總不可能越國人威嚇幾句就孬了。

今夜宮裡設宴款待越國人，不出意外，也是挑選公主去越國和親的時候。可楚攸寧都嫁給他了，那越國王爺還敢妄想他的公主不成！

他想起白日楚攸寧打豫王的事，興許就是這樣，豫王才將主意打到他媳婦身上，放在身子兩側的拳頭狠狠攥緊，下頷緊繃出冷硬的線條。

「程安，把輪椅推過來。」沈無咎做了決定。

「不行，你躺著。不就是進宮嘛，我一個人去就行。」楚攸寧出聲阻止。

沈無咎知道不能和她硬著來，軟下聲音。「公主，我讓程安和程佑抬我出去見劉公公，問問是怎麼回事，不然我不放心。」

楚攸寧想想，他的傷靠的是她的精神力控制，和手術縫合不同，不必擔心線會裂開，讓傷勢加重。而且線被她控制得牢牢的，不一定非要臥床躺著不動。

以防萬一，她還是讓沈無咎棄了輪椅，改用坐榻，病人就得有病人的樣子。

第三十一章

劉正沒等多久，就看到楚攸寧出來，又瞧見半躺在坐榻上的沈無咎，心裡猛地一跳。這是傷勢又加重了？白日駙馬還能坐輪椅隨公主去戶部要糧，夜裡卻連坐都坐不直了。

「奴才見過公主、駙馬。」劉正上前，微微行禮。

楚攸寧擺手。「不用多禮。父皇怎麼又讓你傳我入宮，我的禁足才開始就結束了？」

說到這個，劉正就氣。「公主，陛下罰您禁足，原是為了保護您，讓越國人找不了您的麻煩，誰知越國人實在欺人太甚，竟事先派人帶火藥藏在城裡，以此要挾陛下傳您進宮。」

「所以他便讓你來傳公主了?!」沈無咎怒極，連尊稱都顧不上了。

前世這昏君能為一個美人跟越國開戰，如今受威脅，自家公主說交出去就交出去，這護女之心也不過維持了半日。他恨此時的自己什麼都做不了！

「將軍莫急，陛下說了，命奴才把這個交給您。」劉正從袖中掏出虎符。「陛下讓您帶著虎符去京西大營調兵，駐紮在城外。越國人若要公主去和親，除非不想離開慶國京城。」

沈無咎剛伸手，楚攸寧已經接過虎符，看了一圈，扔給他。

「我父皇可以這麼威武嗎，不怕越國事後算帳？不放人離開，越國打進來怎麼辦？」

劉正苦笑。「這都是之後再想的事了。當前陛下能做的，唯有保住公主。」

楚攸寧聽了，心裡有股說不上來的滋味，跟那夜聽到昏君為了幫她把四皇子當嫁妝的事擦屁股，把鍋牢牢扣在昭貴妃頭上一樣。昏歸昏，至少他盡了一個父親該維護女兒的責任。

她不知道昏君為什麼在她到來之前，能忽略小奶娃忽略到讓他因宮人疏忽落水而死，最後還因為原主的嫌棄，草草埋了。但現在的她頂替他女兒的身分，確實享受著他的庇護。

她沒有父母，但是有一群霸王花媽媽。昏君護她的心，跟霸王花媽媽是一樣的。行吧，她決定以後背地裡不叫他昏君了。要是又昏得看不下去，就叫狗皇帝吧。

「程安，去備馬。」沈無咎沈聲吩咐。

楚攸寧轉過身看他。「你要騎馬？不要命了？」

「公主，身為一國將領，本就是以保家衛國為己任。君有召，召必應！」沈無咎的眉眼忽然柔了下來。「何況，我也要護住自己的媳婦。」

楚攸寧懷疑她白日酥糖吃多了，心口竟然有點甜。

「不需要你去，我自己就行。」她說完，頓了一下，又安慰道：「你現在養傷不能移動，不然沒到半路就掛了。」

她知道男人自尊心很強，不然在末世也不會沒有男人願意加入霸王花隊。她們的待遇明明還算不錯，又有各種姑娘可以勾搭，可就是沒男人願意來，姑娘倒是照常勾搭。

沈無咎看出她想要安慰他，可是這安慰再次讓他哭笑不得。

「沈將軍，奴才覺得公主說得有道理，您可派能信任的人去。」劉正附和。沈無咎連坐都坐不直了，真有可能騎到半路出事。到時公主成了寡婦，豈不讓越國人如願？

「程佑，你去辦。」沈無咎把虎符交給程佑。程佑比程安沈穩，身手也比程安好。

「不用去。調什麼大軍？那太給越國人臉面了。」楚攸寧擺手。別人找不出火藥，可對於有精神力的她而言，馬上就能解決。

沈無咎以為楚攸寧說的是用異能操控火藥，拉過她，悄聲說：「公主，妳那異能或許可以阻止火藥爆炸，但一時很難查出火藥在哪裡。萬一驚動對方，狗急跳牆點火就不好了。」

楚攸寧歪頭。「我沒說嗎？我探查的能力更厲害。」起初精神力是被用來探路的，一鋪出去，方圓百里盡在眼中。

「當真？」沈無咎著著實實被驚喜到了，比白日知道她能治他的傷還要驚喜，又很快地冷靜下來。「對妳身子可有礙？」

「也就比用在你身體內的能量多那麼一點點吧。」畢竟京城那麼大。

沈無咎點點頭，還是讓程佑去調兵。「以防萬一。就算用不上，震懾一下也好。」

「行，你看著辦。」楚攸寧沒有意見。在這個世界，論打仗，還是沈無咎懂。

沈無咎見她仍披頭散髮，便取自己的髮簪，幫她挽了個簡單的髮髻。

楚攸寧晃了晃腦袋。「這個好，不累贅。」

聽到動靜趕來的張嬤嬤，簡直要看不過去了。要不是事態緊急，她非得將公主拉回去重新梳頭上妝不可。就一根光禿禿的髮簪，未免太寒酸。

「妳若喜歡，往後我再幫妳挽。」沈無咎終於如願摸到楚攸寧的頭，但如今不是浮想聯翩的時候。

「嗯，那我走了。」楚攸寧揮揮手。

張嬤嬤愁著臉，上前替她披上披風。「公主，夜裡風大，當心著涼。」皇后臨死，也要將公主嫁出去，就是為了不讓她去越國和親，結果那天殺的豫王竟無恥到連嫁了人的公主都要。若公主這回入宮，陛下為了江山選擇犧牲她，該如何是好？

張嬤嬤也不問楚攸寧要做什麼了，放手讓她去。指望不了景徽帝，興許公主能自救呢。

楚攸寧本來不想繫的，但看到張嬤嬤苦著臉，也就隨她了，然後不習慣地揮了揮，對劉正說：「劉公公，你先去皇宮宮門等我。」

「公主，您去哪裡？陛下還在宮中等著啊！」劉正急得對她的背影喊。

「我出去一趟，很快便去和你會合。」

沈無咎目送過父兄出征，此時望著楚攸寧的背影，也有種在目送她出征的感覺。他搖搖頭，不放心楚攸寧一個人，讓程安跟上去護著。

劉正看向沈無咎。「駙馬，您該不會叫公主逃了吧？」

沈無咎臉色一沈。「公公慎言，公主貴為慶國公主，怎會棄百姓於不顧？」

「那公主做什麼去了？」

沈無咎面不改色。「公主就是出去一趟。」

劉正氣結，當他好糊弄呢！

楚攸寧走到半路，碰見聞訊趕來的幾位夫人，愉快地跟她們打招呼。

「大嫂、二嫂、三嫂，妳們找沈無咎啊，他在呢。我還有事先走了。」

幾位夫人聽了，到嘴邊的話又嚥回去，不是說宮裡來人要接公主進宮嗎？怎麼只有公主和程安？而且打扮那麼簡單，不像是要入宮的樣子。

她們也聽說了楚攸寧白日揍越國人的事，尤其是歸哥兒說她一腳踢飛一個，又一手一個扔作堆，這可不是一般的得罪人，不免擔心，這時景徽帝讓人來接，是越國人逼他交出她。

幾位夫人剛要繼續往明暉院走，沈無咎已經被抬過來。

「大嫂，讓管家去把家兵全聚集起來，先將府裡仔細盤查一遍。」沈無咎擔心，白日楚攸寧得罪了越國人，那火藥說不定就藏在將軍府裡。

幾位夫人知道事情嚴重了，什麼也沒問，轉身去辦。

原本守在鎮國將軍府外的禁軍，在劉正來的時候，就宣景徽帝口諭，讓他們去守國庫了。那些越國人太囂張，炸了國庫也是有可能的。

楚攸寧第一次騎馬，直接用精神力控制，一勒轠繩，馬就乖乖聽話往前跑。

程安原本還擔心她不會騎馬，畢竟主子讓他查過她，可沒聽說公主善騎射。結果，她騎上馬後絕塵而去，讓他跟都跟不上。

華燈初上，替夜色增添朦朧浪漫的色彩。行人悠閒遊玩，茶樓裡戲曲嘹亮，河上緩緩遊行的畫舫張燈結彩，一曲琵琶勾了人的心，多少富家公子正在尋歡作樂。

然而，宮裡的事一出，提早宵禁，大批禁軍驅散行人。能在京城定居的人也不是傻的，見狀就知道有大事發生，趕緊回家關緊門窗。這也大大方便了楚攸寧策馬在大街小巷奔跑。

京城一片寂靜，只剩馬蹄噠噠，以及禁軍整齊劃一的腳步聲，和鎧甲奔跑間磨擦出的聲音，聽得人心裡直播鼓。

此時的陳家，陳子善正被按在凳子上抽。

「逆子！早知你如此會惹禍，當年就不該讓你生下來！」

今日設宴接待越國人，三品以上官員均可赴宴。他聽說這逆子從花樓出來，就敢跟越國人買女人，緊接著又聽聞逆子和攸寧公主大鬧戶部，氣得恨不能要這逆子死了算了。正因為這樣，他連宮宴都不敢去，唯恐越國人在大殿上提起這事，到時被當殿降罪。

陳子善哎喲哎喲叫得淒慘。「我娘也後悔當年嫁給你，生下我這個逆子呢。一個寵妾滅妻之人，不配我娘替他生子。」

「還嘴硬，看我不打死你！」

「打！儘管打，省得哪日逼急了我，我讓世人都知道你停妻再娶，為榮華富貴，逼糟糠之妻為妾！」陳子善高高梗起脖子。

「你！好，看我今日打不打死你！」陳父再次揮鞭。

「老爺息怒。」陳夫人見差不多了，上前攔住陳父。「子善越發了不得了，今日差點為陳家惹來滅頂之災。依我看，還是讓他回老家避避風頭，也養養性子。」

陳子善一聽就知道這惡毒女人打什麼主意，冷笑一下。「也行，讓陳子慕一塊兒去，他長這麼大，還沒見過爺爺、奶奶吧？該回去祭拜，省得爺爺、奶奶出現在他夢裡，他還不認得。」

「子慕打算來年再應試，正是緊要時刻。等考中進士，光耀門楣，想必二老更歡喜。」

陳子善是個混不吝，扶著腰站起來，齜牙咧嘴。「我也在努力讓爺爺、奶奶抱曾孫呢。沒有曾孫，我怕回去後，爺爺、奶奶會愁得在地底下不得安寧。」

陳夫人抽抽嘴角。「你的身子，大夫瞧過，不易使女子受孕，興許回老家能養好呢。」

陳子善不痛不癢地說：「我倒是覺得我是在老家虧了身子，親爹拋妻棄子，在京城享受榮華富貴，另娶嬌妻美妾，讓糟糠之妻和孩子在老家吃糠嚥菜，可不是虧大了嗎？我都打算好了，這輩子若是生不出孩子，就從陳子慕那邊過繼一個，誰叫他是我兄弟呢。」

陳夫人瞬間笑不出來了。想過繼她兒子的孩子？這輩子都休想！

見陳子善死豬不怕開水燙的模樣，陳父正要再罵，管家匆匆進來。

「老爺，不好了！宮裡出事了！」

陳父一聽，第一個念頭就是慶幸沒去赴宴，然而聽管家說完，臉色都變了。

他也不知越國人把火藥藏在哪裡，想到白日陳子善得罪越國人的事，嚇出一身冷汗。萬一越國人記仇，就把火藥放進陳府呢？

「把所有人集合起來，將府裡裡外外仔細搜一遍！」陳父說完，狠狠瞪向陳子善。「不管今日搜不搜得出火藥，此事過後，給我滾回老家。哪怕你不願，綁也要將你綁回去。」

陳夫人聽完，暗笑了下，隨即知道這不是該樂的時候，也趕緊回去吩咐人搜查院子了。

同樣被罰的還有裴延初。知道消息時，他已經挨了幾板子，正趴在床上養傷。

忠順伯更絕，直接派人回來通知家人撤離，但所有人都覺得這禍事是三房惹來的，一個個有默契地沒告訴三房。

裴延初知道了，嗤笑一聲。「父親，這下您該死心了吧？」

「要不是你……唉！」裴三爺走出去，抱頭蹲在廊下。

有時裴延初真的對這個扶不上牆的父親看不上眼，父親是妾生子，還是主動爬床的妾，生下孩子後就被打殺了。父親打小受盡冷落，養成唯唯諾諾的性子，文不成、武不就，若非當年皇后曾提過一句，家裡大概不會幫著張羅親事。

後來，他就懂了，會哭的小孩有糖吃。祖父還在的時候，他沒少在祖父跟前表現，被說成紈袴又如何，至少有人記得他，反正他們這房被壓得死死的。後來有幸結識沈無咎，才跟著沈無咎名動京城。

那時，鎮國將軍府還沒出事，裴家也還是國公府，自然不會反對他和將軍府最小的嫡子交好。如今忠順伯府因沈無咎降爵，他那腦子長在頭頂上的大堂哥偷雞不著蝕把米，畏罪自盡，兩家已經算是死仇，便不願讓他和沈無咎來往了。

但他不是他們手裡的提線木偶，憑什麼聽他們的？若全聽他們的，怎麼死的都不知道。

「初兒，你看我們要不要也出去躲一躲？」裴三太太猶豫地問。

「不用，忠順伯府沒那麼大的能耐，能讓陛下受威脅。」他雖跟陳子善競價買越國女人，但忠順伯府還不夠格被越國人看上，若景徽帝知道要炸的是忠順伯府，只會冷眼旁觀。從忠順伯府支持昭貴妃開始，忠順伯府和皇后的關係就遠了，僅掛著皇后娘家的名頭罷了。

皇后是當年唯一一個還能想起他父親的人，因此今日被叫去搬糧，他就沒什麼怨言了。以往聽說楚攸寧被外家哄得死死的，只覺得她蠢，如今看來不是蠢，而是莽。

不過，這樣的莽，他還挺欣賞，就是不知哪日會莽到忠順伯府頭上，突然好期待呢。

被認為又蠢又莽的楚攸寧正馭馬奔馳，鋪出精神力，所到之處，方圓百里盡在腦海。觀察了半座城，她忽然勒住韁繩。馬兒突然被勒，馬蹄高高豎起，發出刺耳的聲音。

趕上來的程安看到她差點要被馬摔下來，嚇得心跳都要停了。

「聽話。」楚攸寧小手一拍馬頭，馬的動作立即和緩下來，哀哀叫著，好似還挺委屈。

程安看傻了，好像什麼事發生在公主身上都不稀奇了。打馬上前，壓低聲音問：「公主可是有所發現？」

楚攸寧望向前方的大片民宅，點點頭。「那條巷子裡，有個抱著一罈酒，看起來醉醺醺的人。那罈不是酒，應該就是你們說的火藥，裡面還有很多鐵片。」

真惡毒啊，一旦爆炸，不光外面罈子炸開，裡面的鐵片也被炸飛，達到多重傷人效果。

「居然選民宅，這是想要激起民憤！」程安立即明白越國人的險惡用心。

楚攸寧用精神力切斷火藥引線，讓程安盯著，不急著抓人。比起馬上把人抓起來，她更樂意看到他們奉命點火時，卻怎麼也點不著的樣子。還有，那個詞怎麼說來著？打草驚蛇。

做完這事，她又策馬去瞧另外半座城，最後在靠近戶部的屋頂上，發現了黑衣人。

看到上下一身黑，完全融入黑夜裡的人，楚攸寧忽然意識到，上次她夜裡穿一身淺藍裡衣跑去東跨院看劍，有多麼不尊重夜行者這個身分，這才是個合格的夜行者啊。

楚攸寧看到那人的作案工具，有弓箭、火藥包，而他盯著的方向……咦！那不是她白日去的戶部糧倉嗎？原來是想燒糧倉，這個更不能忍。對末世人來說，糧食可是命！

她直接將那火藥包的引線也切了，又對那人下精神暗示，讓他自己跳下樓。至於抓他的事，不用她出手，也會驚動看守戶部府庫的人。一身夜行衣，一看就知道不是好人。

接著，楚攸寧直接策馬去皇宮和劉正會合。有精神力，找出火藥不用她跑遍整個京城，前後花不到兩刻鐘。

第三十二章

楚攸寧到宮門口時，看到沈無咎也在。不同的是，沈無咎換了能躺著的軟轎，除了他，還有張嬤嬤。

劉正左盼右盼，終於盼來楚攸寧，大大鬆了口氣，見她策馬狂奔，不禁疑惑，她何時會騎馬了？

「不是讓你歇著嗎？」楚攸寧翻身下馬，走向沈無咎。

沈無咎幫她理了理被風吹得凌亂的秀髮。「公主是我的妻子，有人覬覦妳，若不出面，會被認為我懼怕越國，默默將自己的妻子拱手讓人。」

讓他待在府裡乾著急，他做不到。無論如何，他都得出面讓眾人知道他的態度，不然真以為他任人處置了。

行吧，又是事關男人尊嚴的事。

「嗯，反正我會保護好你。」楚攸寧沒反對，又看張嬤嬤。「嬤嬤，妳怎麼也來了？」

「公主連一個婢女都不帶，奴婢只能親自來了。」張嬤嬤擔心楚攸寧做出過於出人意料的事，受人猜疑。有她這個皇后跟前的嬤嬤作證，總不會還有人懷疑公主換了個人。

張嬤嬤說完，拉楚攸寧上馬車，重新幫她梳妝打扮，這才讓她入宮。

頤和殿裡，笙歌鼎沸。

越國人坐在第一排前頭，美人在懷，上下其手，好好的國宴竟弄得像在花樓裡吃酒般，看得人敢怒不敢言。

「陛下，本王耐心有限，攸寧公主再不來，可要生氣了。」豫王說著，還打了個酒嗝。

景徽帝坐在寶座上，又讓宮人倒了杯酒，看起來沒比越國人少喝。

每次越國人來，都當慶國是自家後花園一樣。為了不亡國，他還得賠著笑臉，覺得再沒有比他更憋屈的帝王了。

這次更過分，豫王一開口就要楚攸寧。原以為把人嫁出去就安全了，哪裡想到還是低估了越國人的無恥。許是之前楚攸寧在街上扔人，讓豫王氣不過，才想到這樣侮辱人的法子。

早知道……早知道又如何，他還能綁著女兒，不讓她跑出去惹事不成？

「豫王，攸寧已經嫁給我國的忠臣良將沈將軍，實不是和親的人選。你還未見過朕的四公主吧？朕讓她過來給你瞧瞧。」景徽帝只能儘量拖延。

這話在豫王之前開口要人時，他就說過了，現在不過是翻來覆去地說。要是如他們的願，讓女兒改嫁，還不如直接亡國算了，這皇帝當得實在沒意思。

「那又何妨？本王可是聽聞沈無咎重傷在身，往後再也上不了戰場，還弄不了女人。哈哈……想來剛嫁過去的公主，還是完璧之身才對。」豫王笑得毫無顧忌。

景徽帝的臉色比聽到要楚攸寧去和親時還陰沈。

「放肆！我國嫡公主，豈是你能調笑的！」有臣子聽不下去了，忍不住出聲。

豫王嗤笑。「慶國公主皆任越國王侯挑選，你們提前把嫡公主嫁出去，越國不追究，已經是大度。不過讓攸寧公主二嫁而已，反正本王也不是第一次娶妻，一點都不介意。聽聞陛下的皇后和貴妃是表姊妹，本王正好也想像陛下一樣，試試娶一對姊妹為妻的感覺如何。」

景徽帝聽他提起已逝的大公主，臉色倏地沈下來，手裡的酒杯都被他捏壞了。

「豫王，朕看你是喝醉了，忘了腳下是哪裡。」

豫王高傲地抬頭直視景徽帝。「怎麼，陛下是準備好要跟越國開戰了嗎？」

景徽帝剛被激起的血性，瞬間被一盆冷水澆掉了。

越國造出火藥後，拿慶國開刀那場仗，一直是慶國人心中的痛。那是慶國建朝以來最慘烈的戰役，炮火連天，投石機投來的不是石頭，而是爆炸傷人的火藥，還用火藥箭攻擊糧草，用內有帶刺鐵片的炸藥罈子阻止他們的騎兵。兩方兵器差距懸殊，慶國根本只能挨打。

那一戰，哪怕慶國軍隊死守也沒能守多久，最終不甘地戰死在炮火連天裡。

二十萬大軍，短短一個時辰全軍覆沒。戰後場面尤為壯烈，讓人此生不想再看第二遍。

那年，景徽帝還沒出生，為何會知道？因為描繪戰後戰場的畫就掛在御書房裡，不知是警告每一代帝王要忍，不可讓舊事重演，還是讓每一代帝王記住那一戰的屈辱，奮起追擊。

這一刻，慶國的帝王沈默了，臣子們也沈默了。

這些年慶國忍氣吞聲，年年進貢，為的不就是怕越國的火藥進攻嗎？那種威力強大的武器，誰也不想面對。

就在大殿上的氣氛陷入兩種極端的時候，就在越國人嘴臉越來越得意的時候，殿外響起太監尖銳的唱聲。

「攸寧公主到——」

景徽帝既盼著楚攸寧出現，又不希望她出現，心裡糾結。接著看到和楚攸寧一起進來的沈無咎，臉色都變了。

沈無咎在這裡做什麼？不是讓他去京西大營調兵嗎？難不成出了什麼意外？還有，他這傷，連坐都坐不直了？

楚攸寧雙手負在身後，昂首挺胸，自認很有氣勢地走進大殿，裙襬下的步伐虎虎生風，頭上金步搖隨著她的動作搖動，細聽還能聽見撞擊的細碎聲響。

一直在等的重要人物來了，大家的目光都看向楚攸寧，慶國和越國是否要開戰，全看她了。只是，她走路的步伐是不是邁得太大了點？說好的輕移蓮步呢？邁得比爺兒們還有氣勢是怎麼回事？

楚攸寧掃視全場一眼，一看越國人的位置和嘴臉，就知道比主人還像主人。

她收回目光，草率地拱手行了個禮。「父皇，您找我？」

景徽帝皺眉。「從哪兒學來的不三不四行禮。」

「我覺得挺好。」楚攸寧點頭。

身為被行禮的人，他覺得不好。景徽帝懶得管了，不悅地看被抬進來的沈無咎。「沈將軍有傷在身，不好好在家休養，跑來做什麼？」難道想讓公主直接守寡，好成全越國人！

「回陛下，聽說有人覬覦臣的妻子，臣哪怕只剩一口氣，也得過來。」沈無咎半躺在軟椅上，看起來就像傷重到動彈不得的樣子。

「哈哈，你就是鎮守雁回關、從無敗仗的玉面將軍沈無咎？可惜現在的你連站起來都做不到，也沒碰公主吧？正好，本王幫你享用了。」豫王狂妄大笑。

「喲！你倒是站得起來，可惜站不了多久。沒那本事，就別學人御女無數了。」楚攸寧說著，還彈了彈指甲蓋，侮辱不可謂不強。

景徽帝傻了，他閨女嫁出去後的這些日子，發生了什麼事？什麼話都能張口就來，該不會是被沈無咎帶歪的吧？

眾臣大驚，這是什麼虎狼之詞？攸寧公主的「站」，和他們理解的「站」，是同個意思？

然而，是男人都能聽出這話裡的意思，何況還有動作，豫王氣得臉扭曲了。

沒等他再開口，只見一道金色殘影朝他直射過來，擦著他的臉而過，釘在後面的蟠龍金柱上。

原來是沈無咎拔了楚攸寧的髮釵當暗器。剛剛污言穢語的豫王癱軟在地，差點嚇尿。

「本將軍就算站不起來，也照樣能要你的命。」沈無咎聲音冷厲。

一切發生得太突然，等大家全反應過來，慶國人不由心裡暗爽。不管如何，總算出了口惡氣。

哪怕忠順伯恨不得沈無咎去死，也不會在這時候落井下石。雖然不知道景徽帝把攸寧公主叫來，是不是有妥協的意思，但他分得清局勢。這事可以在日後嘲笑，無須在這時候逞口舌之快。

慶國要是滅亡，他連坐在這大殿上的機會都沒有。想保住榮華富貴，慶國還得存在。

楚攸寧被沈無咎的樣子驚豔到，拔下另一邊的髮釵遞給他。「還要嗎？我這裡還有。」

沈無咎聽了，瞬間柔了眉眼。「改日射箭給公主看。」

「好啊，專找找死的人當箭靶子。」楚攸寧把髮釵隨意插回頭上，看向越國人的眼神，很是躍躍欲試。

豫王聽到這話，又氣得一口老血堵在心口，被人扶起來後，摸到臉上被劃傷出血，又驚又怒，看向沈無咎的眼神陰狠至極。

「你找死！」

沈無咎面容沈肅。「找死的是豫王才對，想要攸寧公主去和親，絕無可能！反正都要開戰，豫王死在慶國，越國那邊也無暇管了。」

「你敢威脅本王？」豫王推開扶他的人，看向景徽帝。「看來你這陛下當得也不如何，臣子都能當著你的面，做你的主。」連稱呼都省略。

景徽帝覺得，沈無咎方才的行為，讓他更爽了。

他早已和劉正耳語完，知道沈無咎已經讓人拿著虎符去調兵，如今沈無咎這麼說，可不就是和他給虎符的意思一樣嗎？唉，看來真的只剩開戰這條路可走。

這一日終究還是來了，跟越國撕破臉也就罷了，還要面臨京城被炸，虧大了。

景徽帝坐直身子，終於恢復身為帝王的硬氣。「沈將軍說得沒錯，已出嫁的公主，是不可能去越國和親的，豫王不如選其他公主吧。」

豫王沒想到景徽帝居然硬氣起來，譏笑道：「看來陛下想領會領會越國的武器了。」說罷，他看向楚攸寧，笑得不懷好意。「不知攸寧公主如何選擇？」

「我賭你那武器炸不了，輸了我跟你去越國。」楚攸寧說完，感覺到沈無咎的強烈目光，看上去似乎有點不高興？

身為隊長，她還是很照顧隊員的情緒，連忙補充道：「還有駙馬。如果將軍府裡的幾位嫂子也想去，都帶上。」

沈無咎笑了，知道她不可能屈服，但他還是不喜她輕易拿自己當賭注。

豫王。「……」

慶國臣子們以為楚攸寧識大體，要犧牲自己換慶國和平，才這般說的。畢竟，那火藥要是炸不了，豫王能這麼囂張？

他們還沒來得及感動，又被她後面的話弄得相當無言。敢情攸寧公主說跟豫王去越國是去玩，還是拉家帶口的那種？

連景徽帝都覺得閨女突然懂事了，要犧牲小我成全大我，結果……他聽到了什麼？要去越國，還是帶上整個將軍府的人！

這才嫁過去幾日啊，就心心念著將軍府了，沒見她想起他這個父皇。

景徽帝心裡酸溜溜的，嫁女兒果然不好受。

豫王只覺得自己被耍了，連連說了幾聲好，朝殿外大喊：「放！」

沒一會兒，有人聽到天空響起信號彈的聲音，明顯是越國獨有的，真是防都防不住。

大殿裡忽然人人自危，生怕越國人當場掏出火雷將他們炸個粉碎。也有冷靜的人想到，要是連大殿都炸，越國人也逃不掉，想必越國人不會這麼蠢，自尋死路。

大殿上的樂聲早在楚攸寧到來時就停下，大家都緊張地等著爆炸巨響響起，這種如同待宰羔羊般的感覺，太不好受了。

越國人得意地昂高下巴，等著那美妙的爆炸聲。

然而，等啊等，等啊等，始終沒等到任何聲音，越國人的臉色漸漸變了。

「砰！」楚攸寧忽然出聲，嚇了所有人一跳，包括景徽帝。

景徽帝瞪她，都什麼時候了，還這麼調皮。
豫王聽到聲音的時候，還欣喜了一下，隨即反應過來是人聲，立即陰下臉看向楚攸寧，見她一點也不害怕的樣子，真的很想知道是什麼給了她勇氣。
「別等了，炸不了的。」楚攸寧從最近的桌子上揀了顆桃子吃。
豫王皺眉。「妳憑什麼這麼肯定？京城這麼大，妳不可能知道本王將火藥藏在哪裡，這麼短的時辰裡也找不出來。」
慶國臣子也想知道，無數雙眼睛聚集在楚攸寧身上，發現她啃桃子啃得真香。
楚攸寧嚥下嘴裡的果肉，漫不經心地說：「就憑我家祖宗顯靈啊。」
慶國臣子傻了，景徽帝也沒想到他閨女這麼能胡謅。祖宗顯靈，他怎麼不知道？
豫王氣得笑出來。「公主覺得本王長得像傻子？」
楚攸寧看過去，又別開眼。「不只傻，瞧著還傷眼。」
她話落，大殿裡頓時竊笑聲不斷，從小到大。
「哈！公主說得沒錯，看來豫王平時很少照鏡子。」沈無咎是唯一一個不忍的人，哪怕按著傷口，也要大笑一聲。
「你們……」
「怎麼？就准你越國有仙人託夢，不准我慶國祖宗顯靈？」楚攸寧驕傲地挺起小胸脯。
「說得好！」景徽帝拍案叫絕，別管楚攸寧瞎不瞎編，這話頂得好。越國都囂張到家裡來了，還不許慶國的祖宗發威不成。

「呵，那本王就等著看慶國祖宗如何阻止得了越國的火雷進攻。」

「難道剛才沒證明嗎？」楚攸寧說。

「本王不信。」豫王握拳。

「我求你信了？」楚攸寧反問，啃著桃子朝豫王走去。

大家的目光都集中在她啃桃子的動作上，直到有人驚呼，才發現她腳下的地板在開裂。有人懷疑自己眼花了，還揉了揉，再一看，是真的！

在場的越國人都領教過楚攸寧的力氣，但當時只是被扔成一堆，要是那腳踩到他們腦袋上，會開花的吧？

怕歸怕，越國人還是起身將豫王護在身後，其中不乏有武功的護衛。

楚攸寧咬著剩下一半的桃子，抬腳踹去，小拳頭逮著機會就揍，或者直接把人舉起來，往大殿上的柱子砸。

很快地，躺在地上的越國人不是牙掉了，就是手腳斷了。

除了沈無咎，其他慶國臣子個個目瞪口呆。

「來人啊！快進來救本王！」豫王嚇得聲音都變了。

第三十三章

留在殿外的越國護衛衝進來，楚攸寧隨手拎起地上的人，橫著砸過去，再加上精神力，瞬間倒了一大片。

這是什麼可怕力氣！

豫王驚恐瞠目，看到自己的人都倒了，腿軟得站都站不起來，楚攸寧還對他露出邪惡的笑，嚇得向景徽帝求助。

「陛下，慶國當真想亡國不成？」

景徽帝也是第一次見識楚攸寧的武力值，張了張嘴，嘆息道：「攸寧脾氣上來了，朕也攔不住。不然你以為，朕為何任由她搬空戶部？」

亡國？反正放豫王回去也不能好了，不如先讓閨女揍個夠本。橫豎怎麼算都是免不了開戰，除非真如他們的願，把閨女交出去。

豫王氣結。沒見過這麼孬的皇帝，連自己的女兒都怕。

「公主手下留情，陛下三思。」有閣老在秦閣老的示意下，站起來阻止。

景徽帝涼涼掃他一眼，很無賴地說：「朕沒辦法思了，卿不妨去勸勸。」

閣老啞然，第一次恨景徽帝如此不管事。看看氣勢洶洶的公主，忍不住縮了縮脖子，還是大聲道：「陛下，慶國不宜與越國交惡啊。攸寧公主已嫁作人婦，不適合再去和親。不如這樣，慶國在歲貢上多做彌補，豫王覺得如何？」

「不如何！」越王來不及出聲，楚攸寧已經斬釘截鐵地拒絕。

她走到豫王面前，一腳踩上几案，啪的一聲，几案從她踩上的地方碎裂，塌了！杯盞酒水落了一地，但在這麼驚悚的時刻，她還不忘搶救一盤水果。

「還想娶我嗎？」楚攸寧抱著果盤，啃著桃子，傾身逼問豫王。

豫王已經嚇得臉色慘白，嚥嚥口水，低頭看著堪堪落在他腿間的腳，似乎只要他敢再說個娶字，這腳就能直接踩上他的命根子。

什麼要把人帶回越國折磨的念頭，豫王統統都忘了，連連搖頭，把一臉肥肉搖得上下抖動。「不……不娶了。」

就這力氣，娶回去到底是誰折磨誰？太可怕了！

「那還娶慶國的公主嗎？」楚攸寧再逼問。

「公主，兩國聯姻有助於交好。」秦閣老終於站起來出聲，看向豫王。「不知豫王覺得我們四公主如何？」

景徽帝也反應過來了，趕緊道：「對，朕的四公主也知書達禮，溫柔可人，豫王不妨考慮考慮。」

原就是定了四公主去越國和親，只是豫王非要楚攸寧，兩國才要開戰。若豫王答應娶四公主，那這事就算過了。越國再不滿，至少能給慶國緩衝的餘裕。
楚攸寧皺眉。「都這樣了，您還要把自個兒的女兒送人？」
景徽帝一瞪眼。「妳閉嘴！回駙馬身邊去。」
「難道我說得不對？就算他答應把人娶回去，還能對她好？」楚攸寧收回腳，轉過身和景徽帝理論。
秦閣老道：「公主，陛下這是為大局著想。」
楚攸寧反駁。「大局就是把自己的女兒送出去？就算娶了，越國也照樣能出兵攻打，豈不是白白賠了個人。」
景徽帝也出聲了。「和親代表的是友好邦交。」
「您覺得越國想跟您友好？」
景徽帝拍桌。「朕說可以就可以！」
楚攸寧歪頭，是她的錯覺嗎？總覺得景徽帝是百分百肯定。
「那總得問問要嫁的人是什麼意思吧？」四公主再腦殘，應該也不會看上這麼個男人。
「妳是不問就不死心了是吧？」景徽帝怕她真拗下去，直接讓人去請四公主。
沈無咎知道秦閣老和景徽帝的意思。正是因為知道，才感到無比屈辱，臉色陰沈。
明明被欺到這分上，慶國還是只能送出公主求和平。
社稷本應依明主，卻把安危托婦人。這是一個國家的恥辱，襯得邊關將士的拚死拚活像是個笑話。

今夜的宮宴本就需要四公主見客，所以四公主早早便候在偏殿，一傳很快就到了。進殿的四公主充分展現了什麼叫做蓮步輕移，儀態優美。

豫王後悔極了，為何要賭一口氣鬧事，早選這個，就不用丟臉了。

四公主走到殿前，盈盈一拜。「兒臣見過父皇。」

「起來吧。朕問妳，妳可願為了兩國友好邦交，去越國和親？」景徽帝直接問。

「妳要嫁的人是他。」楚攸寧指向豫王，好心提醒。

四公主矜持地看過去，眼波流轉，立刻收回目光，低頭說：「回父皇，兒臣願意。」

眾臣滿意地點點頭。瞧瞧，多懂事，多深明大義的公主。

楚攸寧瞠目，難道是她在末世看喪屍看久了，審美不正常？長成這樣還要嫁？之前四公主不想去越國和親，找原主說願意代嫁，是假的？

「妳是瞎了，還是腦子壞掉了？知道嫁過去是什麼結果嗎？」楚攸寧不懂。

「為了兩國之間的友好，我願意。我享受了身為公主的一切，就該負起身為公主的責任。」四公主聲音細細柔柔，卻透出一股大義凜然。

楚攸寧眨眨眼。「我懷疑妳在影射我。」

眾人無語了。聽起來是有這個意思，但是直說出來，就叫人尷尬了。

景徽帝冷冷看了四公主一眼。「妳們都是好的。鎮國將軍府世代忠烈，沈無咎戰功赫赫，朕將攸寧許配給沈無咎，也是維繫朝廷和邊關將士的關係，不負他們的忠心。」

四公主臉色又紅又白，低下頭不敢再說話。

她也絕望啊，本來還想在走之前，讓人記住她為了慶國做出犧牲，而楚攸寧只知道逃避責任，哪知道楚攸寧不按正常人的行事來。

沈無咎看四公主一眼，朝楚攸寧伸手。「公主。」

楚攸寧快步走到他身邊，把手給他，先用精神力檢查他的傷口。還好，沒因為發射暗器裂開了。

沈無咎握住柔軟的小手，朗聲道：「臣感恩皇后娘娘生前憐惜臣沒了雙親，特地為臣指婚，將如珠似玉的公主下嫁給臣。」

楚攸寧看向他，不是被逼的嗎？看來沈無咎瞎扯起來不比她差。

景徽帝看沈無咎越發順眼了。

有了這話，就是說這樁婚事不是皇后為了讓女兒逃避和親，逼得他下旨賜婚，而是憐惜沈無咎無人為其張羅親事，念他鎮守邊關勞苦功高，才將公主嫁給他。

四公主放在身前的手暗暗攥緊，用眼角餘光瞥沈無咎一下，這般俊的人，哪怕只能半躺在那裡，也令人心馳神往。他這麼著急開口維護楚攸寧，可見楚攸寧嫁過去後，兩人相處得極好。可恨楚攸寧明明說好了由她代嫁，卻臨時變卦！

「不知豫王對四公主可滿意？」景徽帝問豫王。

豫王本來被楚攸寧嚇得腿腳發軟，但景徽帝又轉而拿四公主來安撫他，就知道慶國還是怕越國的，心裡又抖起來了。

他收回看四公主的目光。「本王還有得選擇嗎？難不成陛下還有其他的公主？」

「朕再努力努力，興許能再有。」景徽帝一本正經。

豫王又是一頓氣。「既然慶國悔約在先，本王要求四公主的嫁妝多加兩成，行吧？」

「你說什麼？」楚攸寧瞇眼看過去。「要人也就算了，還想要嫁妝，想上天是不是？」

豫王知道慶國還不想開戰，這次不怕了。「那慶國也可以不嫁公主。」

楚攸寧望向景徽帝。「您聽到了？越國人能這麼囂張，都是你們慣出來的。」

「駙馬，你好好跟她說說。」景徽帝頭疼。

沈無咎並不想讓楚攸寧也跟著憋屈，但還是拉住她，仔細掰開揉碎了說給她聽。

「公主，越國的武器太強大，開戰是萬不得已才做的選擇。眼下只要豫王同意和親，事情就還有餘地。這樣一面倒的戰事，萬一越國的炮火攻進來，慶國毫無還擊之力。再等等，我們打回去的日子，應該不遠了。」

身為一個將領，沈無咎比任何人更不想看到拿公主換和平這種事情發生。可那又如何？當年他祖父那一戰，誰也不敢再輕易嘗試。在夢裡，昏君為一美人開戰，慶國大軍嚇得直接投降，京城駐軍倒是敢打，卻有人直接打開城門，不戰而降。

楚攸寧懂了，就是打不過只能縮著的意思。要是景徽帝再孬一點，她今天真有可能被交出去，就好比喪屍圍城要求基地交出某人，基地為了存活，會毫不猶豫犧牲那人一樣。

由此可見，景徽帝在這種情況下還能堅持保住她，有多難得。

原本她覺得，這昏君一心想亡國，國亡也就亡了，反正在原主記憶裡，越國打進來後，有事的都是那些有錢有勢的人家，換了個皇帝，百姓照樣種田吃飯。她只要護住自己的人，吃好喝好玩好就行，結果越國非得挑起她的戰鬥神經。

既然現在不能弄死豫王，可也不能讓他好好離開慶國不是？

楚攸寧看向豫王，露出一個邪惡的笑，凝起一絲精神力，朝他攻擊過去。

豫王只覺得渾身發涼，涼意鑽進四肢百骸，陰冷刺骨。不一會兒，他渾身一僵，尿了。

「呀，什麼味道？」楚攸寧用手煽了煽風。

大家順著她的目光看去，然後神情各異。

豫王身前濕的那一大片，是失禁了吧？豫王居然被攸寧公主嚇到失禁了！

四公主臉色一僵，她即將要嫁的男人在大殿上，當著那麼多人的面失禁了。哪怕這個男人有多麼不堪，都比不上這一幕來得令人感到恥辱。

出了這事，誰還會記得她深明大義，為了和平去和親，只會記得她嫁的人是個當殿失禁的王爺！

今日豫王有穿外衫，趕緊將外衫扯過來，蓋住尷尬的地方，神色陰鷙地瞪楚攸寧一眼。「那是酒水！」

大家點頭。懂！都懂！

「哈哈，沒想到豫王這麼大的人了，還把酒水灑到身上，果真是童心未泯。」景徽帝笑著打圓場，但笑是真笑。

神他娘的童心未泯！豫王冷著臉說：「本王不日啟程返回越國，讓貴國公主準備吧。」

景徽帝心裡暗喜，面上假惺惺地挽留。「豫王不多玩幾日？京城有許多好玩的地方。」

豫王沒吭聲。玩是不可能玩的，他怕自己把命玩沒了。連火雷都奈何不了攸寧公主，說是祖宗顯靈。他原本不信，可方才那股嚇得他失禁的寒意，讓他不由得有些相信。

再者，如果慶國真做出能讓他們武器熄火的東西，他得盡快趕回去稟報。

豫王被扶下去了，遮遮掩掩離開，整個人像是被狂風暴雨摧殘過。

楚攸寧本打算讓豫王往後只要想碰女人，就會硬不起來，可是想想這不道德，四公主都樂意嫁了，她不能讓人守活寡。在末世願意在一起的兩個人，哪個不是奔著滾床單去的。

不過，以後豫王會不會因為有了陰影而時不時失禁，她就不知道了。

第三十四章

越國人走了，景徽帝揮退四公主，宴會還在繼續。

沒了越國人，宴會反倒熱鬧起來，大家有默契地慶祝慶國終於出了口惡氣。

「攸寧，妳駙馬身上還帶著傷，你倆早些回去歇著吧。」景徽帝忽然出聲。

「父皇，您這是用完了就扔？我禁足禁得好好的，忽然被您叫來，現在連口吃的都不給，就想把我打發走？」楚攸寧看向几案上的美食，來都來了，不吃一頓再走，總覺得很虧。

景徽帝語塞。什麼叫禁足禁得好好的，可真敢說。

「妳不說，朕都忘了，妳回去後繼續禁足吧。」

楚攸寧眼睛一瞪。「不是說您禁我足是為了不讓越國人找我麻煩？現在麻煩照樣找上門來，禁不禁還有什麼區別？」

眾臣齊刷刷看向景徽帝，一臉恍然大悟。原來禁足的目的在此，陛下對攸寧公主真是用心良苦。默默將攸寧公主在陛下心裡的分量又往上提了提。

景徽帝氣結。就算他是帝王，也是要面子的！

「行了，看在妳此次有功的分上，禁足一事就算了，往後妳給朕安分點。」

「您真以我去戶部要糧為由禁足？戶部明明有糧，卻故意欠著不發，您怎麼不罰他們？還是您以為，邊關戰士喝空氣就能打仗？」說的好像她之前就有罪一樣，要不是打著能翻牆的主意，她才不乖乖禁足。

糧餉的事重提，大殿上的臣子們都提起了心，尤其是戶部尚書聞錚。他懷疑將軍府是在氣惱聞家退親，想把他拉下戶部尚書的位置。

「父皇，攸寧和駙馬辛苦奔波那麼久，不如就添個座位，讓她和駙馬坐下吧。」安靜了一整晚的大皇子終於出聲。

「劉正，還不快去辦。」景徽帝惱羞成怒。

沈無咎始終在旁邊，安靜如雞。豫王的事，楚攸寧和他一樣憋屈了，就讓她出出氣吧，反正在座的人都有責任。

劉正很快讓人收拾了越國人原來坐的位置，又擺上几案，請楚攸寧和沈無咎過去坐。

楚攸寧坐過去，就是大吃特吃。宮人照規矩上菜，桌上不可避免地出現了酒。

在末世，菸和酒早已成為傳說，但一些人有珍藏，因為有些酒越陳越香，不會過期，一口都要半個月口糧。

聽說喝酒有六級，第一級微微醺，第二級微醺，第三級微醉，第四級醉態，第五級醉暈，第六級醉死。霸王花隊對酒沒那麼執著，但架不住她也想嚐嚐這六級是什麼感覺。

楚攸寧的手剛朝酒壺伸過去，就被沈無咎抓住了。

「嗯？」楚攸寧抬頭看他。

沈無咎神情嚴肅。「公主不能喝酒。」

「我都沒喝，你怎麼知道我不能喝。」

「不瞞公主，若是見公主喝了，我也想喝，可我又帶著傷。」主要是他有種感覺，楚攸寧喝了酒會出事。

楚攸寧噘嘴。「那我背著你喝不就得了。」

「可是公主身上會有酒味，一想到公主有得喝，我卻沒有，酒癮上來，如萬蟻鑽心。公主不希望我這麼難受吧？」

楚攸寧無言了。她想喝個酒，怎麼這麼難。

沈無咎再接再厲。「公主不是說會對我好嗎？」

必須的，她說到做到！楚攸寧轉了轉眼珠，爽快地鬆開手。「那我不喝了。」大不了她藏起來喝，這裡又不是沒有酒的世界。

景徽帝看到兩人湊在一塊兒，還手牽手黏黏糊糊的，倒真有幾分新婚燕爾的樣子。

這時，新的禁軍統領進來稟報，說抓到了可疑人物，並且在距離戶部府庫不遠的屋頂上找到火藥箭。

大家聽了，倒抽一口氣，這是要炸國庫啊！越國人真是有夠囂張，半點也不怕慶國追究，或者說，是仗著慶國不敢追究。

楚攸寧接過沈無咎遞給她的茶喝了口，滿足地啊了一聲，看向景徽帝。「所以，父皇，您是不是該感謝我？要不是我白日幾乎幫您搬空了糧倉，真被炸了，可就損失慘重。」

「妳還想要朕如何感謝妳？」景徽帝氣得笑出來。

楚攸寧很認真地想了想。「再給我五百斤大米？」

「前兩日朕給妳的大米，妳都吃完了？」到底對大米有多執著？堂堂公主，那麼多貴重的東西不會要，偏跟大米槓上了。

「我發現五百斤大米還是挺少的，我要養的人太多了。」在末世省著和營養液交替吃的情況下，五百斤大米也才夠霸王花隊吃半個月。古代不缺吃的，頓頓怎麼飽怎麼來，讓她有種危機感，幸好她這裡的人食量都很小，很好養。

景徽帝又不爽了，看向沈無咎。「整個將軍府都要公主養不成？」

沈無咎無奈。「回陛下，將軍府還養得起公主。」

他也不知道楚攸寧對糧食情有獨鍾的毛病是怎麼來的，大概是餓久了養成的習慣？好比他初上戰場時，被血濺到眼睛裡，會噁心眼花。後來，他乾脆連衣服都換上紅色，入目皆是紅，久而久之便習慣了，看不到反而不安心。

「都是一家人，有我一口吃的，當然也得有他們一口啊。我還有六個婢女，不對，又多加了一個，七個婢女、兩個嬤嬤要養，再加上小四那邊的……」楚攸寧扳扳手指，忽然氣鼓鼓。「父皇，五百斤不夠！」

景徽帝的臉黑了。覺得沈家是一家人，就使勁從她父皇這裡拿好處，想過他的感受嗎？「朕聽說妳已經把陪嫁的人縮減到六個婢女、兩個嬤嬤，還嫌多？難道張嬤嬤沒告訴妳，妳嫁過去，將軍府也要負責養妳的人？」真按規矩來的話，嫡公主陪嫁的人還得多幾倍。

「我的人為什麼要別人來養？」楚攸寧瞪眼。

景徽帝說不過她，只好連聲答應。反正就是五百斤大米，只要她身為公主不覺得寒酸，他作為皇帝也不會覺得。

父女倆說完話，禁軍統領送上火藥箭，景徽帝拿起來端詳。慶國不是沒派人去越國偷學，可惜越國製造武器的地方有重兵把守，連材料從哪裡來的都不知道。

景徽帝把火藥箭放下。「如何發現的？」

「回陛下，是那人從屋頂跳下來，驚動了守在附近的禁軍們。」

景徽帝怔了怔。「自己跳下來的？」

禁軍統領點頭。「是。那人跳下來後沒多久，就大喊有鬼。」

眾人聽了，紛紛看向楚攸寧。公主說的祖宗顯靈，該不會是真的吧？慶國被越國欺壓得太狠，連祖宗都看不下去了嗎？

景徽帝沈吟片刻。「把那人放回去，讓越國知道慶國祖宗顯靈，也不錯。」主要是沒必要扣著一個人節外生枝。

「是！」禁軍統領拱手退下。

大家的目光全好奇地看向火藥箭，兵部尚書覺得這次終於有完整的火藥武器可以研究了，暗暗期待。然而——

「沈將軍，既然往後你不會回邊關了，火藥箭便交給你鑽研。當年你祖父死在這武器下，希望有朝一日你能研製出來，以此報那一戰的屈辱。」

沈無咎接過劉正拿過來的火藥箭，心中五味雜陳，沒想到景徽帝會把這事交給他辦。作了那個夢後，回京的路上，他可是做好要改朝換代的打算。比起讓慶國將來亡在不愛江山，只愛美人的昏君手裡，倒不如亡在他手中。

但今夜在豫王非要楚攸寧去和親這件事，景徽帝表現得可圈可點，讓他覺得，這昏君或許還是有救的。

主要是……沈無咎看向吃得兩腮鼓鼓的楚攸寧，要是他推翻景徽帝，眼前這個公主，可就成了前朝公主。

景徽帝不知沈無咎在暗想把他搞下龍椅，也不管朝臣怎麼想，招手讓楚攸寧上來。

眾人瞧見，更是瞪直了眼。所以說，攸寧公主放飛本性不是沒有原由的，因為陛下就是這麼一個放飛本性的人啊。

楚攸寧第一次登上御座，一點感覺都沒有，就是坐得高了點。

「妳如何知道那火雷炸不了？」景徽帝問。

「不是說了，祖宗顯靈。祖宗不讓它炸，那火就點不著。」楚攸寧看他桌上的桃子更大更圓，伸手就拿了一顆。

伺候景徽帝的人驚得下巴都掉了，偏偏景徽帝一點也沒有要怪罪的樣子。

在場的幾位皇子神情各異，慶幸楚攸寧不是皇子。從今日這事來看，就知道楚攸寧在景徽帝心中的分量有多重了，重到可以讓他直接跟越國撕破臉，還如此縱容她。

景徽帝是不怪，不就是果子嘛。那麼多糧都給了，差一顆桃子嗎？

「那妳祖宗還能再顯靈不？」想到打算炸慶國國庫，卻不受控制從屋頂跳下來的越國人，景徽帝突然有點相信了。

楚攸寧啃著桃子。「祖宗說了，因為父皇是昏君，祂才不得不顯靈。」

「胡說！」景徽帝瞪眼，他就不該招她上來。

「我哪有胡說，您將來會因為一個美人亡國！」楚攸寧瞪回去，本來就圓的眼睛瞪起來更加靈動明亮。

「那不可能！」

「怎麼證明？」

「沒發生的事，讓朕如何證明！妳還說沈無咎戰死沙場呢，他怎麼活著回來了？」

楚攸寧頓住，原主得到前世記憶後，是找昏君說過這事，不過昏君一句也沒信。

她頭一昂。「那是因為他家祖宗也顯靈了。」

景徽帝好氣啊，但是不能打，除了這是他親閨女外，還打不過。

旁人沒聽清兩人在上面說什麼，只能從表情和時大時小的聲音判斷出，是起了爭執。

沈無咎卻知道，約莫是楚攸寧又把景徽帝氣著了。

果然，下一刻，景徽帝就把人趕回來了，楚攸寧還抱了盤醬鴨。

「沈將軍。」景徽帝又點名。

「臣在。」沈無咎拱手。

「朕看你這傷需要靜養，整日跑來跑去，何時才能養好？不如朕給你個恩典，去京城外的皇莊養傷吧。公主一直長在宮裡，沒好好出去走走，你順道帶她去皇莊玩玩。」

沈無咎哭笑不得，這是怕公主在越國人離開之前，又跟越國人槓上，所以才想出這個法子，讓他帶著公主避開嗎？可真是……不容易。

「是啊，沈將軍好好養傷為重。」

「沒錯，陛下還等著你製出足以對抗越國的武器呢。」

明白其中意思的臣子們很快附和，現在只求順順利利把越國人送走，可別再節外生枝。

沈無咎冷笑，今日若非楚攸寧有那能力讓火雷炸不了，逼得豫王放棄要她去和親的念頭，這些人大概會勸景徽帝把人交出去。

提到武器，楚攸寧把沈無咎放在一邊的火藥箭拿起來端詳。這火藥箭由箭頭和火藥筒組成，火藥筒是紙捲成的，引火線在尾端。點燃引火線後，能出其不意燒燬東西。

末世，兵工廠早已停工，末世前強大的熱武器用一個、少一個，沒人、沒設備、沒材料，很難做出爆炸力驚人的炸藥。這火藥該不會和末世的炸藥是同款吧？

可惜，喪屍對聲音敏感，除非喪屍攻城，才會毫無顧忌地用熱武器。在外頭出任務很少用到，就怕剛把這裡炸了，另一頭就被聞聲趕來的喪屍堵上了。

她好像聽過哪個霸王花媽媽提過配方，以防哪日被困，或許可以就地取材做出炸藥，炸出一條生路。是什麼來著？她得好好想想。

大家看到楚攸寧隨手拿起火藥箭，心都跟著提了起來。

那是能隨便玩的嗎？玩著玩著，不小心著火了怎麼辦？沈無咎也是，這麼重要的東西是能隨便擱置的？陛下所託非人了。

沈無咎只是看了眼，也沒阻止。有時楚攸寧看起來童心未泯，但他曉得她知輕重。

在景徽帝出聲喝止以前，拱手道：「臣謝陛下美意，不過臣帶公主去沈家附近的莊子就好，那兒也清靜。」正好可以去看看姜塵研製火藥有無進展。

「也好。」只要能把楚攸寧暫時帶出京城，景徽帝都可以。

景徽帝又看向楚攸寧，見她還湊近了去嗅火藥筒，臉色微變，趕緊說：「攸寧，妳陪沈將軍去養傷，正好趁這機會好好培養感情。」

「我們感情好著呢，沒吵架，也沒打架。」楚攸寧把火藥箭放回去，沒好氣地反駁。

景徽帝語塞，誰說沒吵架和沒打架就是感情好？

沈無咎輕笑點頭。「對，我和公主感情好著呢。」

眾人無言，莫名覺得肉麻。

「莊子好玩嗎？」楚攸寧問沈無咎，眼裡閃著期待，完全不知自己名下有好幾個莊子。

「有雞鴨牛羊、有果林，地裡還種有糧食莊稼，公主看了，也許會喜歡。」那麼喜愛糧食的人，應該愛看這些。

果然，楚攸寧整張臉都發光了。「去！一定要去！」眼前已經浮現大片大片糧食種在地裡的畫面。看慣了末世腐屍遍地，她還是很憧憬的。

沈無咎笑了，他似乎已經牢牢掌握投其所好的訣竅了。

楚攸寧吃飽，也沒等筵席散，就和沈無咎先退下，走前還不忘提醒景徽帝給她糧食。這次不說五百斤了，讓景徽帝看著給，把景徽帝氣得狠喝一口酒。

第三十五章

張嬤嬤一直等在殿外，看到兩人出來，總算徹底放下心。她沒有進去，但能偶爾聽到她家公主的聲音，也聽見沈無咎說感恩皇后。

原本皇后還在猶豫是否要把公主嫁進英國公府，親上加親，而且公主對英國公府的人也親近。

直到四皇子的出生，讓皇后徹底死了心，臨終才決定將她嫁給沈無咎。

雖然此公主已非彼公主，但皇后若泉下有知，看到兩人情投意合，定會高興。

要是沈無咎的傷能徹底痊癒就好了，不能上戰場也不要緊。畢竟，歷來沒有尚公主的將軍還能手握重兵，否則那些大臣們該逼他交出兵權了。

昭貴妃聽到前朝傳來的消息，惋嘆一聲，原本還想看朝臣施壓，逼楚攸寧去和親呢。短短幾日，她出的風頭可不少。

至於楚攸寧身懷怪力的事，只能說皇后藏得太深。幸好，哪怕過去楚攸寧多次為難她兒子，也沒敢真正動手，不然，依如今楚攸寧的受寵，景徽帝站在哪邊還難說。

昭貴妃倒是不懷疑楚攸寧換了個人。皇后死後，後宮全是她的眼線，公主換了人，她不可能不知道。張嬤嬤也沒本事來個偷梁換柱，除非當年皇后生的是雙胞胎，那更不可能。

只能說，過去楚攸寧是被皇后壓著，如今壓著她的大山沒了，便徹底露出本性。加上被張嬷嬷籠絡過去，從旁攛掇，有這副模樣也不奇怪，畢竟過去的她也愛聽信讒言。

最近她大出風頭的幾件事，哪件不是和將軍府有關？八成是被利用了。以前被英國公府利用，如今又被將軍府利用，真是怎麼改也改不了的蠢。

以為討好將軍府，就能牢牢把沈家軍綁在四皇子身上？沈無咎受了重傷，往後無法再上戰場，沈家軍遲早旁落他人。

人定時分，走在街上能明顯感覺到，經歷了一場虛驚的京城已經徹底恢復平靜。

鎮國將軍府依然燈火通明，幾位夫人坐在堂上等候消息，直到看到沈無咎與楚攸寧平安歸來，才去歇了。

沈無咎目送楚攸寧進屋後，回了東跨院。

書房門外，程安抱著一只罈子在等他。

沈無咎揮退抬他回來的兩個家兵，帶程安進屋。

「主子，屬下已經放了那人。聽聞禁軍在距離戶部不遠的屋頂，也搜到了火藥箭。朝廷以為只有那一處，並不知道還有這個。」程安把火藥罈子遞給沈無咎。

沈無咎接過來，為了鑽研越國的武器，從父親開始，就派人撿些越國用過的火藥帶回來看，也曾派人冒死深入越國打探，但製作火藥武器的地方有重兵把守，最後廢了不知多少人帶回來的東西，也猜不出裡面是用什麼材料做成的。
那些火藥粉末裡有很多顏色，看起來像是多種材料混合在一起，但單靠肉眼和鼻子，完全分辨不出來。
沈無咎還是不死心，小心打開密封的鐔子，將一點粉末倒在紙上，仔細分辨，依然毫無頭緒。
他把火藥包好，準備明日拿去給姜塵。姜塵煉丹意外炸爐，興許認得出裡面有什麼。
沒多久，程佑回來了，說是兩萬大軍已在城外駐紮。沈無咎想到那日他可能不會在，景徽帝應會讓劉正來收回虎符。剩下的該怎麼做，就是景徽帝的事了，便讓程佑再跑一趟，告訴主將，等候景徽帝的命令。
翌日，歸哥兒用過早膳，就帶著他新得的小木劍，跑來找四皇子玩，實則來找楚攸寧。得知楚攸寧要去莊子，他也想去。
「公主嬸嬸，四殿下也要去嗎？」歸哥兒看著在坐榻上爬的四皇子。因為天熱，小奶娃只穿著件紅肚兜，露出白胖白胖的胳膊，看得人想咬一口。
咬是不敢咬的，但歸哥兒偷偷輕捏了下。
旁邊的嬤嬤假裝沒看到，雖然四皇子身分尊貴，但還有攸寧公主在呢。攸寧公主對四殿下可不是像護著眼珠子那般，怕磕著碰著，相反地，能拎能提。將軍府裡的小公子輕輕捏四皇子一下，要是大驚小怪，就是她們的不是了。

「嬤嬤，小四能去嗎？」楚攸寧也伸出手指，輕輕按小奶娃的胖胳膊，一戳一個窩。她都走了，單把小奶娃留在府裡有點怪。真算起來，小奶娃可不是將軍府的責任。

四皇子轉過來，想去抓住楚攸寧的手，楚攸寧就伸著那根手指，忽高忽低地逗他。四皇子昂著頭，小胖爪跟著移動，眼珠子也轉來轉去，最後昂頭昂得累了，一屁股坐下，抓自己的胖腳丫玩。

「公主，陛下是要您陪駙馬去莊子靜養的。」張嬤嬤看得心累，覺得自家公主把四皇子當玩具，偏偏四皇子就愛找她玩。

「小四還不會說話，想吵也吵不了。」

四皇子是不會說話，但是會哭。

張嬤嬤看看又往楚攸寧身上爬的四皇子，也擔心楚攸寧去莊子久了，四皇子鬧著要找她，無奈道：「駙馬答應的話，那就去吧。正好天氣也熱了，當去避暑。」

歸哥兒眼睛一亮。「那我去陪四殿下一塊兒玩好不好？」

楚攸寧最受不了幼崽巴巴的小眼神，小手一揮。「一塊兒去。」

說是要問過沈無咎，直到出府了，沈無咎才知道這次出行跟了一大串人。

家裡的小輩全都帶上，身為比楚攸寧這個長輩還大的沈思洛，很有心機地表示，她最近被退親，需要散心。兩個姪女也鼓起勇氣說想去，上次歸哥兒跟楚攸寧出去幹了一番大事，她們可羨慕了。

於是，楚攸寧一揮手，都去！

沈無咎倒也沒意見，將軍府算是世代將門，門風稱不上彪悍，但府裡的孩子也在潛移默化下，性情較為爽利，像沈思洛，還學了點拳腳功夫。

也幸虧她是這種性子，不然十八歲了還被退親，換成別人，可得哭哭啼啼，躲在屋裡，不願出來見人。

他們出發前，劉正親自來取虎符，理由是送攸寧公主和駙馬離京。直到看見楚攸寧乘坐的馬車朝城外駛去，才長長鬆了口氣，這下景徽帝該放心了。

馬車剛駛出永安坊，楚攸寧就不耐煩坐在車裡，又不能坐車轅，便搶了程安的馬騎。

不知是不是因為昨夜鬧得人心惶惶的關係，今日京城街上比往日安靜了許多。

不少人看到楚攸寧騎在棕色的馬上，她穿著月白色緞裙，外搭繡有精緻花紋的水藍色比甲，束上腰封，袖口是燈籠袖，陽光打在那張白皙嬌嫩的臉上，顯得朝氣蓬勃，英姿颯爽。

有人發現，她連韁繩都沒有抓，跨下的馬好似生了靈智般，自行辨路往前走，坐在馬上的她則是掏著荷包裡的小零嘴吃。

馬車經過越國人住的班荊館，越國人也在注意楚攸寧。

「王爺，攸寧公主被慶國皇帝罰去莊子思過，看來慶國還是一如既往怕咱們越國。」

「對啊，王爺，咱們要不要多留幾日？」

說話的是越國的兩個世子，家裡不是侯府就是公府。自從越國強大後，可是養出一批又一批紈袴世子。

這次他們跟來，也是聽說可以作威作福，美人隨便玩，想看慶國人跪舔他們的樣子，沒想到會碰上凶殘的攸寧公主。

坐在桌前的豫王臉色陰鬱，兩位世子見他不發一語，對視一眼，便說起慶國的不是來。

「要我說，慶國人就不把咱們越國放在眼裡，要不然，能瞞著攸寧公主的大力氣，不讓人知道？」

「王爺，我覺得攸寧公主提前嫁了也好，就那身力氣，到了越國，不知會惹出什麼事。」

豫王想到自己在大殿上莫名被嚇得失禁，那種感覺，只要一想起來都忍不住想如廁。他陰惻惻地看向兩個世子，這麼丟臉的事，他不想被傳出去。

「王爺，您覺得我們可要多留幾日？」兩個世子被瞧得心裡發寒。

「不必。本王要趕著回去稟報慶國祖宗顯靈，導致火雷失靈的事。」豫王說得冠冕堂皇，實則有種不好的預感，總覺得再留下去，還得出事。

出了城，楚攸寧嫌棄馬車走得太慢，乾脆對車裡的沈無咎說了聲。「我先往前探探路。」然後打馬走了。
歸哥兒見楚攸寧不見了，也吵著要騎馬，沈無咎便讓程安帶他跟上去。
楚攸寧策馬前行，很快就超過前面的馬車。
超過去二十尺左右，楚攸寧忽然勒住馬，掉轉回頭，興味地看向那輛車。
馬車裡被什麼撞得咯咯作響，駕車的是個壯實的中年漢子，看起來有幾分凶相。
楚攸寧摸出荷包裡的肉乾，一邊吃、一邊等那輛馬車過來。
很快，程安帶著歸哥兒追上來了，看見楚攸寧盯著後頭駛過來的馬車，眉心一跳，該不會又要出什麼事吧？
「公主，可是這馬車有問題？」程安悄聲問。
歸哥兒眼睛一亮，有壞人！他又要和公主嬸嬸抓壞人了！
楚攸寧把程安身前的歸哥兒拎過來，放到自己身前，分他肉乾吃，問程安。「人販子抓人，是論斤賣嗎？」
程安抽了抽嘴角，又不是賣豬肉，哪來的論斤賣？不過聽公主這意思，那駕馬車的車伕是人販子。
「我知道！」歸哥兒舉手。「公主嬸嬸，人販子專門挑好看的小孩抓，然後賣進大山裡，讓小孩再也見不到父母，還要挨打，不給飯吃。」
他母親就是這樣跟他說的，不讓他偷跑去街上玩，不然被人販子抓走，再也見不到母親、大伯母、三嬸嬸，還有二姑姑、兩個姊姊和叔叔們，還說父親哪日回家了見不著他會哭。

楚攸寧抓住他高舉的手晃了晃。「那抓的是大人呢？又胖又大的大人。」

歸哥兒搖頭。「母親沒說，大人也會被人販子抓嗎？」

程安聽明白了，敢情這馬車裡被綁架的不是小孩，是大人。那事就更大了，被綁架的大人，背後牽扯出來的事更大。

他要不要勸公主離開？算了，勸也勸不動。

「公主，可要屬下過去把馬車攔下？」程安請示。

「不用，它自己會停。」

駕車的大漢看到剛才策馬疾馳而過的兩人忽然停在官道上，尤其是那藍衣女子，悠然自若，生得白嫩嬌俏，一副富貴模樣，便知道不好惹，於是在馬車快靠近時，讓馬車加快。

只是，剛過去，他的馬突然停下來，怎麼趕也趕不動了。

「哇！真的停了！」歸哥兒驚呼，今日又是打開新世界大門的一日。

「唔唔……」馬車裡的動靜更大了。

大漢要是還不知道兩人停在這裡，是為他車內的人，那就白長一個腦袋了。

他跳下車轅，滿臉戒備。「不知兩位想要做什麼？我是奉我家老爺之命，將犯瘋病的二公子送回老家休養。我家老爺是通政司的正三品通政使大人。」
「這是攸寧公主。」程安開口。
中年漢子瞠目，嚇得撲通跪地。「小的有眼不識泰山，求公主饒命！」
「起來吧，我腦門上又沒貼著公主兩字。」楚攸寧對這個世界動不動就下跪的規矩，很是不習慣。
這時，在車裡努力了很久的人終於撞開車簾，圓滾滾的身子差點摔下馬車。他用車門框蹭掉嘴裡的布團，呸了呸毛絮，看到楚攸寧，簡直熱淚盈眶。
「公主啊，您總算來了！再晚些，您就見不著我這個隊友了。」
程安看到人，一時無語。敢情他白擔心了，這馬車裡壓根兒不是什麼大人物，也牽扯不出大事來。
楚攸寧上下打量被五花大綁的陳子善，剛才她發現這馬車有異狀時，就順便用精神力掃了下。
哦！居然是昨天剛收的隊員。只是，這隊員是不是太沒用了點？
「公主，您收到信，特地趕來救我，我真是太感動了，日後我定為您赴湯蹈火，絕無二話。」陳子善還在自我感動。
「你想多了，公主只是路過。」程安毫不留情潑了盆冷水過去。讓公主親自來救，想什麼呢！

楚攸寧覺得，既然是她收下的隊員，隊員被綁架，身為隊長卻不知情，是很不盡職的行為，威信會下降。

她正想說點什麼，陳子善已經先一步開口。「那證明公主與我還是有緣分的！不然也不會這麼巧合，這都是冥冥之中注定好的。」

程安嘴角一抽，這陳子善不單皮厚肉多，臉皮也厚。

楚攸寧正要點頭贊同，後面的馬車慢慢趕上來，車簾被撩開，露出一張俊美剛毅的臉。

「緣分？只能靠公主救的緣分嗎？」沈無咎目光不善地看向陳子善，怎麼到哪兒都有他。

陳子善臉色一僵，生怕被公主嫌棄，趕緊把自己悲慘的遭遇說出來。

在陳子善一把鼻涕、一把淚的訴說中，楚攸寧明白他為什麼會被綁架了，同情地看他。

「你爹真不幹人事。」

陳子善狠狠點頭。「因為他不是人。」

「陳公子有一妻六妾三通房，就沒一個願意陪你？」程安莫名看這個自稱是公主隊友的陳子善不順眼，在公主面前怎能這麼隨意？能隨意的男人只有他家主子。

楚攸寧神色一冷。「你還娶那麼多女人？那些人是被逼的，還是自願的？」

在末世，只要給得起口糧，要多少男人、女人都不違法。當然，也有被逼的，楚攸寧最恨那些仗著異能逼迫女人的男人，因為霸王花媽媽們就曾遭受過這樣的事。

陳子善只覺得胯下發涼，連忙道：「都是自願。妻子是那惡毒女人說的，之後那些妾還有通房，都是我夫人為了證明生不出孩子的不是她，替我張羅的。」

楚攸寧放心了。「那你確實慘。那麼多女人，沒一個樂意跟你走。」

陳子善擺手，很看得開。「跟著我幹什麼，我又養不起她們，還不如讓她們在陳府吃香喝辣，讓那惡毒女人養我的一堆女人也不錯。」

楚攸寧深以為然，最好的報復就是吃光仇人的糧食，覺得陳子善的想法很符合霸王花隊的行事風格，就不計較他沒用了。

她拍拍他的肩膀。「既然你是我隊友，以後我罩著你。」說完，看向那個瑟瑟發抖的大漢。「回去告訴你家老爺，人我罩著了。他要是不服，就上鎮國將軍府來找我。」

大漢連連點頭，連馬車都不要就跑了。

其實他和陳夫人是七拐八拐的親戚關係，這次接了送陳子善回老家的活，也是陳夫人特地吩咐的。早知道陳子善靠上了攸寧公主，打死他也不接這活，還好攸寧公主沒仗勢欺人，不然他哪還有命在。

陳子善知道楚攸寧是去沈家莊子遊玩後，完全不顧沈無咎的拒絕，自個兒趕著馬車，屁顛屁顛跟在後面。但他也就幼年在鄉下趕過一次驢車，進京後沒碰過馬車，趕得歪歪扭扭，好幾次險些趕到溝裡去。

他買通府裡的小廝，去鎮國將軍府向攸寧公主報信救他，其實只是抱著一線希望。沒想到他和攸寧公主這麼有緣分，半路就遇上了。

他有種感覺，就算不是恰好遇上攸寧公主，而是在府裡得到消息，她也會來救他。

所以，攸寧公主這根大腿，他一定要牢牢抱好！

——未完，待續，請看文創風1017《米袋福妻》2

2021年12月出版

短命妻求反轉

文創風 1014~1015

從孤兒奮鬥至今，她好不容易奪下金廚神獎盃，才要享受人生就穿越了?!
而且穿成人人厭惡的農家惡媳婦，接著就從原配變前妻，一命嗚呼……
這她不服！她不僅要活，還要活得舒服，從短命反轉成好命！

原配逆轉求保命，妙手料理新人生／錦玉

奮力生活了三十年、成為全國最年輕的廚神，林悠悠只想過上鹹魚生活，
但怎麼一覺醒來，她不但不是廚神了，還變成古代已婚婦女 ?!
趕時髦穿越就算了，為何讓她穿成一個惡媳婦，夫妻不睦、家人不喜，
最糟的是她很快要被揭發給丈夫戴綠帽，而此時手中正捏著「證物」……
不，她拒絕就此認命，定要想法子反轉這短命原配的命運！
何況她知道自己的丈夫如今雖然出身農家，但可是未來的狀元郎啊，
而且日後一路高歌猛進，成為一代權臣，這條金大腿還不趕快抱好抱滿 ?!

2021年11月出版

小富婆養成記

文創風 1012～1013

她生平無大志，唯有一個小小的願望——當個小富婆！
正所謂靠山山倒，這天底下最可靠的朋友，就只有孔方兄啊！
不過她不貪，賺的錢夠她一家滋潤地過日子就好，
那種成天忙得團團轉的富豪生活她可不想要，麻煩死了～～

一人巧做幾人羹，五味調得百味香／明月祭酒

她實在不明白，怎麼一覺醒來，就從飯店主廚變成窮得要命的村姑蘇秋？
這個家真是窮得不剩啥耶，爹娘亡故，只留下四個孩子，偏不巧她是最大的那個！
自己一個單身未婚的女子，突然間有三個幼齡弟妹要養，分明是天要亡她吧？
何況她沒錢，她沒錢啊！可既然占了人家長姊的身體，她自然要扛起教養責任，
而且，這三個小傢伙可愛死了，軟萌地喊幾聲「大姊」，她就毫無招架之力了，
養吧養吧，反正一張嘴是吃，四張嘴也是吃，她別的不行，吃這事還難得倒她？
……唉，還真是難！巧婦難為無米之炊，家裡窮得端不出好料投餵他們啊！
幸虧鄰居劉嬸夫婦是爹娘生前的好友，二話不説出錢出力解了她的燃眉之急，
擁有一手好廚藝的她靠著這點錢，賣起獨一無二的美味鳳梨糕，
幸運地，一位京城來的官家少爺就愛這一味，還重金聘她下廚燒菜好填飽胃，
沒想到這貴人不僅喜歡她煮的菜，還喜歡她，竟説想納她為妾，讓她吃香喝辣，
可是怎麼辦，她喜歡的是沈默寡言又老愛默默幫忙她的帥鄰居莊青啊，
雖然他只是個獵戶，但架不住她愛呀！況且，論吃香喝辣的本事，誰能比她強？

2021年11月出版

孤女當自強

文創風 1010～1011

靠著重生優勢，要扭轉命運對她來說根本小菜一碟！
可是、可是她從沒想過，
命運既然能再給她機會，也能給別人機會啊！
唉，上一世活得辛苦，這一世怎麼也得披荊斬棘呢……

命運交織，甜中帶澀，細品好滋味／盧小酒

雲裳本是天之驕女，父母亡故後，獨力撐起影石族的興榮。
誰知族內長老欺她年幼，想奪取族長之位，
孤立無援的她，誤信奸人，最後慘遭背叛，更連累族人。
含恨自盡前，雲裳多希望這些年的苦難都只是一場惡夢——
沒想到，上天真給了她一次重來的機會！
這一世雲裳先下手為強，把圖謀不軌的人收拾得服服貼貼。
她唯一沒把握的，就是她爹娘早早為她定好的夫婿人選，顧閆。
眼下她是影石城呼風喚雨的少族長，而他只是身分低微的屠夫，
怎麼看兩個人都不相配，
然而只有她知道，將來顧閆可是權傾朝野，一人之下。
不管怎樣，她都要牢牢抓住顧閆的心，並助他一臂之力！
可人算不如天算，拔了這根刺，卻又冒出另一根，
更離奇的是，原來，重活一世的人不只她一個人！
事情發展逐漸脫離雲裳所知道的軌跡，一發不可收拾——

為流浪貓狗加油 和貓寶貝 狗寶貝

廝守終生(一定要終生喔！)的幸福機會

對人來說，貓寶貝狗寶貝只是生活的一部分，但妳(你)對牠們來說，卻是生活的全部，領養前請一定要考慮清楚——

▲ 會讓人忍不住親上幾口的小妞 吳夭夭

性　　別：女生
品　　種：米克斯
年　　紀：2歲半
個　　性：親人親狗
健康狀況：救援初期患有心絲蟲，已治療完成，
將於12/15覆驗，心絲蟲覆驗過關才結紮
目前住所：新北市三重區

本期資料來源：中途吳小姐

『吳天天』的故事：

小小年紀已升格成母親的天天，生了九隻顏值很高的寶寶，一起被捉捕進新屋收容所。救援初期不親人、不親狗，極度怕生且有低吼咬人的問題，對聲音敏銳度極高，害怕任何會發出聲音的物件。

經過八個多月的訓練，成果豐碩，目前狀態親人也親狗，個性溫和，其實內心住了一個小三八，渴望被愛，滿心滿眼都是牠的愛；生活習慣良好，吃飯、喝水、吃零食都很守規矩，是個很有禮貌又愛排隊的小妞；個性可靜可動，在室內會不吵不鬧地靜靜休息，在戶外可以跟同伴們打打鬧鬧地玩耍追逐。

不過對聲音很靈敏的天天，聽到突然的聲響還是會害怕，尤其車聲最讓牠感到壓迫。但很可愛的一點是，牠遇見陌生人會主動靠近打招呼，遇到貓咪也很和善，卻因此反倒常被貓咪凶呢！

天天最愛在鄉下的空曠地上打滾、盡情奔跑，喚回時完全不用費心，只要牠認定您，不管您身在何處，牠的目光總是在您身上，在您還沒出聲喚回時，牠已經奔向您了！來吧，請拿起電話跟吳鳳珠小姐0922982581聯繫，通關密語請說「我想認養吳天天」！

認養資格：

1. 認養人須年滿25歲，有工作且收入穩定，勇於對自己負責，全家人也須同意。
2. 請當成家人一樣愛護，謝絕放養、關籠、睡陽臺或當成顧果園/工廠之類的工作犬。
3. 不接受差別待遇，嚴禁當童養媳。
4. 須同意簽認養寵物切結書。
5. 須同意送養人日後之追蹤探訪，對待吳天天不離不棄。

來信請說明：

a. 個人基本資料：姓名、性別、年齡、家庭狀況、職業與經濟來源等。
b. 想認養吳天天的理由。
c. 過去養寵物的經驗，及簡介一下您的飼養環境。
d. 若未來有結婚、懷孕、出國或搬家等計劃，將如何安置吳天天？

文創風
1016

米袋福妻 1

國家圖書館出版品預行編目資料

米袋福妻 / 浮碧著. --
初版. -- 臺北市 : 狗屋出版社有限公司, 2021.12
冊 ; 公分. --（文創風 ; 1016-1019）
ISBN 978-986-509-274-0（第1冊 : 平裝）. --

857.7 110018442

著作者	浮碧
編輯	安愉
校對	沈毓萍
發行所	狗屋出版社有限公司
地址	台北市104中山區龍江路71巷15號1樓
電話	02-2776-5889～0
發行字號	局版台業字845號
法律顧問	蕭雄淋律師
總經銷	知遠文化事業有限公司
電話	02-2664-8800
初版	2021年12月
國際書碼	ISBN-13　978-986-509-274-0

本著作物由北京晉江原創網絡科技有限公司授權出版

定價260元
狗屋劃撥帳號：19001626
網址：love.doghouse.com.tw　E-mail：love@doghouse.com.tw